嫁入り先は坂の上の白狐

鳥谷しず

幻冬舎ルチル文庫

CONTENTS ✦目次✦

✦カバーデザイン= chiaki-k(コガモデザイン)
✦ブックデザイン=まるか工房

イラスト・笠井あゆみ✦

嫁入り先は坂の上の白狐

文政（ぶんせい）の頃から戦前まで花街として栄えた来栖坂（くるすざか）界隈は、坂と階段でできた街だ。

どこへ行ってもきつい勾配だらけで、気軽に歩くにはなかなか難儀な場所でもある。それでも、過ぎ去った時代の面影を残す石畳の小路と、都心部とは思えないほどの濃い緑に彩られた独特の風情に誘われた者たちの訪れが絶えることはない。

駅前から南北に延びる目抜き通りにずらりと建ち並ぶ洒落（しゃれ）た飲食店や雑貨店。その坂を上りきった先に鎮座しているのは霊験あらたかな恋まじないで有名な葵葉稲荷（あおいばいなり）。

春には街のあちこちで桜が咲き誇り、夏には祭りのお囃子（はやし）が響きわたって活気が満ちる。

秋には灯籠の幻想的な光が夜道を照らし、冬には寒椿（かんつばき）が視界につやめきを凜（りん）と添える。

来栖坂には人目を惹きつけてやまない華やぎが一年中満ちており、どこかの角を曲がれば毎日常に何かの撮影隊に遭遇してしまうほど。いつも花を撒（ま）いたように賑（にぎ）わうそんな坂の街の真ん中に、人の世と妖（あやかし）の世を繋（つな）ぐ橋門（きょうもん）——風花楼（かざはなろう）は聳（そび）え立っていた。

天を衝くほど堂々と壮麗に。

けれど、必要のない者の目には映らぬよう、ひっそりと。

＊＊＊＊

「じゃ、雪原（ゆきはら）先生。ひと月、ゆっくり休んでリフレッシュしてきてよ」

還暦を再来年に控えた所長の白渡成昌（しらとなりまさ）ににこやかに肩を叩（たた）かれ、雪原紘彰（ひろあき）は「ご迷惑をおかけして申し訳ありません」と頭を下げた。

その背後で、印字されたばかりの用紙を勢いよく排出するプリンターの動作音が響く。

「迷惑だなんて思っちゃいないよ。こんな地獄の釜の蓋が開いたみたいな馬鹿暑い中、無理を続けていきなり倒れられるほうがよっぽど迷惑ってものだよ、雪原先生」

「そうそ。いつバタンと逝かれるか、見てるこっちまでヒヤヒヤしちゃうしね」

十九時が近くなりようやく暮れはじめた空を映す窓を背にしてデスクに座っていた春田以知子（はるたいちこ）が、キーボードを高速で打ちながら軽やかに笑う。

「雪原先生が名推理を連発してくれるおかげで一躍全国区に躍り出たのに、その功労者の名探偵に突然死なんてされた日には、うちは極悪ブラック事務所だ何だってマスコミや世間から一斉に袋叩きにされるのが目に見えてるもの」

白渡の姪（めい）である春田は、雪原より十歳年上の三十八歳。趣味のジオラマ作りに第二の人生を捧げるため六十歳での引退を公言している白渡の跡を継いで、二年後にはこの法律事務所の新所長となる予定だ。いささか拝金主義が過ぎる点を除けば、気さくでとても有能な上司から「名探偵」と揶揄（からか）われ、雪原はかすかな胃の疼（うず）きを覚えながら返す。

「それで、休みのあいだはどうするんだい？　大宮（おおみや）の実家に帰省？」

白渡に問われ、雪原は「いえ」と苦笑する。

「実は色々ありまして、この近所に薬膳料理の名人の親戚がいるんですが、そこで面倒を見てもらうことになったんです。具体的な疾患があるわけじゃないんなら、毎日の食事を見直して身体を内側から変えてみたらどうかと言われて」

この辺りに親戚がいたの、と白渡は少し驚いた顔をした。

「ええ。体調を崩したあとに母親から紹介されるまで知らなかったほとんど他人のような遠縁なんですがとてもいい人で、事務所にも近いんだからどうせならもういっそ下宿すればいいと勧められて。それで、明後日引っ越す予定です」

薬膳料理の名人の親戚のところで世話になる、なんて本当は大嘘だ。

けれど「今時、呪禁を生業にしている母方の一族のクソッたれなしきたりのせいで、狐の妖怪と結婚することになりまして」「しかもさらにクソッたれなことに、その狐は雄だったりするんです」などと打ち明けられるはずもない。

ただでさえ、呪禁の存在など知りもしない世界で生きている白渡や春田にはいくつものことを偽っている。嘘を重ねることで罪悪感は膨らんだが、ほかにどうしようもない。

――ならばもういっそ潔く、だ。

休養中の引っ越しを不自然に思われないよう、昨夜考えておいた作り話をなかば自棄気味の笑顔で告げた雪原は自分のデスクのメモ用紙に新しい住所を記し、白渡に渡す。

「この住所だと『サルヴァトーレ』のちょっと先の坂を上がっていったところ？」

「そうです」

雪原が頷くと、パラリーガルの中江良子がプリントアウトされた用紙を春田に渡しながら「それにしても」と小さく息をついた。

「いつどこから撮られても死角なし！　なパーフェクトな被写体でいらっしゃるのに、体調を崩されるほどカメラ嫌いなんて……。本当にすごくもったいないです」

「それはあたしも同感よ、良子さん。そもそも雪原先生を採用した一番の理由がマダムのクライアントを釣ってくれそうな顔だったんだし、広告費をかけずに名前を売るいいチャンスよって最初はがんがんけしかけてたんだけどね。でも、今はちょっと考えを改めたわ」

「あら、どうしてです？　以知子センセ」

四十八歳の中江は別の事務所から移ってきてまだ一ヵ月だが、春日とはすっかり打ち解けている。「男はもうこりごり」な離婚経験を経て仕事一筋に生きる決意をしたことや、世の中のすべてを「金銭」という物差しで測る共通点がふたりを強固に結びつけたらしい。

「だって、倉橋先生の事件みたいなモンスター系の依頼人が来ると困るもの」

倉橋は今の法曹界において知名度の高さでは右に出る者がいないだろう若手弁護士だ。

そして、かなり特殊な立ち位置の弁護士でもある。東大生だった学生時代からクイズ王としてメディアを席巻し、弁護士となった今も複数のテレビ番組にレギュラー出演しているのだ。長寿クイズ番組では史上初の十連覇を達成し、いつしか倉橋はマスコミから「日本随一の天才弁護士」「百戦錬磨の驚異の頭脳」などともてはやされるようになった。

実際、倉橋は百戦百勝の弁護士だが、その完璧な勝率にはちょっとした裏事情がある。

倉橋が弁護士資格を得ると同時に開設した事務所は、クイズ業界に深く携わり、著作物も多い倉橋自身の知的財産管理を主目的にしていた。法律事務所の看板を出しているのでもちろん依頼が来ることもあるが、学生の頃にすでに莫大な資産を築き、もはや生活のために働く必要のない倉橋はタレント活動の合間にでき、かつ確実に勝てる案件しか引き受けない。

だからこその百戦百勝だが、マスコミが勝率だけを取り上げて大げさな称賛を続けたせいで、いつの間にか誤ったイメージが定着してしまった。

倉橋は金さえ払えばどんな事件も思い通りに解決してくれる悪魔的な天才弁護士だ、と。

そして今年の春先、マスコミによって作り上げられたそんな虚像に縋ろうと事務所を訪れた初老の男が、事件を引き起こした。

その男は殺人を犯した息子を倉橋に無罪放免にして欲しいと願い、家屋敷や家財道具を全て処分して用意したという五千万円を詰めた鞄を差し出した。だが、倉橋は男の依頼を断った。勝算がまるでない事件だったからだ。けれど、男は提示した報酬では倉橋が満足しなかったのだと考え、逆上した。そして、その三日後、段ボール箱を抱えて事務所へ押し入り、倉橋を『この人でなしの金の亡者め!』と罵りながら、複数のペットショップを梯子して集めた蜘蛛をばらまいたのだ。逮捕後の供述によると、倉橋が出演したテレビ番組で蜘蛛が死ぬほど嫌いだと言っていたのを覚えており、せめてもの仕返しをしたかったらしい。

「でね、その事件のとき、雪原先生も倉橋先生と一緒に蜘蛛に噛まれちゃったの。運悪く、著作権絡みの話し合いであちらの事務所で倉橋先生と同席してたものだから。毒のない蜘蛛だってわかるまでは、もうみんなして真っ青」

まあ、そんなことが、と中江は目を丸くする。

「実は私、雪原先生のカメラ嫌いがずっと謎だったんです。確かにマスコミとのつき合いって面倒なときもありますけど、それにしたってあそこまでカメラを避けようとされる理由がわからなくて。だから、もしかしたら注目を浴びたくないと思うような何か疚しい隠し事でもあるのかしらって疑ってました。学歴詐称とか、実は弁護士資格を持ってなかったりとか。でも、そんなご事情じゃ、カメラ嫌いになって当然ですよね。倉橋先生のあの事件も、メディアが誤った倉橋先生像を創って無責任に広めたことが原因で起きたものですし」

本当に失礼しました、と中江は頭を下げた。

「だけどね、良子さん。雪原先生がマスコミを嫌ってるのは、つけられた渾名が気に入らないからっていうのもあるのよ」

「渾名って……『スノー・ビューティー』のことですか?」

「うん、そう、それ。逞しい外見の女性にマスコミがそういう意味の渾名をつけたりしたらセクハラとか名誉毀損で即アウトなのに、性別が逆転するとどうして世間はすんなり許容するんだって、もうぷりぷりしちゃって」

春田がくすくすと笑うと、白渡もよく似た笑顔で話の輪に加わる。

「僕が若い頃の美少年、美青年というと、顔立ちがいくら整っていても骨格が日本人以外の何者でもなくて、雪原先生のように漫画やアニメから抜け出てきたみたいなスタイルをした子なんていなかったけど、これも食事や日常生活が欧米化した影響かねえ」

「当たり前と言えば当たり前のことだけど、身体を作る土台は毎日の食事だっていう観点で考えると、薬膳料理の名人のお宅で面倒を見てもらえるっていうのは最高の療養ね」

春田に微笑まれ、雪原は「ええ、本当に」と作り笑いを頬に貼りつけた。

――中江の推測は半分は当たっている。

学歴や資格の詐称はもちろんしていない。だが、雪原にはマスコミを避けたい疚しい理由があった。体調不良に陥ったのもそのせいで、蜘蛛に噛まれたトラウマなどではない。

本当のことを話せない心苦しさを抱えて帰り支度をし、雪原は事務所を出る。

そして、その足で「サルヴァトーレ」へ向かった。

不本意にもたくさんの隠し事を抱えてしまった息苦しさをひととき忘れさせてくれる、魔法のようにすばらしく美味な料理を求めて。

雪原が弁護士として勤務する来栖坂法律事務所は、メトロの来栖坂駅を出てすぐの雑居ビルの二階に入っている。そこから五分ほど歩いたところにカフェ・レストラン「サルヴァトーレ」はあった。創作フレンチの店なのに店名はなぜかイタリア語で、たくさんの小さなキューブ水槽をインテリアとして飾っていたその店を、雪原は入所した当初からよくランチに利用していた。不味(まず)いと感じたことはないし、流行と美食に敏感な女性客が目立っていたので、シェフの腕は確かだったはずだ。けれど、昼時はいつも混んでいてゆっくり食事を楽しむのは難しく、正直なところ味についての印象はあまり残っていない。

料理よりも、色とりどりの熱帯魚やシュリンプに囲まれてしばしの癒しを得ることを目的に常連となったその店を、雪原は開業して間もないのだろうと思っていた。

スタッフは皆若く、オーナーシェフだけは五十前後だったものの、とても溌剌(はつらつ)としており活力に満ちていた。そのオーナーシェフの住居も兼ねた四階建ての、寄木細工めいた小洒落た外壁が特徴の店舗も真新しかった。そうしたものを目にして感じるのは代々積み重ねられてきた長い歴史ではなく、いかにも今時の流行店らしい華やいだフレッシュ感だったのだ。

けれども「サルヴァトーレ」が突然つぶれてしまった去年の八月、実際は結構な老舗(しにせ)だったということを白渡から聞かされて驚いた。

来栖坂に事務所を構えて四半世紀の白渡によると「サルヴァトーレ」は元々、昭和初期から続く老舗の洋食屋で、あのオーナーシェフは三代目だったらしい。

『君がうちに入る前の年の春だから……三年前に先代とその夫人が相次いで亡くなって、代替わりしたんだよ。そのときに大がかりなリフォームをして、店の見た目も出す料理もがらっと変わっちゃってね』

言いながら、白渡は本棚からタウン情報誌のバックナンバーを引っ張り出してきた。

これがリフォーム前のあのビルだよ、と見せられたページに載せられていた写真は確かに現在のものとはまったく似ても似つかない、昭和感満載の古びた建物だった。

『亡くなった先代と店つぶしちゃった三代目は、とにかく仲の悪い親子でねぇ。あそこは岩井さんってお宅で、「イワさんちの親子喧嘩」って言ったら、もうここらの名物だったくらいだよ。三代目のほうは若い頃に家出同然でフランスへ修業に行ったこともあったからか、本場の味を知らない父親の料理を、金を取って出すようなもんじゃない、なんて全否定したりして。で、店を継ぐなり、あんなふうに先代が守ってきたものを何もかも消し去るようなリフォームしちゃったんだよね。そのときに店名もフレンチに相応しいフランス語に変えたかったようだけど、思いとどまったみたい。「サルヴァトーレ」って店の初代が葵葉稲荷の当時の宮司につけてもらったありがたいものだから、さすがに気が引けたんだろうね』

『稲荷の宮司が洋食店の店名を決めるって、ちょっと異色のコラボですね』

『その宮司は美術だか美学だかを学びにイタリアへ留学したこともあった、当時の来栖坂界隈で評判の秀才だったらしいよ。それに、そういう町の名士につけてもらったからってだけじゃなく、あの名前自体にもありがたい意味があったようでね』

どんな意味なのかと訊くと、白渡は『それが、忘れちゃってねえ。聞いたときに「へえ！」って感心したことは覚えてるんだけど』と苦笑した。

『ま、新生「サルヴァトーレ」は若い世代には受けてたんだから、そこで満足してればよかったのにねえ。あの一家、今頃どこでどうしてるんだか』

三代目は店をリニューアルしたのと同時に、ベーカリーや洋菓子店の多角経営に乗り出したらしい。だが、結果的に失敗し、巨額の負債を抱える羽目になったという。そして、去年の夏にとうとう自己破産してしまい、来栖坂からひっそりと姿を消したのだ。妻と、雪原は顔を見た記憶がないけれど、厨房を手伝っていたという一人息子と共に。

当然「サルヴァトーレ」は競売にかけられた。落札後に何やら転売トラブルがあったようで、しばらくそのまま放置されていたあの店舗兼住居のビルに再び明かりが灯ったのは今年に入ってから。寒椿の花びらが散りかけた頃のことだ。

カフェ・レストラン「サルヴァトーレ」は、リストランテ「サルヴァトーレ」となって営業を始めた。以前のものとはデザインが違うが、同じ「サルヴァトーレ」という文字が刻まれた看板が掲げられているのを見て、てっきり岩井家の者たちが戻ってきたのだと思った。

早い再起を祝う気持ちで、雪原は開店直後に足を運んだ。

だが、すっかり改装された店内で雪原を迎えてくれたのは岩井家とは何の関係もない鹿沼透(とおる)という名のイタリア帰りの青年シェフだった。

そして、その新しい「サルヴァトーレ」で出された料理の虜になってしまった。

母親の手料理から白渡に連れられて行った高級料亭の逸品まで、これまでの二十八年の人生の中で「美味(うま)い！」という感動に巡り合えたことは何度もある。

だが、鹿沼が作る料理は格別だった。

初めて口にしたのはランチのパスタセット——忘れもしない菜の花のカルボナーラ。チーズと卵だけで作られたシンプルなのに濃厚すぎるほど濃厚なソース。もっちもちのフェットチーネに、絶妙なほろ苦さで味のアクセントを添える菜の花。

それらを噛みしめるたびにやわらかな春を感じ、湧き起こる喜びを大声で伝えたい衝動をどうにか抑えながら皿を空にした頃には、身体中の細胞が輝き出したかのような活力が漲(みなぎ)っているのを感じた。ただ単に美味なだけではない、春色の幸せがぎゅっと詰められたかのような至福のパスタセット。それはまるで魔法で作られたとしか思えない料理で、鶯(うぐいす)の声と共に来栖坂にやって来たシェフの腕に惚(ほ)れこまずにはいられなかった。

以来、雪原は新生「サルヴァトーレ」に足繁く通いつめている。

今ではランチだけでなくディナーにも。ゆで卵すらまともに作れたためしがないほど料理が壊滅的に苦手で、代わりに作ってくれる恋人もいない身なので、どうせならモーニングも始めてくれたらいいのにと思いながら。

入店して見渡した店内はすでに混み合っていた。雪原がいつも座っているカウンターにはもう空きがなく、テーブル席も目につく範囲はすべて埋まっている。

いらっしゃいませ、と顔馴染みのスタッフが笑顔で声を掛けてくる。金曜の夜とは言え、普段よりも早いこの混み具合は、駅向こうの「オステリア来栖坂」のシェフがディナー営業が始まる直前に厨房で怪我をし、予約客を頼まれたかららしい。

「二人掛けのテーブル席がひとつ空いておりますが、もしかしたらカウンターが空き次第、途中でお席の移動をお願いするかもしれないのですが……」

今晩だけの緊急事態だ。雪原は特に気にせず「かまいませんよ」と笑って頷く。

ほっとした顔のスタッフに奥まった場所にあるテーブル席へ案内される途中、カウンター席の男とふいに目が合った。

座っていてもかなりの長身だとわかる身体に纏う、淡い色で揃えたジャケットとパンツに鮮やかな青のインナー。夏らしい爽やかな服装がよく似合う甘めに整った顔をやわらかく縁取る明るい色の髪。肌は透き通るように白いのに少しも軟弱さを感じさせない凛とした佇まいと、澄みわたった冬の湖面を連想させるような清麗な透明感を宿した美貌。

大抵の者は一目見たら忘れないだろう独特の雰囲気を漂わせるその男は、雪原と同じ「サルヴァトーレ」の常連で、見かけるようになったのはゴールデンウィークの少し前。

常連客同士として顔見知りになれば、自然と挨拶やちょっとした世間話を交わすようになるものだ。雪原にもそうした常連仲間が何人かいるし、あの男にもいる。

男はどうやら雪原ともそんな関係を築きたいらしく、意味ありげな視線を頻繁に向けてくる。だが、雪原はずっと気づかない振りを決めこんでいる。

何となく秋波めいた同性の眼差しが不快だからというわけではない。

――あの男が人間ではなく、妖だからだ。

今晩もいつものようにさりげなく視線を外し、雪原は案内されたテーブルに座った。


「夏野菜と厚切りベーコンのラザニアでございます」

揚げ茄子のマリネの器が下げられたテーブルの上に、正方形に切られたラザニアが載る皿が静かに置かれた。いかにも夏らしい鮮やかな色合いと香りが、食欲をそそる。

ホールスタッフに礼を言ってナイフとフォークを手に取ったとき、ラザニアの皿の向こうでふいに空気がゆらりと揺れ、仔猫サイズの黒い狐が現れた。

「先生。一口、ちょーだい」

顔とほぼおなじサイズの大きな三角耳と、体長の五倍はある長い尻尾をくるんくるんと揺らし、悩殺級の笑顔を向けてねだってきたその黒くて小さな獣は管狐だ。つまり、カウンター席からちらちらと視線を投げてくるあの男と同様、妖だ。妖怪や精霊は科学的に未熟だった時代の人々の空想の産物などではなく、人の世は妖の世と半分重なり合って存在している。妖たちは家の床下や庭先、路上や公園といった日常の至るところに潜んでいるし、人間に擬態して社会の中に溶けこんで暮らしているものも実は珍しくない。

普通の人間の目には映らず、たとえ映っていても人外のものとは気づけないそうした存在を、雪原は察知できる。ちょっとした邪気ならば、塩や酒を使って祓ったりもできる。けれど、その能力は本物の呪禁師と比べれば子供だましの三流マジシャンレベルだ。

『人間にも怖い人と優しい人がいるでしょう？　それは妖もおんなじ。でも、あなたやお母さんみたいに中途半端な力しかないと、妖の本性はなかなか見抜けないものなの。だからね、妖に気づいても知らんぷりが一番よ。そうすれば、妖は寄ってきたりはしないから』

呪禁師最大流派の宗家に生を受けながら、恵まれたのは容姿だけだったという母からそう繰り返された子供の頃は、恐ろしい姿をしていたり、人の形をしているのに纏う空気が明らかに異なる妖たちを怖いと思って避けていた。

大人になった今は、恐怖よりも「下手に関わると厄介だ」という面倒ごとを避けたい気持ちが先に立ち、妖には必要がない限り近づかないようにしている。だが、路上のすみで身を縮めて消えかけている命に気づいたとき、見なかったことにして素通りできるほど非情にもなりきれない。

　そんな哀れな末路を辿(たど)る妖はたいてい人間の都合で創られ、使い捨てられた「人造もの」と相場が決まっている。雪原には死に際を晒(さら)しているような末期状態の妖を救うことなどできはしないが、だからこそ少しでもましな場所で最期を迎えさせてやりたいと思ってしまうのだ。雪原が心の中で勝手に「あんこ」と命名したこの黒い管狐も、もとは事務所の近くで拾った行き倒れの人造ものだ。

　桜の開花を間近に控えた肌寒い夜だった。歩道に横たわったままぴくりとも動かなかったので亡骸(なきがら)だと思い、近くの植えこみに埋めてやろうとして拾い上げてみると「みぃ、みぃ」とか細い声で鳴きはじめた。何を訊いても猫のような鳴き声しか返ってこなかったが雪原の問いかけを理解しているのは明らかで、意思疎通は難しくはなかった。弱々しく首を振ったり頷いたりの動作によって、ほどなく主(あるじ)に捨てられた管狐だとわかった。

　手のひらにすっぽり収まるほど小さな身体を懸命に擦(す)り寄せながら空腹を訴えてくるあんこを、雪原はスーツのポケットに入れて「サルヴァトーレ」へ連れて行った。

　こんなにもはっきりと全身で生きたいと告げているものを元気づけるなら、コンビニのおにぎりやパンではなく鹿沼の料理を食べさせるのが一番だと思ったからだ。

『今日は朝も昼も食べ損ねて、空腹で死にそうなんです』

鹿沼にそんな言い訳をして、ちょうど空いていた一室だけある個室のテーブルを埋め尽くす数の料理を注文した。それらをすべてぺろりと平らげて命を繋いだあんこは「サルヴァトーレ」をいたく気に入ったようで、自ら縄張りに選んだ。

その後、妖らしくまたたく間に回復して言葉を話すようになると、顔馴染みの常連客が「よ、先生！」と寄越す挨拶を真似て雪原を「先生」と呼びはじめた。そして、雪原が来店するたびに「先生、一口ちょーだい」とねだりに来るようになってしまった。

どこで仕入れた知識だったかは忘れてしまったが、管狐はひと月に一度程度の食事で十分だったはずだ。週に何度も魔法の腕を持つシェフの料理で腹を満たすのは、いくら何でも栄養過多だろう。実際、拾った当初はボロ雑巾のようだったあんこの毛艶は良すぎるほど良くなっている。そう気づいてからは、「ね、先生。ちょーだい」と可愛らしくねだられても三度に一度は首を振るようにしていた。

あんこはたかりはしても、悪さはしない。人間を驚かすことをしてはいけないという雪原の教えをきちんと守る聞き分けがある。だから、雪原が首を振ったときには、しつこく「ちょーだい」を繰り返したりはしない。ただ料理皿をじっとのぞき込み、ひたすら涎を垂らすだけだ。そして料理皿を涎でいっぱいにされては困る雪原は、結局いつも最後には「……まあ、妖だから食べ過ぎで病気になるわけじゃなし……」と敗北してしまう。

あんこの大好物を注文した今晩もきっとそうなるはずなので、「少しは摂生しろ」と注意するのは早々に諦め、雪原はラザニアを二等分した。

あんこはきょろきょろと辺りを見回して、こちらを見ている人間がいないことを確認する。

それから、前肢で持ったラザニアをぱくりと一口で食べた。

「うふっ。セロリ～！　美味し～い！」

あんこは何でも「美味し～い！」と喜ぶが、中でもなぜかセロリに強く反応する。

幸せそうに頬張っているラザニアにたっぷり使われているボロネーゼには、そのセロリが入っているのだ。誰に教わるでもなく、あんこは「サルヴァトーレ」で初めてラザニアを前にしたときからそれを知っていた。

匂いを嗅げば料理の材料はすぐに全部わかるというので、相当鼻がいいらしい。

「美味しー、美味しー、美味しーセロリ！」

あんこは至福の表情で細長い身体をくねらせながらふさふさの尻尾を振り回し、テーブルの上で器用に「美味しくて嬉しかったなの舞」を披露しながら消えた。

現れるときも消えるときも唐突な小さくて愛らしい略奪者に苦笑を漏らし、雪原も切り分けたラザニアを口へ運んだ。

こんがりと焼けたチーズのかりっとした歯ごたえのあとにやって来る、混ざり合う具材のもっちりとした食感と濃厚な旨み。油を吸って甘くなり、けれどもとてもさっぱりしていた揚げ茄子のマリネも最高だったが、このラザニアもどうしようもなく美味い。

自分もあんこのように人の目に映らない存在なら「美味い！」と絶叫して躍り、ついでに鹿沼を讃える歌を大声で歌うのに。

そんな馬鹿馬鹿しい妄想を巡らせているうちに、ラザニアはあっという間になくなってしまった。今晩は前菜とパスタの二品だけにしておくつもりだったが、ラザニアを半分あんこに強奪されたので、腹がまだ満たされていない。ちょうど近くにいたスタッフを呼び、日替わりの具材が楽しめる「本日のフリッタータ」を追加注文した。

フリッタータは野菜や肉、魚介類、チーズなどの様々な具材をたっぷり入れて作る、食べ応えのあるイタリアンオムレツだ。一般的に「イタリアン」と聞いて連想される料理はパスタやピザだろうし、実際「サルヴァトーレ」を代表するひと品と言えばやはりボロネーゼパスタだ。雪原もよく注文する。けれど、卵料理をこよなく愛する雪原の一番の好物は「サルヴァトーレ」のメニューの中で最も卵卵しているこのフリッタータだったりする。

かしこまりました、と伝票に記入したスタッフが注文を厨房へ伝えに行く。だが、すぐに眉尻を下げた恐縮顔で戻ってきた。

「申しわけありません、雪原様。いつものカウンターのお席が空きましたので、そちらへお移りいただくことは可能でしょうか？」

件の「オステリア来栖坂」から、カップル客が流れてきたらしい。

元々オープンキッチンの様子がのぞけるカウンター席のほうが好みで、勝手に指定席にしている雪原は「ええ。いいですよ」と返して、すぐに席を立つ。

そして、四人掛けのテーブル席の横を通り過ぎようとしたとき、「あの、すみません」と呼びとめられた。

「もしかして、名探偵の弁護士先生？　よくテレビに出ていらっしゃる……」

尋ねてきたのはいかにも品のいい四十絡みの女性だった。その横と前の席に、同年代だろう女性がもうふたり。皆、顔立ちも雰囲気もよく似ている。おそらく姉妹だろう。

「よくは出ておりませんし、探偵でもありませんが、弁護士です」

「ほら、姉さん。やっぱりそうだったでしょ。この方、名推理がお得意な弁護士先生よ」

——俺は推理なんてしてない！　したことは一度もない！

そう叫んでしまいたい気持ちを堪え、雪原は営業スマイルを浮かべる。

「先生のこと、先日テレビで拝見しましたの。錦糸町の放火殺人事件のあれで」

「素晴らしい名推理で無実の人を救われた弁護士先生がこの来栖坂にいらっしゃると知って、私たちの事件も解決していただけないかしらって話していたところなんです」

「実は、亡くなった父の後妻がとんでもなく怪しい若い女でして……」

「もしよろしければ、私たちとご一緒して相談に乗っていただけません？」

三人分の懇願の眼差しを受け、雪原は応えに困った。

担当したいくつかの案件がメディアに取り上げられて以降、こんなふうに見ず知らずの相手から「相談に乗ってほしい」と声を掛けられるようになった。

弁護士も客商売なので最初のうちはそのつど話を聞いていたけれど、やがて雪原は悟った。彼らの大半は「これは依頼ではなく雑談なんだから」というよくわからない理由で無料か、コーヒー一杯ていどと引き換えに抱えている問題の解決を望んでくる、と。

今でも声を掛けられれば立ち止まりはするものの、話が始まる前に時間がない振りを装って「お話は事務所で改めて」と名刺と営業スマイルをセットで渡して逃げるようにしている。心の中で「プロの専門知識を使うには対価が必要なんだよ、クソッたれめ」と毒づくことをせめてもの腹いせにして。

けれども、食事中の今は時間がない振りは使えない。

それに、いきなり「テレビで見た」と相談を持ちかけてくる者の大半は、なかなかに面倒な性格をしている。この三姉妹マダムの人間性まではまだ判断がつかないが、押しの強さからして断り方を間違えるとトラブルに発展してしまう可能性は大いにある。

「ね、お願いしますわ、先生」

今の自分にとって唯一の癒しの場である「サルヴァトーレ」に今後来にくくなるような騒動を起こすことだけは、絶対に避けたい。「あはは」と愛想笑いを貼りつけ、このピンチをどう切り抜けようかと考えていた雪原の前に、ふいに影ができた。

「申しわけありません、お客様。雪原先生はプライベートでのお食事中ですので、当店でのご相談はご遠慮いただけますか」

黒いコックコート姿の鹿沼が三姉妹に丁寧に頭を下げる。

「それに、堅苦しいお話をされながらでは、料理をお楽しみいただけないのではありませんか？　『オステリア』さんには及びませんが、お客様のために心を込めて作らせていただきましたので、今宵は悩み事をお忘れになって、どうぞ食事をお楽しみください」

鹿沼に微笑まれ、「オステリア来栖坂」の客だったらしい三姉妹は同時に頬を染める。

好青年以外の何ものでもない鹿沼の笑顔の威力は絶大だった。

「――そ、そうね。今日はここへ法律相談に来たわけじゃないですもの」

「ええ。先生にも失礼よね、姉さん」

「お引き留めしちゃって、ごめんなさいね、先生」

雪原は胸を撫で下ろし「いいえ。では」と会釈をし、鹿沼と共にその場を離れた。

「シェフ、助かりました」

決して広くはない店内はオープンキッチンから見渡せる。雪原の窮地に気づいて助け船を出しに来てくれたらしい鹿沼は「どういたしまして」と笑って、ウインクをする。

とても自然で、それでいて妙に色っぽい仕種だった。さすがはイタリア仕込みだと感心しながらカウンターに向かい、雪原は少し驚いた。

雪原が勝手に指定席にしているカウンターチェアの隣に、例の妖がいたからだ。

妖が最初に座っていた席とその右隣には、若い男女の姿がある。どうやら、この妖も雪原と同じようにカップル客のために席の移動を頼まれたようだ。

一難去ってまた一難な気がしなくもなかったが、まあ仕方ないと思いつつ席に着いたとたん、ベルベットのようになめらかな声が耳に届く。

「有名税の支払いも大変ですね」

妖に微笑みかけられ、雪原は一瞬戸惑う。正体不明の妖との直接的な接触は避けたいが、人目があるのであからさまな無視もできない。

「それほど有名というわけでもありません」

ぎこちない愛想笑いを返して、雪原は「あ」と思う。今までこんな間近で接したことがなかったので気づかなかったが、妖はとても印象的な目の色をしていた。

淡い琥珀色（こはくいろ）の虹彩（こうさい）が乱反射するように煌（きら）めいていて、まるで万華鏡だ。

色とりどりのやわらかい光の粒がきらきらと舞い散っているような、またたくたびに色合いが変化する不思議な瞳が、まっすぐに雪原を見つめてくる。

――乱舞する煌めきに吸いこまれてしまいそうだ。

ふいにそんな錯覚に襲われ、雪原は慌てて視線を外す。

「ご謙遜を。よくテレビや週刊誌でお顔を拝見しますよ」

間近にすると夢のように美しい妖はやわらかな声音で言って、カウンターの向こうにいたスタッフに冷酒を注文した。涼しげな江戸切子のグラスに注がれた冷酒が、すぐに出てくる。

それを、妖はなぜか雪原の前に「どうぞ」と置いた。

「塩を撒くわけにはいきませんから、代わりの清め酒といきましょう」

「え？」

「ああいう声の掛けられ方は、あまりお好きではないようでしたので。それに、先生はフリッタータと一緒によくこの冷酒を飲まれているでしょう？」

一度も話をしたことがないのに好みの料理や酒、数分前に何を注文したかまで把握されていたりすれば普通は背筋が寒くなる。だが、相手は人間よりも五感が優れた妖なので、不気味だと思う感情は湧かなかった。むしろ、「名探偵弁護士」だの「スノー何とか」だのと呼ばれなかったことで、うっかり好印象を持ってしまった。

「私もこのところ気が滅入ることが続いたので、景気づけに飲んでいたんです。これも何かの縁ですから、ぜひご一緒に」

よく見ると、妖の料理皿のそばには同じ江戸切子のグラスが置かれていた。

「……そうですね。じゃあ、お言葉に甘えて」

雪原はグラスを持ち、冷酒を一口飲んだ。

「ところで、入店されたときから浮かない顔をされていましたが、何か仕事のトラブルでもあったんですか？」

妖はそう問いかけてきて、けれども雪原が口を開く前に「——と。たとえあったとしても、守秘義務違反になるので話せませんよね」と微苦笑した。

「お気に障ったらすみません」

「いえ、そんなことは……」

首を振ったのは、人目を気にしての社交辞令ではない。

本当にまったく嫌な気がしなかったのだ。それどころか、少しも押しつけがましくないやわらかな声や表情を、何だか好ましくすら感じた。

——雪原の知る限り、この人の世で目にする妖は三種類に大別される。

元々妖として生を受けたり、何らかの要因によって妖化した天然ものと、呪禁師によって創り出された人造もの。そして、妖の世から渡ってきたあちら生まれの渡門もの。

「冥界」とも呼ばれるあちらの世界で生まれた妖が人の世へ渡ってくるためには渡門——ふたつの世界を繋ぐ「橋門」を通らねばならない。

関東だけでも複数あるらしい橋門は、渡るものを篩にかけるいわゆる関所だ。

人の世で妖の存在を公にするのは御法度であるため、橋門の通行は一定以上の理性と知性を有して人語を解し、人姿が取れるものに限られているのだそうだ。そして、その決まりが破られないよう、各地の橋門には力の強い妖が門番として常駐しているという。

この男と初めて「サルヴァトーレ」で遭遇したとき、雪原はすぐに妖だと気づいた。

けれど、見抜けたのはそれだけだった。こちら生まれの妖にしろ、あちら生まれの妖にしろ、こんなふうに完全に人間に擬態し、社会に溶けこんでいる妖は妖力だけでなく知能も相当に高い。得体が知れないうえに力の強そうな妖には近づかないのが一番だと思い、向けられる視線にはずっと気づかないふりをしていた。

だが、実を言えば、好奇心を刺激されてもいた。人ではないこの妖が宿す、まるで神の手による芸術品のような美しさに問答無用の魅力を感じずにはいられなかったのだ。

――深入りしない程度に少し話をしてみようか。

ふいに、そんな考えが脳裏をよぎる。

もし感触がよければ、ずっと溜めこんできた悩みを聞いてもらおうか。人間ではないこの妖にならば、今まで誰にも話せなかったストレスの原因を話せるかもしれない。ついでに狐の妖怪と結婚する羽目になった愚痴も吐き出せるかもしれない。

元々、好奇心を抱いていたことも手伝って、警戒する気持ちがじわじわと解けてゆく。

冷酒のグラスを傾け、どうしようかと迷っていたとき、「お待たせしました」と注文したフリッタータが出てきた。

皿の上につけ合わせと一緒に美しく盛りつけられたふた切れの分厚いイタリアンオムレツ。こんがり香ばしく焼き揚げられた卵の中にぎっしりと埋まっているのは、アボカドとトマト。黄金色の卵の中にちりばめられてエメラルドのようにつやめくアボカドと、ルビーの輝きを放つトマトの色合いが絶妙で、何だかちょっとした宝石箱のようだ。

雪原はナイフで一口大に切ったフリッタータをいそいそと口へ運ぶ。すると、もっちりとした歯ごたえのあとに、熱々の卵の奥からじゅわっと野菜の甘みが広がった。

やはり鹿沼の作る卵料理は最高だ。

「すごく美味しいです、シェフ」

「ありがとうございます」

鹿沼が笑い、雪原も笑う。幸福感が体内に満ちてゆくのを感じながら雪原は思った。

どうせ男と結婚しなければならないのなら、相手は鹿沼がよかった。そうすれば、鹿沼が作り出す世界一素晴らしい料理を毎日食べられるのに、と。

雪原は至高のオムレツをもう一口食べた。

あまりに美味すぎるせいか、酩酊感にも似たものが胸のうちに芽吹いてふわふわした気分になってしまい、頭の中で舞っていた願望が言葉となってこぼれ出た。

「本当に最高です、シェフ。私と結婚してください」

もちろん、それは単なる冗談だし、鹿沼の料理の虜になった常連客が男女問わず「シェフ、結婚して！」と口にするのはよくあることだ。

この店ではもはや珍しくも何ともないなんちゃってプロポーズシーンなので、カウンターの向こうにいたスタッフたちも慣れた様子で雪原の戯れ言に乗ってくる。

「シェフを落とすのは至難の業ですよ、雪原様」

「何と言っても、シェフはダース単位で崇拝者を抱えていますからね」

「しかも、シェフにプロポーズをされた方は今日だけでも雪原様で二人目ですし」

「じゃあ、私はかなり出遅れてますね」

「でも、雪原様はオープン当初から贔屓にしてくださっている特別なお客様なので、私の中では実はかなりの高得点だったりしますよ」

鹿沼に微笑まれ、雪原は「では、ぜひ前向きに検討してください」と身を乗り出す。

「そうですね。じゃあ、まずは定休日にお友達デートでもしてみます？」

他店の予約客を受け入れた忙しさのせいで気分が高揚しているのか、妙に乗りのいい鹿沼に「いいですね」と返そうとしたときだった。少し離れた席に座っていた常連客の夫婦が「えー。弁護士先生だけ特別扱いはずるいよ、シェフ」と声を上げた。

「僕だってオープン初日から通ってるんだから、弁護士先生と結婚するなら僕ともしてよ」

「そうよ、シェフ。あたしとも結婚して！」

ほろ酔いらしい夫婦が陽気に「結婚」「結婚」とねだったことで、カウンター席のほかの常連客たちも「じゃあ、私とも」「俺とも」と口にしはじめ、キッチンの中で笑いが弾けた。

皆で笑いながら食べて飲むうちに事務所から抱えてきた胸の中の靄は消え、正体不明の妖に悩みや愚痴を聞いてもらおうかなどという気の迷いも霧散した。

そして、満腹になった雪原は幸福な気持ちで「サルヴァトーレ」を出た。

身から出た錆でストレスを抱えて休職するはめになったり、嫁入りが明後日に迫っていたりで気が滅入っていたけれど、結果的にはいい一日の終わりになった。雪原は駅とは反対方向に数歩進んで立ち止まり、嫁ぎ先となる妖怪屋敷へと伸びる坂道を見上げた。

来栖坂で働きはじめて三年。何となく縁がなくてまだ一度も上ったことのないその細い石畳の道に面した建物には、民家よりも店舗が多い。雰囲気作りのために色を揃えたのか、あるいは自然とそうなったのか、それぞれの店の看板照明が放つオレンジ色の淡い明かりが坂の上へと連なって道を照らしていた。

どこか妖しい光の揺らぎは、まるで遠い異界へと誘う狐火のようだ。

ふとそんなことを思った自分に、雪原は苦笑する。あと一日で失ってしまう日常への未練を振り払うようにくるりと踵を返し、駅へ向かって急ぎ足で坂を下った。


「じゃあ、母さん、父さん。落ち着いたら連絡するよ」

努めて軽い声で言いながら雪原はシートベルトを外し、助手席のドアを開ける。

「あ、そうだ。休みのうちに一度は必ず帰るから、そのときに『甘谷』へ行こうよ。久しぶりにあそこのだし巻き玉子とウニ食べたいから」

いつもなら母親の詩子は「回らないお寿司屋さんへ行くお目当ての一番がいつまでも玉子焼きで、次がウニなんて。その変な舌、誰に似たのかしら」と、父親と一緒に笑い合う。

だが、今日は違う。

「紘彰……」

三列目のシートから震える声で自分の名前を呼んだ母親がまた「ごめんなさい、ごめんなさい」と泣きだしてしまう前に、雪原は外国製の大型ミニバンを降りた。

「お荷物は、これですべてでしょうか？」

母親の実家の秋国家のお抱え運転手が、ラゲッジスペースからトランクケースをふたつ取り出して問う。

「ええ。どうも」

会釈して、引き伸ばしたハンドルのひとつを、先に車を降りていた伯父の尊仁が「こちらは私が持とう」と握った。

「ひとりで運べますよ、伯父さん。キャスター付きですから」

「遠慮するな。こんな大きなトランクをふたつも持っていては、あの坂道はきついぞ」

「では……、すみませんがお願いします」

頷いた伯父が風花楼へ続く坂道へ足を踏み出す。雪原もそのあとに従う。

風花楼への嫁入りに同行できるのは秋国家の当主ひとりのみで、付き添えるのは門前まで。

そして、坂下から歩いて上っていかなければならない。それがしきたりなのだという。

ここから先は同行できない両親を乗せた車のエンジン音が遠ざかっていくのがわかったが、雪原は振り向かずに石畳の坂を上った。

照り返しが眩しくてまともに目を開けていられないほどのきつい日射しのせいか、石畳の坂道はしんと静まり返っていた。ちょうど昼時だというのに道の両脇に建ち並ぶレストランやカフェに出入りする客の姿は皆無で、普段なら鼓膜をつんざく勢いで鳴いている蟬すら今日はその声をひそませている。息をしただけで喉が灼けてしまいそうな異常な暑さにはうんざりするが、妖のもとへの嫁入り道中など見られたくないので通行人がいないのは幸いだ。

もっとももし今、誰かとすれ違ったとしても、大きなトランクケースを引くスーツ姿の男ふたりを見て、花嫁とその介添人だとわかる者などいないだろうけれど。

「私を恨んでいるか、紘彰」

先を歩く伯父が平坦な声で尋ねてきた。今更の質問に、雪原は苦笑する。

「いいえ。困惑はしていますが、総合的にはラッキーなんじゃないかと思ってますので」

「ラッキー？」

伯父が立ちどまり、心底怪訝そうな視線を向けてくる。

「ええ。嫁なのか人質なのか、自分のポジションが未だに摑めていませんが、監禁されたり強姦されたりするわけじゃなし、とりあえずその風花楼ってところにずっと住んでいればいいだけなんでしょう？　だったら、来栖坂なんて都心の超一等地にタダで住めて、職場も徒歩圏内になるんですから、総合的にはラッキーなことかなと」

今は「弁護士になれば将来安泰」などとはとても言っていられない時代だ。倉橋のような「超」のつく例外を除けば、弁護士もほかの専門職同様、資格を得ただけの状態でいきなり独立開業をしても依頼など来ないので、まずはどこかの法律事務所に勤務しながら経験を積まねばならない。それは今も昔も同じだ。けれど、司法制度改革によって弁護士が突然急増したのに対し、その受け皿となる弁護士事務所の数はさほど変わっていないのだから、とりわけ都市部での就職活動はもはや戦争の様相を呈していると言っても過言ではない。

そんな状況はもちろん十分承知していた。だが、雪原は自分の成績ならどこにでも採用されるはずだと高を括（くく）り、司法修習の後半まで検察官と弁護士を天秤に掛けて進路を迷っていた。そのせいで、東京で普通の生活を営めていどの給料を出してくれる法律事務所に籍を置くためには成績以上に人脈が大事なのだと思い知ったときには手遅れだった。

自分も、新聞や週刊誌で就職できなかった底辺弁護士としてよくネタにされている「自宅弁護士（タクベン）」や「携帯弁護士（ケーベン）」の仲間入りをするかもしれないとずいぶん焦った。不安で不眠症になりかけたくらいだったので、出身大学が同じだという縁と「稼げる顔をしている」という理由で春田に拾ってもらえた際には喜びいさんで両親に報告した。

なのに、返ってきたのはあからさまな動揺だった。そして、もう少し条件のいい事務所を探すべきではないか、ぜひそうするべきだ、と妙な勢いで何度も勧められた。

そうした反応を、雪原は両親が単純に「小さな個人事務所より有名な大手事務所のほうが安心だ」とでも考えているためだろうと思い、あまり気にしていなかった。

だが、両親の懸念は実際はまったく別のところにあった。

それを知ったのは、十日ほど前のある夜。ちょうど、顔色の悪さを心配した白渡からしばらく休みを取るようにと告げられた日のことだ。雪原がひとりで暮らしている中野のマンションに伯父がいきなり訪ねてきて、こう言ったのだ。

『お前に、来栖坂の風花楼へ嫁いでもらうことになった』

母親の実家の秋国家とはほとんどつき合いがなく、顔もうろ覚えだった伯父から突然「嫁げ」などと言われ、雪原はただぽかんと呆けた。

――伯父は一族の中では突出した能力者だと聞くが、何らかの理由で妖の術に堕ち、正気を失っているのではないか。

一瞬そう疑った雪原に、伯父もまた怪訝そうに尋ねてきた。

『風花楼への嫁入りのこと、お前は知らないのか？』

知りませんと返すと、伯父の目の中で訝る色が深くなった。

『ならば、我ら秋国の者がかつて坂東一帯を縄張りとしていた白狐の涼風一族と敵対していたことくらいは詩子から聞いているだろう？』

『ええと、母からではなく、お祖母さんから子供の頃に……。秋国の祖先は飛鳥の頃から暗躍していた呪禁師で、鎌倉時代に朝廷と幕府の権力闘争に巻きこまれ、逃げ延びた武蔵国で白狐の妖との戦いを二百年近く繰り返した末に和解した……んですよね？』

『そうだ。その和睦を結んで以降、もう決して争わぬ証として涼風に秋国の乙女を嫁がせるという取り決めが交わされた。嫁いだ者が死ねば、二十日後に新たな乙女が嫁ぐのだ』

『それは、要するに人質を差し出すということですか？』

『我らの分が悪い和睦だったからな。もっとも、人と妖が血で血を洗う戦いを繰り広げるような時代は遠い昔に過ぎ去った。嫁入りも形骸化した儀式と化して久しい。だから、かつての嫁ぎ先は妖の世界で、あちらへ渡れば人の世へ戻ってくることは二度と叶わなかったが、文政の頃からは来栖坂の風花楼に住まう御門殿のもとへ嫁ぐかたちとなった』

加えて、現在では「生涯、風花楼で暮らす」という決まりを守りさえすれば、時折の旅行や実家への里帰りはもちろん、仕事を続けることもできるのだそうだ。

——誰かと恋をしたり、肉体関係を結んだり、伴侶を持ったりすることまでも。

『つまり、名目上は「嫁」でも、実際は風花楼の特別な客人として丁重に遇される。したがって、嫁としての役割を求められることももちろんない』

『……あの、そもそもその風花楼や御門殿というのは……？』

『まったく、詩子はお前に何も教えていないのか。この関東の地は現在、妖狐四家の縄張りとなっており、それぞれの領地に妖の世と人の世とを繋ぐ橋門がある。東京を治めているのは白狐の涼風一族で、彼らの管理する門が来栖坂にある風花楼だ』

　雪原は橋門の存在自体は知っているものの、実際に見たことはない。

だから、てっきり文字通りの、両端に門番小屋がついた橋を想像していた。

　伯父によれば、そうした簡素な橋門もあるそうだが、風花楼はあちらとこちらを行き来するものたちの宿泊所と審査所を兼ねた大規模な施設らしい。

『言うなれば「御門殿」とは風花楼という巨大なホテルに君臨するオーナーだ。私は一度も会ったことがないが、現在の御門殿は涼風宗家の何番目かの息子だと聞く』

『……あの、伯父さん。息子って、要するに雄の狐ってことですよね？　男の俺がその雄狐に嫁入りって、どう考えても無理がありすぎる話だと思うんですが……』

『嫁入りは形骸化した儀式だと言っただろう。形式的な人質の役割を果たすことのできる適齢期の未婚者であれば、嫁ぐのは誰でもよいのだ。男だろう女だろうと、純潔だろうとそうでなかろうとな』

　実際、過去には何人か「嫁」として風花楼へ送りこまれた男たちがいるそうだ。

『今、秋国の血を引く者の中で、適齢期の独身者はお前だけだ。お前が拒めば、私の従妹(いとこ)の十五の娘がこの役を引き受けることになる』

『しかし……、そう言われても「はい、わかりました」と引き受けられる類(たぐい)の話ではありません。形ばかりの儀式なら、もういっそやめてしまえばいいのではありませんか？』

『これは祖先たちが流した多くの血の上に成り立った、どちらかの一族が滅びるまで続く契約なのだ、紘彰。破棄するなどもってのほかだ』

　言って、伯父は重々しい声で続けた。

『それに、詩子の子であるお前には、この嫁入りを引き受ける義務がある。前回の嫁入りは二十九年前。そのとき、本来ならば詩子が嫁ぐはずだったのだからな』

『母さん、が……？』

『そうだ。詩子が次代の嫁になることは生まれたときからの決定事項で、秋国の命運という重荷を背負わされたぶん、詩子は我ら兄妹の中でもことさら贅沢に育てられた。にもかかわらず、詩子は自身の幸せだけを優先して、お前の父親と駆け落ちした。その詩子の身勝手さの犠牲になり、代わりに嫁いだのが妹の琴葉だ。琴葉は十九だった』

　涼風の白狐のもとへ嫁いだ者は病を得ることなく長寿を全うするのが常のため、新たな嫁入りをおこなう時期はある程度計算ができるという。

『琴葉は今年でまだ四十八。少なくともあと三、四十年は新たな嫁入りはないつもりでいた我々は琴葉の訃報に驚き、慌てて後任として差し出せる者を探したが、一族の中で条件を満たしていたのはお前と、十五歳になったばかりのほんの子供のふたりだけだった』

　そこまで聞いて、雪原は来栖坂法律事務所への就職が決まったときに両親が喜んでくれなかったわけをようやく理解した。

両親と秋国家は完全に絶縁しているというわけでもないようなのに、これまで雪原が秋国の親族に会ったのは二度だけ。一度目は祖父の葬儀があった十歳のとき、二度目は祖母が亡くなった十八のとき。雪原はずっと、そうした状態の原因は秋国側にあると思っていた。代々受け継いできた家業は妙ちきりんだが、秋国家は長い歴史と莫大な資産を有する名家だ。それゆえに、交通遺児で親族もいない父親を嫌って交流を拒んでいるのだろうと。

しかし、事実はまったく違っていた。母親は一族から託された重責を捨て、逃げた。そして、父親は母親の持つ特殊な血のことを知っている。そんなふたりにとって「来栖坂」は秋国に顔向けができなくなった過去の罪を思い起こさせる地だったのだ。

『……だから、俺に行け、と？』

『そういうことだ。弁護士のお前からすれば、親の罪が子に報うなど理不尽以外の何ものでもないだろうがな』

確かに理不尽極まりないことだ。けれど、雪原はもうそれ以上拒むことはしなかった。たとえ形式的なものに過ぎないとしても、自分の代わりに十五の少女にこんな役を負わせてしまうのは後味が悪すぎる。自分が秋国の一族だという自覚はあまりないが、ほかに方法がないならどうしようもない。

何より、これは自分が受けるべき罰のように思えたのだ。法の理（ことわり）を超えた世界での出来事なのだから、母親の犯した不義によって生まれた自分にはその咎の一端を負う責任があると考えたわけではない。雪原自身が、罰せられるべき罪を犯していたからだ。

雪原は自分を無能な弁護士だとは思っていない。けれど、妖を利用して実力以上の名声を得てしまった。それも、一度や二度ではない。

天網恢々疎にして漏らさず。この妖への嫁入りは両親のせいなどではなく、依頼者を救うためとは言え、妖を利用していかさまを働いた自分に天が下した罰に違いない。

だから、自分たちの息子が風花楼へ嫁ぐことを伯父から知らされ、取り乱した様子で駆けつけた両親の前では雪原はことさらけろりとした態度を貫いた。

『これって、要は単なる引っ越しだろ？　心配しなくても大丈夫だって』

努めて明るくそう繰り返したのは両親に罪悪感を持ってほしくなかったからだが、自分自身を説得するためでもあった。

雪原の毎日は、仕事と「サルヴァトーレ」での食事を楽しむこと、そして息抜きのスマホゲームだけでできている。幸か不幸か、ほかには何もない。帰宅する場所が侘しい独り暮らしのマンションか、上げ膳据え膳でしかも「サルヴァトーレ」から徒歩圏の風花楼かの違いしかないのであれば、それは受け入れてもいい変化だ。

——そう自分に言い聞かせ、雪原は嫁入りを承諾した。

いかさまをすることでしか依頼者を救えなかった未熟な自分自身、理不尽を押しつける伯父、そして無慈悲な天に対して「ああ、クソッたれめ」と心の中で悪態をつきながら。

「風花楼へ入れば、誰かと結婚したくなったとき、普通の夫婦生活は望めないぞ。それでもラッキーか？　だから、お前の母親は……詩子は逃げたのだぞ？」

坂道を再び歩き出した伯父が、静かな声を落とす。

「俺は逃げたりしませんよ。そもそも結婚願望が皆無ですから」

母親から譲られた過ぎるほどに恵まれた容姿のおかげで色々と妙な誤解を受けたりもするけれど、雪原は実際には色恋とは縁遠い人生を歩んできた。

一番最近の恋ですら十四年も前。相手は転校生の少女だった。

明るい笑顔が魅力的で、すぐにクラスに馴染んで人気者になった彼女とはたまたま家が近かった。そして、いつの頃からか気がつくと頻繁に目が合うようになっていた。

校内だけでなく、よく重なる登下校の途中でも視線が絡まることが何度も続き、次第に彼女を意識しはじめた気持ちが恋へと変化するのにいくらもかからなかった。

けれども、そんなふうにして生まれ、大事に育てていたつもりの恋はある日あっけなく終わってしまった。当時、雪原はある小物の妖になぜか気に入られ、つきまとわれていたが、そのあまりのしつこさにたまりかねて喧嘩を売っていたところを彼女に目撃されたのだ。

『前から気になってたんだけど、そういうひとり遊びはもうそろそろ卒業したほうがいいよ。せっかく顔も頭もいいのに、すごくもったいないから』

憐れむ眼差しを向けられ、雪原は自分の犯した恥ずかしい勘違いに気がついた。

彼女は自分を気になる異性として見つめていたのではなかった。ストーカー妖怪を無視しきれずに追い払おうと日々悪戦苦闘を続けていた雪原を、「中二にもなってイマジナリーフレンドと遊んでいる可哀想な同級生」として物珍しく観察していただけだったのだ。

思春期真っ只中だったので、失恋したことには大きなショックを受けた。だが、彼女は雪原の奇行を言いふらしたりはしなかったし、雪原ももちろん恨んだりしていない。

ただ、その出来事が引き金となって思い知らされたのだ。

妖が見える者は、そうではない者にとっては「気味の悪い奴」になってしまうのだと。そして、呪禁師のコミュニティーの外では、母親のすべてを受け入れた父親のようなよき理解者と出会えるのは、ほとんど奇跡に近いことなのだと。

雪原の持つ能力は、普通の社会生活の中では気をつけさえすれば隠し通せる。恥ずかしい失恋事件をきっかけに、そうできるだけの知恵と慎重さを身につけたから。

だが、一線を越えて親しくなった相手に対して秘密を持ち続けることは、きっと難しい。

誰かを好きになり、関係が近くなるたび「不気味だ」と拒絶されては、いつか心が折れてしまうに違いない。そう思うと自然と恋に臆病になり、いつしか意識的に避けるようになっていた。その結果、雪原は一度も恋人を持ったことがなく、性的経験もないまま二十八になっていた。そんな状況を、特に不満も不自由も感じず「仕方ない」と受け入れられている自分はきっと生涯独身なのだろうといつの頃からか何となく確信していたことも、雪原が風花楼への嫁入りを受け入れた理由のひとつだった。

「なぜだ？　そう言い切るには、お前はまだ若すぎると思うが……」

「職業柄、夫婦間のドロドロした争いを見過ぎたせいで、結婚に対して夢も希望もなくなったんです」

本音を何もかも晒す気にはならなかったが、まんざら嘘でもないことをごくあっさりとした口調で告げた雪原を、伯父は一瞬不思議そうに見やった。

「……こんな厄介事を押しつけた私が言うのも何だが、お前はずいぶんあっけらかんとしているな、紘彰」

「どうしようもないことを、あれこれ思い悩んでも仕方ありませんから」

「お前は外見は詩子に生き写しだが、中身のほうはどうやら琴葉に似ているな」

「叔母（おば）さんに？」

「ああ。琴葉もお前のように飄々（ひょうひょう）としていて、心の中がまるで見えない女だった」

――姉さん、いなくなっちゃったんだし、あたしが行くしかないんでしょ？　いいわよ、べつに。あたしは姉さんみたいに駆け落ちしたい相手なんていないしね。

琴葉という名の叔母は、姉である雪原の母親を恨むどころか、そんなふうに笑いさえして理不尽な運命をあっさり受け入れたのだそうだ。

「……そう言えば聞きそびれていましたが、叔母さんはどうして亡くなったんですか？」

「事故だ」

「何の事故ですか？」

「事故としか聞いていない。風花楼へ嫁いだ者のことを、我々は詮索できない決まりだ。理由が知りたいのなら、お前が御門殿に直接訊くといい」

妹の早すぎる死をどう思っているのかわからない淡々とした声音で、伯父は言う。

そうします、と返したあと、会話は途切れた。その代わりのように、どこからか笛と太鼓の音が聞こえてきた。もうすぐ来栖坂が一年で一番賑わう葵葉稲荷の夏祭りなので、囃子方が練習をしているのだろう。祭りが近づくとこうして街の方々から響いてくる雅やかな音色を聞くともなしに聞きながら、雪原と伯父は照り返しのきつい石畳の道を黙々と上った。


坂の上は閑静な住宅街だった。

あちらこちらの民家の塀から滴り落ちる庭木の影を踏みながら少し歩いた先の路地の入り口に、若い女がふたり立っているのが見えた。白衣(しろきぬ)に緋袴(ひばかま)。巫女(みこ)のような出で立(いた)ちをした女たちの外見は完璧な人間だったけれど、その気配は妖のものだ。

「お待ちしておりました、秋国様」

丁寧に頭を下げた女たちに伯父は会釈を返すと、「私はここまでだ。この先は彼女たちについてゆけ」と告げ、トランクケースを置いて足早に坂を下っていった。

長々と言葉を交わすような間柄ではないとは言え、あまりにあっさりとした別れに戸惑った雪原の手から、女のひとりが「お荷物は私たちが」とトランクケースを取り上げる。

「あ……、どうも」

「さあさあ、こちらへどうぞ」

もうひとりの女も伯父が置いていったトランクケースを持ち、路地の奥へと雪原を誘う。女たちはかなりの怪力らしく、自分の腰の高さまである大型のトランクケースをまるでコンビニのレジ袋か何かのようにひょいと持ち上げ、軽い足取りで進んでいく。

自転車が一台通れるくらいの幅しかないその路地は、迷路のように曲がりくねっていた。風花楼は見る必要のない人間の目には映らないにもかかわらず、郵便や荷物はどういう仕組みになっているのか出せばちゃんと届くという。暮らしに必要な家具はすべて風花楼で用意しているとのことだったので、トランクケースに入りきらなかった衣類や仕事関係の物などを詰めた段ボール箱数個を一足先に小口の引越便で送ったが、こんな狭い路では運びこむのは大変だったろう。

そんなことを思い、きょろきょろしながら歩いていると、目の前がいきなり開けた。

「ここが風花楼でございます」

誇らしげな視線の先には、巨大な楼閣が聳え立っていた。

荘厳な重層構造の建物で、柱や壁は渋みのある銀朱色、屋根瓦は深い瑠璃色。色使いはどことなく中華風だが、目に焼きつくような鮮やかさはなく、屋根の四隅も反り返ってはいない。そうしたところには和風の趣があり、どう表現すればいいのかわからない建物だが、とにかく異界への入り口に相応しい途方もない大きさだ。

「……すごく立派ですね」

「ええ、もちろん。風花楼はこの日の本に数ある橋門の中でも一番大きゅうございますから」

「橋門の責任者は普通『常駐番』と呼ばれますが、日の本一の常駐番であらせられる白鷹様だけは『御門様』なのです」

——白鷹。それが御門様とやらの名前のようだ。

考えてみれば、今日から夫婦となる相手の名前を知った。

嫁ぐ相手の名前も聞いていなかったのに、それに気づく余裕すらなかったのだから、どうやら自覚している以上に動顚していたらしい。

苦笑交じりの息をついたとき、女たちが白い耳と尻尾を同時に出した。風花楼を統べる涼風一族は白狐なので、おそらくその郎等なのだろう女たちと並んで色ガラスで装飾された雅やかな正面玄関をくぐり、雪原は目を瞠った。

玄関ホールはどこまで伸びているのか一見してわからない高い吹き抜けになっていて、その中央を巨大なエレベーター塔が貫いている。各階のエレベーターの出入り口からフロアまでは放射状に歩廊が渡され、低層階の吹き抜け回廊には煌びやかな飾りつけをした店々が、客室らしい上層階には赤と黒の扉がぎっしりと並んでいた。

欄干や柱には無数のランタンが置かれたり吊されたりしており、それらが放つ目映い光の中に喧噪が溶けこんで、雪原の目と耳を刺激する。

中でも、雪原の目を引きつけたのはそこかしこの空を泳いでいる色とりどりの金魚たちだった。見た目もサイズも金魚以外の何ものでもなかったが、水中ではなく空中を泳ぎまわり柱や壁をすり抜けているのだから彼らも妖なのだろう。

金魚型から獣や人型、異界の奇抜な衣装からごくごく普通の洋服まで、実に様々な出で立ちの妖たちがわいわいと廊下を歩き、ロビーのソファで寛いだりしている。

そんな千差万別の姿をした大勢の渡門客たちのあいだを縫って、男は浅葱色、女は緋色の袴を纏う半妖姿の白狐たちが忙しそうに行き来していた。

賑やかで金が集まる場所に引き寄せられるのは、人も妖も同じだ。だから、来栖坂では人に化けた妖をよく見かける。「サルヴァトーレ」の常連客になっているあの妖のように。

とは言え、ほかの都心部と比べて特に数が多いというわけではないので、職場から目と鼻の先に妖だらけのこんな位相空間があったことに雪原は驚いた。

「風花楼には妖狐以外の妖も数多く仕えておりますが、緋と浅葱の袴を纏えるのは御門様と同じ白狐の特権ですのよ」

先頭を歩く女がどこか得意げに言えば、もうひとりの女も「平たく申しますと、我ら白狐の制服ですわ」と微笑む。

「例外的に、渡門先で罪を犯した者たちを捕らえる捕縛隊に属している者の衣は種族に関係なく漆黒ですけれど」

「緋袴を纏う白狐は女衆、浅葱の袴を纏う白狐は男衆と呼ばれ、楼内で御門様のお世話をしたり、渡門客の対応をしたりすることを主な務めとしております。ですから、紘彰様もご用の際は、どうぞ遠慮なく私たちをお呼びくださいませね」

たくさんの妖たちが働いているらしい風花楼には、立っているだけで何だかわくわくしてしまう華やぎが満ちている。けれども、形式的とは言え、これから主の婚礼がおこなわれることを――今日が特別なハレの日であることを示す飾りつけなどは何もなかった。

風花楼側にとってこの婚礼にほとんど意味がなくなってしまっているからなのか。あるいは、形骸化していても秋国から嫁いでくる者に身の程をはっきりと知らしめるためなのだろうか。どちらにしろ、いっそ清々(すがすが)しいほどの無反応だ。

べつに仰々(ぎょうぎょう)しく歓迎されたいなどとは思わないものの、一応は重大決心をして嫁いできた身としては、何だか肩すかしを食らった気分だ。雪原は苦笑いをして辺りを観察し、妖たちの中にちらほらと人間が交じっていることに気づいた。

「ここには人間もいるんですね」

「ええ、もちろん。人の世に渡りたいと思う妖がいれば、その逆もしかりですもの」

「妖と人間も恋をしたり、商売をしたり、知識や技を授け合ったり、関係は色々ですから」

そんな説明を聞きながら混雑する廊下を奥へ進む。しばらく歩いて、外と変わらない明るさの風花楼の中にはランタン以外の照明器具がないことに気づく。そのランタンを輝かせている光はよくよく見るとひとつひとつが不規則に揺れているので、電気ではないようだ。

尋ねてみると「あれは狐火ですわ」と返ってくる。エレベーターが動いているのに照明に電気が使われていないのは奇妙で、雪原は首を傾げた。

「じゃあ、エレベーターも妖力か何かで動かしているんですか？」

「はい。地下で獄囚たちが妖気の発妖に励んでおりますわ。風花楼の地下には妖の世や人の世で罪を犯したもの、許可無く渡門しようとしたものたちが投獄されておりますので」

「この巨大な橋門を日夜輝かせることに貢献すれば刑期が短くなりますから、皆、それはもう必死で日々発妖しておりますの。おかげで、夜は昼よりも明るいくらいですわ」

「不夜城の風花楼に相応しくとても目映く光り輝きますの」

「……あの、もしかして、ここって電気や電波がなかったり……しますか？」

風花楼は来栖坂にあるのだからこれまでと同じように暮らせるつもりでいたけれど、家電製品が何も使えないとなるとかなりの死活問題だ。

おそるおそる尋ねた雪原に、女たちは「ご安心を」と笑う。

「ちゃんと電気は別に通しておりますし、わたくしたちは業務連絡にはスマホやタブレットを使っておりますから電波もばっちりですわ」

ほらこの通り、とふたりが袂(たもと)から同時に出したスマートフォンの画面では、確かに電波マークが四本しっかり立っていた。

「もちろん光回線やＷｉ－Ｆｉも、廃人ゲーマーも大満足の速度と安定性ですのよ」

「俺は廃人まではいきませんがそこそこゲームはするので、それはよかったです」

地下では日々、獄囚が妖気の発妖に励んでいるのだと聞かせてくれた妖の口から「スマホ」だの「廃人ゲーマー」だのといった人間世界に馴染みきった言葉が自然と出てくることを興味深く感じつつ、女たちのあとをついていくつかの扉を抜ける。

気がつくと、屋根つきの外廊下に出ていた。廊下は庭の奥へ奥へと長く伸びている。

「ところで、今はどこへ向かっているんですか？　式場ですか？」

「いいえ。離れにご用意させていただいた紘彰様のお部屋です。まずそちらで、潔斎用の白(しろ)小袖(こそで)に着替えていただかないといけませんので。それから楼へ戻っていただき、儀式所(ぎしきどころ)の湯殿でお体をお清めしたあと、花嫁衣装へのお着替え。そののち、慶典の間へご案内いたします。慶典の間の扉の前で白鷹様がお待ちですので、おふたり並んで祭壇まで参進を」

「神像の御前で夫婦固めの杯を交わされ、永久の契りを結ぶ誓詞を奏上されましたら、お湯浴みののちに小夜衣(さよごろも)に着替えていただきます。そして、一晩の共寝によって婚礼の儀は終了でございます」

秋国と涼風が長きにわたって繰り返してきた婚礼に、秋国の親族が出席することは許されていないそうだ。その理由や、婚礼の儀式で何がおこなわれるかについては伯父も知らないそうで『万事、あちらの指示に従っていればいい』としか聞かされていない。

だから、この婚礼の儀式に共寝が組みこまれていることは初耳だった。

肉体関係を持つ必要はないはずだが、何をするのだろう。布団(ふとん)を並べてただ一晩共に眠るだけだろうか。気になったけれど、妙齢の娘の外見をした妖たちには訊きづらい。

訊こうかどうしようかと悩みながらさらに数分歩いてようやく到着した離れは、池のほとりに佇む風流な雰囲気の平屋だった。

玄関からまっすぐ伸びる廊下の左側には八畳の和室がふた部屋、右手側には六畳がふた部屋と四畳ほどのウォークインクローゼット。キッチンやバスルームはないが、コンセントはもちろん、エアコンやトイレもある。しかもトイレはとても広く、独立洗面台つきだ。

先に送った荷物はすでに荷ほどきがされ、書籍は立派な木製の本棚に、衣類はウォークインクローゼットに収められていた。下着や靴下まできちんと分類されて収納されていたことには足裏がもぞもぞしたが、抗議をする気にはならなかった。揃えられたデスクやソファ、ベッド、大型テレビなどの家具家電が、雪原にも一目でそうとわかる高級品ばかりで圧倒されてしまったのだ。天井や窓、襖障子の引手などそこかしこに施された繊細な細工と相俟って、何だか昭和の文豪の邸宅のようだ。

「トランクケースの中のものは、儀式のあいだに出させていただきますね」

仕事上の重要書類やパソコンなどは事務所に置いており、トランクケースの中に見られて困るものはない。すでに下着に触られているので遠慮するのも今更のように感じ、雪原は「ありがとうございます。ではお願いします」と返す。

するとなぜか女たちは一瞬きょとんとした目をしたあと、顔を見合わせて笑った。

「……あの、俺、何かおかしなことを言いましたか？」

「いいえ。ですが、大変新鮮でございましたので。身の回りのお世話をいたします我ら女衆に対して『ありがとう』や『お願い』などと仰る秋国様は初めてでしたから」

「それは……、何とも無愛想なことで申し訳ないです」

これまで風花楼に嫁いだ者たちはそれぞれの苦悩を抱え、妖の妻になっても人としての矜持は捨てまいと意固地になっていたのだろう。自分も同じ秋国の花嫁なので、そうした気持ちもわからないではない。だが、相手が人間だろうと妖だろうと、礼儀を欠けば必ずどこかでその報いが返ってくる。雪原は風花楼ではできるだけ平穏に暮らしたいし、そのためにも妖たちに嫌われることは避けたい。そう思って頭を下げると、「嫌ですわ、紘彰様ったら」とところころと弾むような笑い声が返ってきた。

「ちっとも申し訳なくなんてありませんわ。秋国の皆様は、御門様のご妻室として振る舞われていらっしゃっただけですもの」

「でも本音を申しますと、滅多にお口を開いて下さらない方よりも、よくお話しくださる方のほうがお仕えしやすくて嬉しゅうございますけれど」

　女衆たちは「ねえ」とふんわりと微笑み合う。

　雪原の言動はこの風花楼を治める御門様とやらの妻としては威厳に欠けるようだが、悪印象は持たれていない様子なのでそれでよしとして、質問を続ける。

「えぇと、ところで、普段の風呂って風花楼で入るんですか?」

「はい。これからご案内するのは儀式用の特別な湯殿ですが、明日以降は三十三階にご夫婦専用の湯殿がございますので、そちらをお使いください」

「お食事はご希望の時間にこちらへお運びしますが、楼の食堂やお好きな店を選んで召し上がっていただくこともできます。どの店も二十四時間営業ですから、いつでもどうぞ」

「もちろん、すべての店で紘彰様は顔パスの無料です」

「それはつまり、俺の顔が楼内に知れ渡っているということですか?」

「ええ。渡門客はさすがに別ですが、風花楼で働くものは皆、存じておりますわ」

「秋国の方が代替わりされた直後は色々と間違いが起こりやすうございますから、今回は周知を徹底しております」

そうですかと応じて、雪原は改めて部屋の中を見渡す。

風呂場が遠いのは少し不便だが、たったひとりで住むにはもったいないほど贅沢な終の棲家だと思いながら縁側に立つと、数メートル先に格子戸のついた腕木門が見えた。

「あの門は何ですか?」

「通用門です。紘彰様が秋国様と歩いてこられた通りに直接繋がっています」

「風花楼は橋門ですから出入りにはあえて時間がかかるように作られておりますが、あの通用門からはすぐ外へ出られますのよ」

「本来、秋国から嫁いで来られる方のお部屋は『御寮の間』と呼ばれる三十三階と決められているのですけれど、紘彰様は毎日お勤めに出られるとのことでしたので、御門様が楼の中よりこちらのほうがよろしいだろうと仰られて」

「へえ……」

妖怪エレベーターの速度がどのくらいなのかはわからないが、伯父と別れた門から風花楼の玄関まで十分ほど歩いたので、三十三階からでは風花楼を出るだけで二十分は必要だろう。急いでいる朝には煩わしく感じる可能性が高いので、白鷹の配慮は嬉しかった。

一番嬉しいのはこんな無意味な契約を破棄してくれることだけれど、どうやら白鷹という妖はなかなか気の利く奴らしい。

顔も知らない結婚相手にとりあえず小さな好感を抱きつつ、女たちの手を借りて白い小袖に着替えた。それから再び風花楼へ移動し、エレベーターに乗った。

階数表示のないパネルに向かって女が「儀式所へ」と告げるとその文字が浮かび上がる。

エレベーターは高速で浮上し、一分ほどで停止した。開いた扉の向こうはランタンがずらりと吊された細長い廊下だ。ランタンの炎は赤々と燃えているのに妙に薄暗い廊下をしばらく歩き、檜造(ひのきづく)りの広い湯殿に到着する。そこで待っていた、性別も種族も不明の動く人形のような妖たちに身体を洗われると、続き間の部屋へ移された。

形式上とは言え、一応は花嫁役だ。白無垢(しろむく)姿にでもさせられるのかと思っていたが、どこからともなく新たに現れた女衆たちによって手際よく纏わされたのは、裾(すそ)がやたらと長い直衣(のうし)に似た純白の衣と赤い袴だった。

「では、これから慶典の間へご案内いたします」

女衆に先導されて、ランタンの赤い光が揺らぐ廊下をぞろぞろと行列になって進む。

やがて、大きな黒い扉が見えてきた。その前にはすでに数人の男たちが整列している。浅葱色の袴を穿(は)いた妖狐たちの中でひとりだけ黒地に赤の縁取りが入った直衣を纏った背の高い男がいた。こちらには背を向けているので顔は見えないが、あの男が白鷹だろう。

腰の辺りから長く垂れている尻尾も、髪も、ぴんと立つ大きな三角耳も月光を溶かし込んだような白銀色。その色が老いによるものではないことは、背がまっすぐに伸びていて若々しい後ろ姿でわかった。

形ばかりの夫がどんな容姿をしていようと関係ないと思っていたけれど、目の前にするとやはり気になり、雪原はもっとよく見定めようと目を細める。

「花嫁のご到着でございます」

女衆の発した声に、白鷹の首がゆっくりとこちらへ巡る。

そして、まるでルビーを思わせる鮮やかな赤い煌めきを宿すその目と視線が絡んだ瞬間、雪原は危うく袴の裾を踏んでひっくり返りそうになった。

白鷹が――これから夫婦となる相手が、二日前の夜に「サルヴァトーレ」で酒を酌み交わしたあの妖だったからだ。

髪の色と衣装のせいで人間の振りをしているときとはずいぶん雰囲気が違っているけれど、間違いない。乱反射する万華鏡さながらに輝く独特の瞳は、あの妖のものだ。

雪原が呆けて立ちどまったのと同時に、白鷹もまた驚いたように形のいい眉を撥ね上げた。


「では、わたくしたちはこれで失礼致します。朝までどうぞごゆっくり」

恭しく告げた緋袴の女衆たちが、湯上がりの雪原を共寝の間に残して去っていく。

「……疲れた」

ようやくひとりになれた解放感からぽつりと呟くと疲弊感がどっと込み上げてきて、雪原はいかにも意味ありげに敷かれている布団の上に倒れこみ、大の字になった。

今、身につけているのは、初夜用の夜着だという何だかいかがわしい具合に透けている白い着物だけだ。下着は穿いていないので下半身が丸見え状態だが、誰もいないので気にせず大胆な格好で伸びをした。

「あいつ、白狐だったのか……」

慶典の間ではそばにたくさんの狐たちが控えていたし、儀式を終えたあとはすぐにまた風呂場へ移されたので、白鷹とはまだ言葉を交わしていない。

今まで「サルヴァトーレ」で散々意味ありげな視線を送られてきただけに、想像もしていなかった場所で再会した瞬間は、この嫁入りがずる賢い狐によって講じられた策略のように感じて、かっと怒りが湧いた。

——何が「仕事でトラブルでも？」だ。よくも、いけしゃあしゃあと……！

雪原の抱えるトラブルはふたつ。ひとつは自業自得（じごうじとく）の結果だが、もうひとつは納得して呑（の）みこみはしたものの、心のどこかでは取りやめになることを願っていたこの婚礼だ。

なのに、まさにトラブルの元凶である風花楼の雄狐からそれと知らずに酒を奢（おご）られ、あまつさえ慰められてしまっていたことに怒りを覚えた。

ふたりで祭壇の前へ進むときも、誓詞奏上をするときも、雪原は隣に立つ白狐にずっと腹を立てていて、声も態度も荒くなった。だが、慶典の間を出て白鷹と離れ、長い時間をかけて風呂につけ込まれているあいだに段々と怒りが冷め、気づいたのだ。慶典の間の前で目が合った白鷹は本気で驚いていたふうで、あの表情はとても演技とは思えないことに。

そもそもこの結婚は秋国側が不利な立場で結んだ契約によるものなのだから、もし白鷹が男色の妖で、雪原を見初めて娶りたいと思ったのなら、伯父に「寄越せ」と伝えればすむ話だ。わざとらしい小芝居をしたり謀を巡らせたりする必要などない。

だとすれば、雪原同様白鷹も、誰と夫婦になるのか知らなかったということなのだろう。顔も知らない相手と結婚したつもりがこんな結果になったのだから、運命的と言えば運命的だ。——もっとも、自分たちのような間柄には意味のないことだけれど。

そんな考えが頭の中をぐるぐると回っていたせいで、慶典の間を出てからのことはよく覚えてない。共寝の儀式で自分は何をすればいいのかも、結局訊きそびれたままだ。

「まあ、いいか……」

何か儀式的なおこないが必要なら、そのときに白鷹が教えてくれるだろう。

雪原はごろりと反転して仰向けになる。そして、ゆっくりと深呼吸した。

九割は諦観、残りの一割は渋々の気持ちを抱いての嫁入りだったけれど、雪原の胸は今、穏やかに凪いでいる。

どうせ逃れられない結婚ならば、相手が白鷹でよかった。

元々、少しくらいなら親しくなってみたいと興味を持っていた妖だし、「サルヴァトーレ」

の常連ということは食の好みも似ているということだ。

何より、通勤しやすい場所に部屋を移してくれるような気遣いの心を持ってくれているのだから、白鷹とならいい関係が築けそうな気がする。

「白鷹……。白鷹、か……」

今日から夫となった白い妖狐の名前を小声で紡ぎ、ぼんやり天井を眺めていると、ふと空腹感を覚えた。

どこにも時計がないので正確な時間はわからないが、先ほど歩いてきた廊下の窓から見えた空はすっかり夜の色だった。中野のマンションを出たのが昼前。部屋を引き払う手伝いのために昨日から泊まっていた母親が作ってくれた朝食を食べたあとは、慶典の間での固めの杯で唇(くちびる)を湿らせたきりなので、半日以上食事ができていない。

雪原はむくりと起き上がった。空腹のままでは眠れない。誰かを捕まえて食事を用意してもらおうと思った雪原の眼前で襖が音もなく開き、若い娘たちがわらわらと現れた。

淡い色の衣に、胸の前で締めて垂らした細い帯。風もないのにひらひらふわふわと揺らめいている長いショールのような紗(うすぎぬ)。三角耳や尻尾は見当たらず、代わりに結い上げた髪にひとりひとり異なる美しい簪(かんざし)を挿している。

唐朝(とうちょう)風の揃いの衣装を纏った娘たちは、料理や酒の載った膳を持っており、畳の上に次々と並べていく。そして、雪原の手を引いて、その前に座らせた。

「……えぇと、これ今食べていいんですか？」

何の説明もなく事が進んでいくので戸惑って問うと、娘たちはやはり黙ったまま雪原の周りに群がり、杯を持たせて酒を注いだ。

酌をした娘がにっこりと微笑むと、ほかの者たちも雪原を見つめてくすくすと笑った。

空気がやわらかに揺れる。鈴の音が溶けこんだそよ風のような振動が部屋の中に一斉に広がり、雪原は理解した。彼女たちの声は、術者ではない自分には聞こえないらしい。

白狐の女衆には様々な年齢のものがいたが、透明な鈴の声を転がす彼女たちは皆、少女と女性の端境期のような年頃だ。纏う衣装もさっぱりして清潔感のある緋袴姿とは違って華やかさが強調されており、雰囲気がずいぶん違う。何の妖なのかはさっぱりわからないが、こうして給仕をしてくれているのだから彼女らも風花楼のスタッフなのだろう。

「じゃあ……、いただきます」

少し困惑しつつ、雪原は注がれた酒を飲んだ。とても甘い酒だった。アルコール度数が相当に高いのか、口に含んだ瞬間、くらりと強い目眩(めまい)に襲われた。

「――う、ぅ……？」

雪原は杯を落として倒れこんだ。

――熱い。たまらなく熱い。

まるで身体の内側が燃えているようで、雪原は夜着の衿(えり)を掻(か)きむしった。

畳にこぼれた酒の上で雪原が悶え苦しんでいるのに、娘たちは何もしない。ただ楽しげにくすくすと笑い合って、雪原を見ているだけだ。

「あ、ぁ……」

わけのわからない熱が身体中を駆け巡り、苦しくてどうしようもなかったが、毒を盛られたのではないことはすぐにわかった。乱れて開いた衣の前から突き出たペニスが真っ赤に腫れ上がり、びくびくと撓り揺れながら淫液を滴らせていたからだ。

その卑猥な光景に、自分を苛んでいる熱の正体を悟る。

これまで感じたことのない強くて大きな欲情だ。

「――ふっ、ぅ」

雪原は本能の命じるままに手を伸ばし、濡れた屹立を握って扱いた。鈴の音に似た笑い声を転がしている妖の娘たちの目など、どうでもよかった。今はただ身の内で狂ったようにうねり立つ熱を鎮めたかった。なのに、いくら擦っても、もどかしさが募るばかりだ。

透明な淫液は際限なく漏れ続けているけれど、熱が放出される兆しは少しも感じられない。精路の奥で欲望が溜まって堰き止められ、渦を巻いたままどんどんと大きくなってゆく。

「うっ、うっ、う……っ」

どれだけ強く、速く手を動かしても、水音がくちゅくちゅと虚しく響くだけだ。

これじゃない、と頭のどこかで声がする。はっきりと聞こえる。なのに、自分の身体が何を求めているのかわからず、雪原は混乱した。

切なくてたまらず、眦を濡らしながら、硬く凝ったペニスをぎゅうぎゅうと握りつぶし、腰を捩っていたさなかのことだった。

「お前たち、何をしている！」

誰かの大声が響き渡ったかと思うと、妖の娘たちの姿が一斉に空気に溶け消えた。

「紘彰、大丈夫か？　しっかりしろ。何をされた？」

肩を抱き起こされ、雪原は声の降ってくるほうをゆっくりと見上げた。

白い小袖を纏った白鷹が、そこにいた。視線が絡んだその瞬間、電流めいたものが背を駆け抜ける。手の中のペニスがさらに熱をはらんでくねり踊り、波うって開いた先端の孔から熱い粘液がにゅるりと溢れ出た。

「あ、ぁ……」

——こいつだ。

そう直感すると同時に、雪原は白鷹を押し倒し、その上に跨がった。

「……っ。紘彰？」

驚いている白鷹を押さえつけ、その着物の裾を払い上げる。

雪原同様、やはり何も着けていない下肢が露わになる。髪の色よりもやや銀色に近い叢の下には、赤黒いペニスが長く垂れていた。萎えていても雪原の勃起したそれより一回り以上太く、ずっしりと重たげな威容に思わず喉が鳴った。

目にしただけで身体の芯が燃え上がり、火照った肌から汗が噴き出た。

これが欲しい、と本能が全力で求めているのがわかる。

セックスなど一度もしたことがないけれど、自分が——この身体が何を望んでいるのか直感的に理解できた。まるで見えない糸にでも操られているかのように手が迷いなく動いて、雪原は白鷹のペニスをしっかりと握りこむ。

手のひらに直に感じる他人の生々しい体温に、身の内で滾る欲情がさらに大きくなる。

「紘彰、よせ……っ」

白鷹が慌てたふうに起き上がろうとする。

だが、雪原はお構いなしに手のひらをぎゅっと密着させた。内側から撥ね返されそうになる弾力のしなやかさにぞくぞくしながら、強引に手を上へ下へと動かす。

「っ、紘彰……、やめるんだ……っ」

諌める声のわずかな上擦りを聞き取り、すかさず扱く動きを大胆にする。

指先に力を入れて太い幹を揉みこみ、雁首のくびれた部分をぐりぐりと押しつぶして刺激すると、白鷹の肉茎はたちまち硬く漲った。

「あ……っ」

皮膚を灼く熱を感じて反射的に手を離す。

雪原の手の中からぶるんとこぼれ出たそれはまだ完全には勃起していない状態にもかかわらず、目を瞠らずにはいられない逞しさを誇示していた。

ゆるく反った長い幹は猛々しく膨れ、その表面にくっきりと浮かび上がった幾本もの血管は音が聞こえてきそうな激しさで脈動している。

そして、天を衝く亀頭が張り出す角度とふちの分厚さは、とてつもなく凶暴だ。

雄としての力強さを濃厚に振りまく凶器めいた形状に、雪原の目は釘づけになる。

「──あ、ぁ……」

欲しい。欲しい。欲しい。この肉の剣のような太い楔が欲しい。

頭の中で膨張し、破裂しそうになる欲望に突き動かされるままに、雪原は腰を上げる。そして、開いた脚の奥に丸々とした亀頭の先を宛がった。

腰を落とすとぐにゅりと捲れ上がった後孔の襞が信じられないほど大きく引き伸ばされ、その圧迫感に思わず眉が寄った。

「んっ、ふ……、くぅ……っ」

雪原の小さな窄まりに白鷹の怒張は大きすぎ、先端をわずかに咥えこんだだけで凄まじい違和感に襲われた。

「──紘、彰っ」

雪原を呼ぶ白鷹の眉根もきつく寄っている。狭い場所を無理やりこじ開けることで生じる負荷は雪原だけでなく、白鷹をも苛んでいるらしい。

「よせっ、紘彰。これ以上は……っ」

動きを封じるように伸ばされた腕を振り払い、雪原は腰をさらに沈めて亀頭を丸ごと呑みこもうとした。限界まで伸びきっている襞をさらに広げる行為は、苦しかった。自分は一体どうしてしまったのだろうという困惑も、頭の片隅でかすかにちらついている。

けれども、そんな息苦しさや不安は、心地のいい酩酊感をもたらす楔をすべて味わい尽くしたいと求めて燃え上がる欲望に蹴散らされた。

そして、ただひたすらに、欲しい、欲しい、と胸のうちで繰り返しながら結合を深めようとした寸前、腰の両脇を摑まれたかと思うとそのまま強い力で引き上げられた。

「あっ」

繋がりをとかれてしまった喪失感に狼狽える身体が布団の上に倒され、覆い被さってきた美しい妖狐に抱きしめられた。

「落ち着け、紘彰」

告げる吐息が耳朶に掛かり、甘い疼きが頭の芯に突き刺さる。

たまらずに腰が跳ねた拍子に剝き出しになっていた互いの屹立が擦れ合い、硬い熱塊がごりっと弾んだ感覚に脳髄が痺れた。

「――ひあっ」

強烈な歓喜が体内を駆け巡り、雄の楔を欲する欲が破裂しそうになる。

なのに、身体に白鷹の腕が絡みついているせいで思うように動けない。もどかしくてどうしようもなく、身を大きく捩ると、身体に巻きつく腕にさらに力がこもる。

「は、離せ……っ」

雪原は眦に涙を溜めて首を振る。束縛から逃れようともがきながら、下肢を擦りつける。

いつの間にか、白鷹の先端もぬめりはじめていた。熱く濡れた肉塊と肉塊が縺れ合い、目眩のする快感があとからあとから湧いてきて、雪原は訳がわからなくなる。

「――欲しっ。あ、あ、ぁ……、これ……っ、これが……、欲しっ」

「わかったから、少し落ち着け」

苦笑を湛えた白鷹の唇が、雪原の頬や鼻先に優しく落ちてくる。

「私のものは、人のそれとは違う。慣れていればともかく、私を知らない身体に無理やり挿れては、ただ苦しいだけだ」

宥める口調で言った白鷹が身を起こし、雪原の脚をやんわりと押し広げた。

奥の窄まりに外気が触れたのを感じ、雪原は腰を揺すった。

「は、早く……っ」

「まだだ。言っただろう？　準備をしてからだ」

そう告げると、白鷹は伸ばした指先で雪原のそこに触れた。

硬くて温かい指が会陰部をすっとすべり、窪地の襞を撫でて中へ押し入ってくる。

「ふ、ぁ――んっ」

窄まりの表面がぬぷっと抉られ、喉を仰け反らせたときだった。

爪の先を沈ませた指の圧力に押し出されるようにして、肉環の隙間からぬめった粘液がにゅうっと漏れ散ったのがはっきりとわかった。

「んっ、あっ」

快感に支配されていた頭の中に奇妙な違和感が沸き立ち、咄嗟にシーツを引っ掻いた雪原の耳にかすかな声がぽつりと届く。

「まったく、勝手なことを……」

意味のわからない呟きを落とした白鷹が指を小刻みに前後させるつど、肉筒からじゅぷっじゅぷっと粘着質な水音が響いた。そんなことが何度か繰り返され、雪原は理解した。

――濡れているのだ。自分のそこが、まるで女性器のようにぐっしょりと。

「え……。何、で……」

「飲んだ酒のせいだ。あの酒が、お前を男を受け入れる身体に変えたのだ」

告げて、白鷹が指の動きを大きくする。

速度や角度を変えて粘膜を突き擦るその愛撫はひどく巧みで、あり得ない身体の反応への戸惑いはすぐに霧散してしまう。気づけば、白鷹の手の動きに合わせて腰を振り立てていた。

「あっ、あっ……。は……ぁ、ん……っ」

細長い指がリズミカルに前後しながら、濡れた隘路を掘りこんでゆく。

ぬりっぬりっと突き擦られる粘膜がやわらかくほどけ、指は徐々に侵入を深めた。

「あ、あ、ぁ……」

身体の奥へ奥へと広がる摩擦熱に、内腿がぴくぴくと痙攣した。

何て気持ちのいい指だろう、と雪原は陶然とする。

「痛みはないか、紘彰」

「ん……っ。な、ない……っ」

首を振ると、根元まで一気に埋まって指がくるりと回転する。

蕩けて濡れた媚肉を引っ掻かれ、思わず腰が浮き上がった直後、白鷹の指がぬるりと抜け出る。そして、二本に増えた指でわななく襞を再び突き刺された。

「ああぁっ」

ぬちゅんっと勢いよく奥が穿たれ、四肢の先まで電流が走る。たまらない快感が込み上げてきて、根元から撓り揺れたペニスの先からぷしゅっと白濁が噴出した。

「――ひ、あ、あ、あ……っ」

雪原がびくびくと腰を揺すりながら射精するあいだも、白鷹は手の動きをとめなかった。

ぎゅうっと窄まる隘路を二本の指でこじ開け、深部を掻き回して突き上げたかと思うと抜け落ちる寸前まで後退し、また戻ってくる。ぐちゅぐちゅ、ぬちゅぬちゅと淫(みだ)らな水音を響かす指の抽挿を力強く繰り返され、眼前がゆがんで白む。

「あん……っ、あぁあんっ」

自分のものとは思えない嬌声(きょうせい)が高く散ったが、気にする余裕などなかった。

「白鷹っ。挿、れ……っ。指じゃ、なくて……、そ、そっちっ」

雪原は、自分の脚のあいだで膝立(ひざだ)ちになっている白狐の下肢を見やってねだる。

「あ……っ。は、や……くっ」

鈴口からだらだらと白濁を垂らし続けているペニスごと腰を振って催促を重ねると、白鷹が指を抜き、自身の腰紐をほどいた。

「紘彰、これが私だ」

衣の前が開かれ、露わになったそれは、先ほどとは明らかに形状が異なっていた。

隆々と猛る太い幹が、人のそれとは比べものにならないほど長く伸びている。

「初めのうちは人と大差はないが、興奮が深くなるとこのように形が変わる」

人間ではあり得ない威容を雪原に確認させるように、白鷹は反り返る肉の剣を根元からゆっくりと擦り上げて言った。

「私はお前を奥深くまで侵すし、より滾ればこの根元が膨らみ、お前の中に大量の精を植えつけながらしばらく抜けなくなる。それでも、私が欲しいか？」

白鷹にまっすぐに見据えられて湧いた感情は恐怖などではなく、狂おしい渇望だった。

「欲しい……っ」

自分は一体どうしてしまったのだろうと躊躇う理性など、とうにない。

本能の感じるままに答えた直後だった。

雄を欲してひくついていたそこに、凄まじい圧力を感じた。

「——あああぁっ」

熱くて、長くて、太い肉塊が押し入ってくる。ぬるつく隘路を穿たれ、痙攣する粘膜を掘りこまれて、雪原は空を蹴った。痛みでそうしたのではない。侵入の衝撃によって生まれる、脳髄が削られるような快感が強烈すぎて、たまらなかったのだ。

「あっ、あっ……、ああああぁ……！」

「まだ半分も入ってないぞ、紘彰」

跳ね上がった脚を左手で抱きかかえるようにして笑った白鷹の紅い目には、今まではなかった獰猛な色が浮かんでいた。欲情する雄に、雪原の欲望もさらに煽られる。自分を気遣うようなじわじわとした挿入がもどかしく、雪原は腰を揺すって白鷹に襞を絡ませた。

「——っ、紘彰……っ」

唸る声を漏らした白鷹が、一気に腰を進める。

ずずんっと内奥が串刺しにされたかのような苛烈な一撃に、眼前で火花が散った。

「くひぃっ」

精を放って半萎え状態だったペニスが弾けるように躍り勃ち、半透明の液体を飛ばす。

「あ、あ、あ、ぁ……」

なんという快感だろうと雪原は陶然とする。

意識が押し流されるようなこんな悦楽を覚えたのは生まれて初めてだ。なのに、なぜなのか、本能がもっと、もっとより大きな刺激を求めてのたうつ。

「焦らすな……っ。早く、動け、よっ」

「花嫁が初夜の床で発する言葉とは思えんな」

低く笑った白鷹が腰を引く。

一度ついた道筋とは逆方向に粘膜を抉った亀頭が、肉環にぐぷっと引っかかってとまる。

「あっ、や……っ」

内側から襞が捲られてしまいそうな危うい感覚に、雪原はぞくぞくする。

堪えきれずに「いい……」と上擦った声をこぼすと同時に、白鷹が律動を始めた。

長い長い剛直が内壁を押しつぶし、奥を突き刺して捏ね回したかと思うと退いて、抜け出る寸前に襞を巻きこみながらまた戻ってくる。

「あひぃっ」

ずぶんっと力強くねじ込まれた熱塊の先端で何度も何度も激しく突き上げられ、腰が燃え上がるように熱くなる。

　抜き挿しのつど、脳髄が痺れるような快感が駆け抜け、頭の中が掻き回された。

「あっ、あっ……！　や……っ、すご……っ。あっ、あっ！　や、ぁ……ああっ」

　白鷹の抽挿に合わせて腰が勝手に動き、ひっきりなしに喘ぎがこぼれる。

　陰嚢ごと大きく揺れ回るペニスの先からも色のなくなった淫液が漏れ続け、摩擦熱で蕩かされた肉筒から響く淫らな水音も大きくなる。

　気持ちがよくて――よすぎて、どうにかなってしまいそうだった。

「あっ、は……っ。あっ、あっ……。もっ……、死、ぬ……、死に、そ……っ」

「お前が望んだことだろう、紘彰」

　甘いのにどこか凶悪な声で言って、白鷹が腰遣いを速くする。

「――ああああぁ！　やっ……、やっ……。死ぬっ、死ぬっ、死ぬっ！」

　ぬかるむ隘路を凄まじい勢いで突き擦られ、雪原は高い嬌声を散らす。

　容赦なく抉られ、すりつぶされてゆく媚肉も、感極まったかのように激しい痙攣を始める。

「あっ、あっ、あっ……！」

　雪原はシーツを引っ掻き、足先をきつく丸めて身悶えた。

　気持ちがいい。よくて、よくて、たまらない。望んだものを与えられているはずなのに、力強く突き上げられるたびに劣情が深くなる。それが何なのかはわからないけれど、足りない何かを求めて眦を濡らした雪原の顔の両脇に、白鷹が乱暴な音を立てて手を突く。

「紘彰、これからだ」

雪原を見つめ、獣めいた笑みを滴らせた白鷹が、ぐっと結合を深めた。

下腹部が密着し、ひしゃげた蜜袋の裏を強い陰毛でざりざりと擦られる。

「あっ、あぁ……っ。白、鷹……っ」

尖った歓喜が次々と波立って目を眩ませた雪原の中で、白鷹が形を変えた。

大きく脈動してひときわ太く猛ったペニスの根元が大きく膨らみ、切っ先がぬぷぷぷっと伸びてくると同時に熱い迸りを感じた。

粘膜を叩く勢いで流れ出たものが体内を熱く濡らして逆巻く感覚に、雪原は息を詰める。

「こうなると言っただろう?」

白鷹は両手を突いたままの格好で腰を小刻みに前後させ、熱い粘液を撒く。びゅうびゅうと大量に噴き出すそれを、白鷹は浅く速い律動を繰り返して雪原の中になすりつける。

「あ、あっ……。ん……っ、あぁ……っ。な、中……、熱、い……」

「まだ、だ……、紘彰。まだ終わらぬぞ」

唸る声音で言った白鷹は精を放ち続けながら、雪原を穿った。

「あっ、あっ、あぁ……っ」

じゅぶっ、じゅぶっ、じゅぶっと内奥が掻き回される。うねって収縮しようとする隘路を荒々しく捏ね突かれ、爛(ただ)れた粘膜から白鷹の放つ精が沁みこんでくるようだ。

「あ、あ、あ、ぁ……。も、駄目……っ。あっ、あっ、あっ……！」

白鷹の猛々しい熱に身も心も溶かされてしまいそうだった。雪原は息も絶え絶えに煩悶(はんもん)する。悦楽の炎に灼かれた身が霧散するかのような錯覚を覚え、うっとりと吐息を散らしたとき、雪原ははっと理解した。——自分が欲していたものがこの熱い甘露だったのだと。

そして、渇望の正体を見つけた悦(よろこ)びが下腹部を波うたせ、もう何度目かわからない絶頂へと導いた。

「——っ」

雪原は白鷹に揺すられながら、声もなく涙する。

「紘彰……」

白鷹が腰の動きを緩慢にして何かを言っていたけれど、あまりよく聞こえない。

体内を熱く濡らす甘露がもたらす、この世のものとは思えない歓喜の渦の奥へ、雪原の意識はゆっくりと沈んでいった。


白鷹の声が聞こえる。それから、空気がさらさらと揺れているような音も。

幾重にも重なる楽器の音色のような、そうでないような、あの音は何だろうと思いながら

雪原は目を開けた。見慣れない格天井が視界に広がり、雪原は自分が薄暗い座敷に敷かれた布団の中にいることに気づく。何だか気怠い身体は見覚えのない浴衣に包まれている。

ここはどこだと自分の記憶に問いかけたとき、また白鷹の声がした。

「まったく！　その態度は何なのだ、お前たち！」

険しい声が響いたのは、窓のないこの部屋の出入り口になっている襖の向こうからだ。

雪原はもぞもぞと布団を這い出て、襖を開けた。

眩しい光が一斉に流れこんできて、網膜を刺す。思わず目を細めて手をかざした雪原を、着流し姿の白鷹と雅やかな衣装に身を包んだ娘たちが見た。

こちらの座敷では照明が灯されていたが、閉じられた障子の向こうも白々と明るい。夜が明けたようだ。

「目が覚めたか、紘彰。すまない、うるさかったか」

気遣うふうに紅い瞳を向けてきた白鷹の前で、娘たちが肩を寄せくすくすと何事かを囁き合う。言葉としては捉えられない、空気の煌めきめいたその声を肌で感じた瞬間、靄がかかったように重く澱んでいた意識が一気に覚醒した。

「――っ」

彼女たちの前であり得ない痴態を晒した上に、狐の妖――それも雄と初体験をしてしまったことへの衝撃と羞恥が、頭の中で炸裂する。

同時に下半身に嫌な違和感を覚え、雪原はその場に崩れ落ちた。刹那、頭の奥で閃く。

——あの酒だ。あの酒を飲んで、頭も身体もおかしくなった。

「紘彰っ。どうした？　どこか痛むのか？」

肩を支える手を、雪原は思わず打ち払う。

「どういうことだ、クソ狐！　これは監禁も強姦もなしの、単なる形だけの結婚じゃなかったのか！」

払いのけた白鷹の手と一緒に理性も飛び散る。

妖への嫁入りが逃れられないことならば相手が白鷹でよかったなどと思ってしまったぶん、腹が立ってならず、雪原はあらん限りの力で怒声を発した。

「ふざけんなよ、このクソ狐が！」

白鷹は、自分を「クソ狐」と二度も罵った雪原を、一瞬ぽかんと驚いた表情で見つめた。けれど、すぐに真顔になって居住まいを正した。

「昨夜はほかに方法を思いつかなかったのだ。すまなかった、紘彰。許せ。この通りだ」

言って、白鷹が深く頭を垂れる。

職業柄、雪原は不利な立場の依頼人であったり交渉相手だったりが面談や話し合いの場で、あるいは担当事件の被告人が法廷で土下座をする姿を日常的に目にする。だから、白鷹の謝罪が単なるポーズではないことは直感的にわかった。

潔く、清廉さすら纏って真正面から詫びを入れられ、雪原は困惑した。そして、毒気を抜かれたことで、ぼんやりと思い出した。

行為の途中から記憶はかなり曖昧になっているけれど、娘たちに供された酒を飲んでおかしくなり、襲いかかった自分を白鷹は宥めようとしたし、最初は拒んだ。

それはたぶん、あの酒を出すよう命じたのは白鷹ではないということだ。

「……ちゃんと、わかるように説明してくれ」

自分は間違いなく被害者のはずなのに、何だかばつが悪い思いで雪原は呟く。

「お前が昨夜口にした酒は、この幸蘭たちが創った呪酒――呪いの酒だ」

「……呪い？」

白鷹は頷いて、顔を上げる。

「お前の身の内に百度、私の精を注ぐまで、毎晩発情する呪いだ」

白鷹の発した声が意味のある言葉として頭に届くまでに数秒かかり、何を告げられたのか理解したとたん、雪原は激しく混乱した。

「百……って、は？　せ……？　発……？」

驚愕がぐるぐると駆け巡る頭を抱えて、雪原は思わず蹲る。

「昨夜のお前の様子から無理やり発情させられていることはすぐにわかったが、どんな呪をかけたのかを聞き出す前に幸蘭たちに逃げられてしまった。お前は呪に深くはまっていたし、幸蘭たちを捕まえるあいだに脳が灼き切れるのではないかと思うと追うこともできず、昨夜はお前を抱く以外に呪を鎮める方法を」

言いかけた白鷹の肩を雪原は摑んだ。

「ちょっと待て。それはつまり、俺はこれからお前と毎晩ヤらないと頭がショートして廃人になるって……こと、なのか？」

そうだ、と白鷹が静かに言う。

「——冗談じゃない！　今すぐ解いてくれ！　それくらい、できるんだろう？」

「ああ、できる」

白鷹は首肯したものの、その口調は重かった。

「……できても、何か厄介なことがあるのか？」

「そういうわけではない。呪いを解くには、幸蘭たちを皆消せばいいだけだからな」

いつの間にか背を壁に貼りつけるようにして身を寄せ合い、怯えた顔をする娘たちを見やって、白鷹は言った。

「この幸蘭たちは私が創った蘭の花の精だ。無に帰すことは造作もない」

「無に帰すって、要するに殺すってこと……なのか？」

「そうだ。この呪いは目的を果たすか、創出した者を消し去るかしない限り解けない。そして、幸蘭たちは一粒の種から生み増やしたために一であり多、多であり一だ。それゆえ、この幸蘭たちの中の誰かひとりが呪酒を創ったというわけではなく、言わば全員が犯人ということになる」

「だから、皆殺し？」

「そういうことだ」

白鷹が短く返した声に娘たちは震え上がる。そして、さめざめと泣き出した。

「……ずいぶん極端だな。ほかに何か方法はないのか？」

「ない。あればよかったがな」

苦笑いをして立ち上がった白鷹の手の中に、一振りの刀が現れる。

「泣いてもどうにもならぬぞ、お前たち。悪ふざけも大概にせよといつも言っておるのに、聞き分けがないからこういうことになるのだ。覚悟せよ」

冷厳とした声を放って白鷹が刀を振りかざしたとき、雪原には聞こえない娘たちの悲鳴が空気の漣（さざなみ）となって押し寄せ、肌を刺した。

「――やめろ！　殺すな！」

咄嗟に制した雪原に、白鷹が戸惑う目を向ける。

「紘彰。私は幸蘭たちを『花の精』と言ったが、それは便宜上のことだ。天から命を授かった精霊ではないし、生命体ですらない。あくまで私の創生物――言うなれば単なる動く立体絵なのだから、罪悪感を覚える必要はないぞ？　『殺す』と言うと物騒な表現になるが、要するにデータのデリートのようなものだと思えばいい」

「……それでも、消えたくないと泣いて嫌がってる奴らを消すのは後味が悪い」

それに、と声を落とし、紡ごうとした言葉を雪原は一度呑む。

同情の勢いでこんなことを口にすればきっと後悔する、と理性が警鐘を鳴らしている。選ぶべきは幸蘭の全員削除か、呪いの甘受か。答えを出す前に混乱している感情を整理しようと、雪原は髪の毛を掻き回した。けれど、いくら考えても辿りつく先は同じだ。

「それに……、お前だって本心じゃ消したくないんじゃないのか？　この呪いを解けるのか訊いたとき、答えを一瞬躊躇っただろ」

なかば自棄で笑った雪原を見る紅い瞳が、またかすかに揺らぐ。白鷹の心のうちを察するには、それで十分だった。部屋の隅で固まって泣いている花の精たちが命を持たない存在だとしても、自分の手で生み出し、育てたものならば深い愛着を持っていて当然だ。

なのに、呪いを解くためにこの娘たちを滅しようとしているのは自分への謝罪のため。

つまり、昨夜のことは白鷹にとっても意に反した不慮の事故だったのだ。

それでも、雪原を抱いたことを悔いていて、だからこそ詫びるために泣いて震えている花の精たちを消去しようとしているのだ。

「ああ……、クソっ」

低く独りごちて、雪原は仰向けに倒れこむ。

雄の妖と初体験をした挙げ句、あと九十九回も抱かれなければ解けない呪いをかけられたなんて最低だ。最低すぎる。泣きたいのはこっちだ。――けれども。

少女めいた大きな目に涙を溜めて怯えている姿を見てしまうと、とても「じゃあ、さっさとデリートしてくれ」などとは言えやしない。

さすがに、かけられた呪いが「これから百日間、毎夜ありとあらゆる拷問の責め苦を受けなければならない」だったりすれば、たぶん迷わず消去を選んだ。

だが、この呪いによって強いられるのはただのセックスだ。

「……やっぱり、天網恢々か」

「紘彰?」

怪訝そうな顔の白鷹から視線を外し、雪原は畳の上をごろごろ転がった。

雪原には結婚願望はなく、誰かのためや何かの信念に基づいて純潔を守っていたわけでもない。単に使う機会がなかっただけで今後もその予定はない身体に無理やり性の快楽を教えこまれたところで、深刻な絶望感を覚えるわけではない。

それでも、互いに恋愛感情を持っていない上に人ですらないものと自分の意思に反して身体を繋げる行為には、精神的打撃が伴う。いくら気持ちがいいだけのものであったとしても、雄の妖に抱かれてよがらねばならないなど、二十八の男としては大きな屈辱だ。

納得しつつも渋々で嫁いだ先の夫が白鷹でラッキーだと喜んだのも束の間だった。やはり、天網恢々疎にして漏らさずなのだ。この呪いはきっと天罰に違いない。妖を利用して不当に名声を得た代償としてメンタルポイントを妖を通して差し出せという、天からの何とも皮肉の効いた通達なのだろう。

「……あいつらは消さなくていいから、その物騒な物、しまえよ」

雪原は転がるのをやめ、刀を持ったままの白鷹を見上げる。

「しかし……」

「ほかに方法がないんじゃ、しかしもクソもへったくれもないだろ」

迷いを断ち切ろうとわざと荒っぽく声を吐いた雪原を、白鷹がまじまじと見やる。

「素のお前は『サルヴァトーレ』やテレビの中で見るお前とはずいぶん違うのだな」

淡く笑んだ白鷹の手の中から刀が消えたとたん、花の精たちはわらわらと障子をすり抜け、転がるように逃げ出していく。

「外面と素が違うのはお互い様だろ。それに、俺はいつもこんなふうにクソクソ言ってるわけじゃない。と言うか、心で思うことはあっても、こんなふうに誰かの前で実際に口に出したのは初めてだ」

あっという間に姿を消した花の精たちに、助けてやった礼くらい言ってくれと思いながら眉根を寄せた雪原のそばに白鷹が座る。

「ありがとう、紘彰。心より礼を言う」

花の精たちの代わりに、白鷹がまた深々と頭を下げた。

「幸蘭は、私が風花楼の常駐番になった日にその記念として蒔いた種から育てたものだ。このような悪行を働いた以上は仕方がないと諦めようとした反面、特別な思い入れのあるものたちゆえ、お前の言う通り本心では消したくなかった」

「……就任の記念品なら、愛着は強いよな。俺も入所日に所長からもらったボールペンは、たぶん死ぬまでカートリッジを替えて愛用する」

言いながら、雪原は左半身を起こして肘を突く。

「あいつら、一体何のためにこんな呪いをかけたんだ？　ごつい男嫁は気に入らないっていう嫌がらせか？」

「そうではない」

首を振って顔を上げた白鷹は「私がタブレットを与えたせいだ」と静かに続けた。

「私や楼のものたちが使っているのを見て興味を持ったらしく、欲しいとねだるので与えたら妙なことばかり学習し、お前を床上手の花嫁にすれば私が喜ぶと思ったようだ」

「……何だそれ。下らない……」

安っぽいアダルトビデオのような、あまりに馬鹿馬鹿しい理由を聞かされ、雪原はもう腹が立つのを通り越してがっくりと脱力した。

数分のあいだに乱高下した感情が諦観と脱力を経て落ち着くと、強い空腹感を覚えた。

今は何時だろう。結局、昨日の朝食以降、ろくなものを口にできていない。

雪原は心の底から「サルヴァトーレ」でモーニングを始めてくれたらいいのにと思った。こんな最低の朝にこそ鹿沼の料理で癒されたい。鹿沼にしか使えない魔法で、ごっそり削られてしまったメンタルポイントを回復させてほしい。

けれど、「サルヴァトーレ」は昼と夜の営業だけで十分繁盛しているし、そもそも鹿沼ひとりでモーニングからディナーまでを提供するのは体力的に無理だろう。

いつかモーニングを始めてほしいと強く願ってはいるが、その可能性が限りなくゼロに近いことも理解している。たとえ何かの弾みでモーニングが始まったとしても「サルヴァトーレ」はイタリアンの店なので、雪原が一番食べてみたい玉子焼きは出てこない。それこそ結婚でもしない限り、雪原が鹿沼の作った玉子焼きを食べられる朝は永遠に来ないのだ。

残念だ。とても残念だ。

「本当にすまぬ、紘彰。詫びになるかどうかわからないが、慰謝料はもちろんお前の言い値を払わせてもらう」

「……いらない。金なんかもらったら、売春してるみたいで余計に気が滅入る」

「ならば、何か望みはないか？　私にできることなら何でも叶えようぞ」

「じゃあ、シェフと結婚したい」

言えと促され、今この瞬間、頭の中を占めていた妄想を反射的にこぼすと、白鷹が一瞬虚を突かれたような表情を見せた。

「――そのシェフとは『サルヴァトーレ』の鹿沼シェフのことか？」

「ああ、そうだ」

「と言うことは……、お前は鹿沼シェフと恋仲なのか？」

「まさか。俺の完全な片想いだから、叶えてほしい願いなんだ。俺はシェフと結婚して、毎朝毎晩シェフの料理を食べて幸せになりたい」

「すまぬが……、その願いは半分しか叶えてやれぬ」

「半分？」

「私には人の感情を操ることはできない。だが、攫ってきて、一生お前の元から去らぬように呪縛することならできる。だから、半分だ」

「……常駐番は秩序の番人なんだろ。人攫いなんかしていいのかよ？」

「私の幸蘭たちがしでかした不始末を詫びるためのことだ。やむを得ぬ。私は確かに秩序の番人だが、この風花楼では私自身が秩序であり、法だ。誰にも文句は言わせぬ」

予想外の真剣さでそんな断言をされ、雪原はまたたいた。

シェフは拉致監禁などされたら絶対文句を言うだろう、と心の中で思わず突っこみ、そして何だか無性におかしくなった。

雪原は肩を揺らして仰向けに寝転ぶ。言いたいこと、訊きたいことはまだあるが、白鷹が必死に謝罪をしようとしているその気持ちは確信できたので、まずは腹ごしらえだ。

「日の本一の常駐番に人攫いなんかさせたら、あとの天罰が怖い。シェフとの結婚は自力で何とかするから、とりあえず食事をさせてくれ。腹が減った」

「わかった。すぐに用意させよう」

誰かに手配を頼むためだろう。応じた白鷹が袂からスマートフォンを取り出す。

「あ、それから。俺は卵料理が好きだ。シェフのフリッタータみたいなのを食べたいとは言わないが、朝食には毎朝必ず美味い玉子焼きをつけてくれ」

天に罰を下された身でもこのくらいの注文は許されるだろうとつけ加えた雪原に、白鷹は微笑み、恭しく言った。

「仰せのままに、奥方」

「――変な呼び方するな」

紅い瞳の煌めきに何だか目がちかちかして、雪原はふいっと顔を背けた。


朝食をとるため、白鷹に案内されて共寝の間を出て、エレベーターに乗る。

降りたのは三十三階――代々の秋国の花嫁たちが住んでいた御寮の間だ。

何部屋かが割り当てられているのではなく、フロア全体が御寮の間になっているのだろう。

エレベーターの扉の向こうには数メートルの石畳と、濃淡の異なるグリーン系の色ガラスがちりばめられた引き戸がひとつ。白鷹のあとについて中に入り、雪原は目を瞠った。鮮やかな緑が溢れる広々とした庭園をロの字型の廊下が取り囲み、帯板の透かし模様が美しい涼しげな葦戸で隔てられた部屋が無数に並んでいる。

そして、一体どういう構造になっているのか、庭園の上には青い空が広がっていた。

「最上階でもないのに何で空が見えるんだ？　幻影か？」

「いや、本物の空だ。上の階を透化して、ここからでも空が見えるようにしている」

聞けば、庭も地上の中庭の一角と繋げており、時々鳥や蝶が迷いこんだりするらしい。

「へえ。そりゃまた、ずいぶん風流な仕掛けだな」

感心して、けれど雪原はすぐに首を傾げた。

「だけどさ、そんな面倒なことをするなら、秋国の嫁には最初から地上の部屋をあてがえばよかったんじゃないのか？　俺に用意してくれた離れみたいに」

それができぬ時代もあったのだ、と白鷹は淡く苦笑した。

「御寮の間がこのような上階にあるのは呪禁を操る秋国の花嫁の脱走を防ぐためで、かつてはこの御寮の間に閉じこめられて生涯を過ごす者もいた。当時は窓すらなく、天井と壁しか見えない場所で一生涯を過ごさねばならない苦痛を和らげるために私がしてやれることは、これくらいだったのだ」

告げる口調は歯がゆげだった。そんな配慮ができるなら理不尽なこの契約自体をなくす努力をしてくれよ、と軽口を叩くことすらできないほどに。

「……もしかして、秋国の嫁が死ぬまでここで暮らす条件さえ守れば、あとは自由にできるようになったのってお前のおかげ……なのか？」

「色々なことを一度に自由にさせられたわけではないがな」

伯父は、白鷹を涼風一族宗家の何番目かの息子だと言っていた。つまり、白鷹は風花楼では「自分が法だ」と言い切れる絶対の権限を有していても、一族全体における立場は違うということだ。そして、それでも諦めずに秋国の花嫁たちの——自分の「妻」たちのために長い月日をかけて闘ったのだ。

人質の意味合いが濃かった頃はともかく、少なくとも白鷹のもとへ嫁いだ花嫁たちの、古（いにしえ）の契約に縛られた日々の中にあったのは悲嘆や不幸せだけではなかったのかもしれない。

そう思うと妙に頼もしく感じられた白鷹の案内で廊下を進み、葦戸に撫子（なでしこ）の透かし彫りが施された座敷に入る。共寝の間を出てまだほんの数分なのに、部屋の中にはふたり分の膳が向かい合わせに並べられていた。

ほかほかと湯気を立てる白米に夏野菜の味噌汁、水菜の胡麻和（ごまあ）え、鮭の塩焼き、海苔（のり）に香の物。そして、リクエストした玉子焼き。風花楼は宿泊所なので当然なのかもしれないが「ザ・旅館」な、まさに絵に描いたような完璧な朝食だ。

言葉に出しただけで腹が鳴りそうだった。雪原はいそいそと膳の前に腰を下ろして胡座をかき、白鷹を待たずに「いただきます」と手を合わせる。

つやつやした金色の玉子焼きを最初に口へ運ぶ。ふくよかで優しい旨味が口の中に広がる。空腹は最大の調味料と言うが、この玉子焼きはどうにもたまらない玉子焼きだ。喜びがふつふつと湧き起こるような幸福感を覚えながら、雪原は膳の上の料理を無心で口へ運んだ。

「――ごちそうさま」

すべての皿を空にして、雪原は満ち足りた腹を抱えて寝そべる。下着をつけていないので、はだけた前から性器が見えているかもしれないが、もはや隠す意味などないので気にせず存分にごろごろした。

蔀戸から透けて見える庭の緑、かすかに聞こえる澄んだ鳥の声。心地のいい畳の匂い。

ふう、と満ち足りた吐息をこぼし、気づく。これはこれで「サルヴァトーレ」で味わうものとはまたべつの至福だ。

「すごく美味かった」

「それはよかった」

雪原の行儀の悪さに呆れたのか、まだ食べている途中の白鷹が苦笑する。

「この朝食、風花楼のシェフが作ったのか？」

「美味そ……」

「いや。風花楼の厨房にはシェフはいない。毎日万単位の食事を提供せねばならぬゆえ、調理はすべてオートメーション化しているのだ」

風花楼の厨房では、呪によって自動で動く調理器具や食材を、食膳係という名のオペレーターたちが操作しながら料理が作られているのだという。

「以前は特別な客をもてなすための賄方(まかないかた)がいたが、そういうものがいると誰を特別な客と見なし、誰ならば見なさないかで下らぬ揉め事が生じて面倒極まりないからな」

「つまり、ここじゃ手料理は食べられないってことか？」

「楼内の個人の店で出されている料理は大半が手作りだが、そちらから取り寄せたほうがよかったか？」

「美味ければ、手料理でも全自動でも呪いでも何でもいいけどさ……。それにしても、昨日エレベーターに乗ったときも思ったが、ハイテクかローテクかわからないマジカルワールドだよな、ここは」

「落ち着かぬか？」

「興味深い。縁日のテーマパークみたいで」

金魚の妖があちこちでゆらゆら泳いでいるのも縁日っぽい。

そう思いながら答えると、白鷹の形のいい唇がふわりとほころんだ。

「琴葉も、ここは毎日が祭りのようなところだと面白がっていた」

琴葉を偲んでいることがわかるやわらかい声を、白鷹は静かに落とす。

「……なあ。叔母さんの死因、事故としか聞いてないが、どういう事故で亡くなったんだ？」

「琴葉は外に友人が多く、よく出歩いていた。あの日も楽しげにどこかへ出かけ、暗くなってから風花楼へ戻る途中で車に撥ねられたのだ」

――楼の外で起きた交通事故。

雪原は驚いて起き上がる。

「じゃあ、叔母さんの遺体はどうなったんだ？　交通事故なら警察が検死をしたはずだし、身元確認もしたはずだ。でも、伯父さんは風花楼からは事故としか報されていないって……。まさか、叔母さん、無縁仏にされたんじゃ……」

逃げた姉の代わりに妖のもとへ嫁がされ、多くのものを失った人生の終着点が無縁仏ではあまりにむごい。

すぐに遺骨を引き取りに行かなければと慌てた雪原を、白鷹が「案ずるな」と制する。

「琴葉はこの敷地内の廟で眠っておる」

「……遺体、どうやって持ち出したんだ？」

「むろん、家族として引き取ったのだ。人間の組織の中にも、我らの同族や協力者はおるからな。お前も知っておろう」

「法手続きをねじ曲げる力があるなんてことまでは知らない。で、叔母さんを撥ねた運転手はどうなったんだ？」

「救急車や警察を呼んだのはそやつだったからな。その場で捕まった。琴葉はそういうことを好まぬ性分だったゆえ、私が直々に我が妻の命を奪った報いを受けさせてやることは避けたが、もし私の力が必要なときは、お前は遠慮せずに申し出よ、紘彰。正攻法で勝てそうにない案件があれば、幸蘭たちの詫びとして大いに協力しよう」

「無用だ。俺は弁護士だぞ。いかさまなんてするか」

反射的に返し、けれどそんな偽善を平然と口にしてしまったことに内心で自嘲が漏れた。依頼者のためだろうと何だろうと、妖の力を利用して実力以上の名声を得たのは、いかさま以外のなにものでもないのに。

だからこそ、こうして天から下された罰を受ける羽目になったというのに。

雪原は小さく息をつき、「それより」と言葉を継ぐ。

「その廟の場所を教えてくれ。叔母さんの墓参りに行く」

「では、この週末にでも案内しよう」

「なんで週末だよ？　今、してくれ。後任の挨拶は、早めにすませておくに越したことはないからな」

「しかし、もう七時半だぞ。そろそろ出勤の準備をしたほうがいいのではないか？」

「大丈夫だ。今日から一ヵ月、休みを取ってる」

白渡や春田から「顔色が悪い」と頻繁に指摘されるようになったのは、梅雨明け直後のことだった。今年は忙しさにかまけてまだ健康診断を受けてなかったことに加え、春先に倉橋の事務所で蜘蛛に噛まれた影響ではないかと心配されて強制的に人間ドックに放りこまれ、白血球数で異常値が出て再検査となった。

すぐさま受けるように命じられた精密検査でも数値は高かったものの、医者の話によると何かの疾患を疑う結果ではなかった。

『炎症はないし、ウイルスや細菌にも感染していないとなると、やっぱりストレスから来るメンタル的なものじゃないかなあ。時々痛むっていう胃も綺麗なものだったもん。若いからゆっくり身体を休めたら回復すると思うけどなあ。今の段階じゃ抗不安薬なんかの服用を考えるレベルじゃないし、しばらくその方向で様子を見るしかないねえ』

そう診断されたこともあり、数日程度なら休んで惰眠を貪りたいと思ったのは確かだ。けれど、白渡と春田に言い渡された休暇の期間はひと月。自分を案じてくれる気持ちはありがたかったが、白渡のジオラマのように没頭できる趣味があるわけでもなく、親しい友人もいない身では一ヵ月も仕事を休んで何をすればいいかわからなかった。

休暇自体が却ってストレスになりそうな気がしていたが、今となってはひと月休むように命じてくれた白渡たちに感謝するほかない。

「ひと月？　弁護士の夏休みはそんなに長いのか？」

「今年は特別だ。ま、事務所の知名度を上げて、大幅増収に繋げたことへの恩賞だな」

事実を告げる気にはならず、そうごまかすと、白鷹は「なるほど」と頷く。

「紘彰。時間があるのならば、先に今晩からのことを話してもいいか？」

ちょうど食べ終えた白鷹が、箸を置いて言った。

「……ああ、そうだな。嫌なことはさっさとすまそう」

学生時代の酒の席で友人たちと猥談をした経験ならあっても、自分のセックスについて語ったり、語られたりしたことなどない。

どんな顔をすればいいのかわからず、雪原はとりあえず渋面を作って白鷹と向き合った。

「幸蘭たちの話では、発情は私の精を最初に注いだのち、二十四時間周期で起こるらしい」

「らしい？」

「この呪いは幸蘭たちのオリジナルで、今回初めて作動させたゆえ、断言は難しいのだ。すまない」

呪いを受け入れる選択をしたのは自分なので、殊勝な顔で詫びられると「そうか」とため息しかつけなくなる。

「昨夜、私が共寝の間に入ったのが九時半過ぎだったゆえ、おそらくその時間の前後に発情するはずだ。これからはしばらく、九時までにこの部屋に来てくれ」

わかったと雪原が頷くと、白鷹は立ち上がって続き間の襖戸を開けた。続きの間はがらんとしていたが、壁に大きな木の扉がついていた。その扉を白鷹が開く。中はクローゼットだった。雪原は「あ」と声を出す。収められている衣類も配置も、離れのウォークインクローゼットと同じ——いや、そっくりそのままだ。

「もしかして、ここは離れと繋がってるのか？」

「そうだ。お前が一日をどこでどう過ごすかは自由だが、離れにいれば移動に時間がかかる。お前は転移の術は使えないだろうし、繋げておいたほうが便利だろうと思ってな」

気の利く狐だと思ったが、元々の原因を考えると礼を言うのもおかしい気がした。

雪原は「ん」とだけ返し、そしてそのまま首を傾げた。

「……なあ。毎晩、俺がここへ通うのか？　お前があっちへ来るんじゃなくて？」

「私が離れへ行ってもよいが、あちらには風呂がないゆえ何かと不便であろう？　お前を抱えてクローゼットを潜るのも吝かではないが、お前の中の狭さと私の精の量を考えれば運んでいる途中で私の精が漏れ出る可能性が」

「わかった！　もう、いい。場所はここでＯＫだ」

声を大きくして白鷹の言葉を遮った雪原は跳ね起き、わざと足音を立てながら着替えるためにクローゼットに入る。帯を雑に解いてから、そう言えば離れには洗濯機があっただろうかと記憶をたぐり寄せつつ浴衣の洗濯表示タグを探したが見当たらない。

「洗い物は今後、その一番下の段の籐の籠に入れておけばいい」

クローゼットの扉口に立っていた白鷹が、雪原の動きで察したように言う。

「……俺が家から持ってきた服も、か？」

「むろんだ。秋国の花嫁とは実際のところ風花楼の賓（まれびと）。客に炊事洗濯をさせたりはせぬ」

仕事が立てこんでいるとき、一番厄介なのが洗濯だ。食事は「サルヴァトーレ」とコンビニがあれば事足りるし、掃除などべつにしばらくさぼったところで死にはしない。

けれど、下着やワイシャツはうっかり洗濯を忘れると酷（ひど）い目に遭う。

その苦難に別れを告げられることに、雪原は深く感動した。しかし、感動を露わにするのは駄目人間のようで躊躇われ、雪原は無表情を装って浴衣を脱ぎ、帯と一緒に籠に入れる。

「そう言や、昨夜、俺を着替えさせたの、お前か？」

「ああ。女衆に頼んだほうがよかったか？」

「いや、お前でいい。秋国の血族でも俺自身は完全な庶民だからな。知らない異性に身体を触られながら世話を焼かれることを平然と受け入れられるようなお貴族メンタルじゃないんだよ。呪いが解けるまでお前が責任を持って面倒を見ろよな」

「仰せのままに、奥方」

「あと、その妙な呼び方、やめろ」

言って、下着とジーンズを穿き、Ｔシャツに袖を通してクローゼットを出ると、白鷹が壁にもたれかかり肩を揺らしていた。

「何、笑ってるんだ？」

「お前があまりに琴葉に似ていて、愉快になったのだ」

「叔母さんも俺も、何を考えているかわからない類の人間ってことか？」

伯父から聞いた琴葉の評価をそのまま口にすると、白鷹は笑いやんで首を傾げた。

「なぜそう思うのだ？　お前は琴葉に会ったことはないだろう？」

「もちろんない。というか……さ、お前は叔母さんがここへ嫁に来ることになった経緯は知ってるのか？」

形骸化しているがゆえに形式さえ守られていれば花嫁が誰でも気にしないのか、白鷹は何の含みもない様子で「知っておる」と頷く。

「俺の両親はその嫁入り前の逃亡の件で秋国には負い目があったから疎遠で、当然俺もつき合いはほとんどなかった。叔母さんには会ったことがないどころか、伯父さんから今回の話を持ってこられるまで、いたことすら知らなかった」

「では、琴葉のことは尊仁から聞き知ったのか？」

「ああ。伯父さんいわく、飄々としてて何を考えているかわからないところが、俺と叔母さんは似てるそうだ」

「なるほどな。まあ、確かに何事につけ杓子定規で堅物そのものの尊仁には、天真爛漫な異性の妹は異星人のように謎めいた存在だったに違いない」

「何で、そんなに伯父さんのことに詳しいんだ？　伯父さんはお前には一度も会ったことがないって言ってたのに」

「直接相見えたことはなくとも、秋国の当主のことはつぶさに私の耳に届く」

「スパイしてるのかよ」

「必要な危機管理の一環としてな」

嫁入りの契約は形骸化していても、涼風と秋国の関係はいまだに複雑なようだ。特に知りたいことでもないので、雪原は「ふうん」とだけ返して大きく伸びをする。

メンタルポイントのほうはともかく、美味い朝食でヒットポイントは回復できたが、下半身はまだ少し怠い。

「で、お前にとって、叔母さんと俺の何が似てるんだよ？」

白鷹が答える前に、雪原は軽く腰を回して下半身をほぐしながら「それからさ、廟って遠いのか？」と質問を追加する。

「お前のせいで腰も脚も怠いから、延々歩かなきゃならないような遠い場所なら妖怪スクーター的なものがあれば貸してくれ。何なら、妖怪牛車とかでもいい」

「生憎とここにはスクーターや牛車の類の妖はおらぬが、一反木綿ならいる。当面、あやつをお前の足を兼ねた世話係としてつけることにしよう」

そう応じたあと、白鷹は「そういうところが本当に琴葉と似ている」と笑った。

「琴葉も嫁いできた初日から恥じらいが欠片(かけら)もなく、どうにも雑な花嫁だった」

「無理やり狐の嫁にされて、恥じらいもクソもあるかよ」

「だが、嫁ぎたての花嫁にはそれらしい情緒を求めたい」

「寝言は寝て言え、クソ狐」

　鼻を鳴らし、雪原はふと白鷹の物言いに引っかかりを覚えた。

「……おい。恥じらい云々(うんぬん)って、まさか叔母さんも俺みたいな目に遭ってたのか？」

「そうではない。女性(にょしょう)としての慎み一般に欠けていたという意味だ」

　おかしげに双眸(そうぼう)を細めた白鷹は、袂から引っ張り出したスマートフォンを手早く操作する。

　アプリか何かで一反木綿を呼び出しているのだろう。

　タクシーのようにスマホで呼び出せる一反木綿。そのシュールさに、雪原は自分が妖の領分へ越して来たのだということを改めて実感した。

「琴葉が嫁いできた時分には幸蘭たちが妙なことを学習できるような機械はまだ風花楼には導入していなかったし、琴葉は傑出した呪禁師だった。そもそも、幸蘭ごときの呪いになどかかったりはせぬ」

「できそこないの秋国で悪かったな」

　少しむっとして、雪原は鼻筋に皺(しわ)を寄せる。

　すると、白鷹が妙にはっきりした発音で「悪くなどない」と言った。

「私は今、心から、新しい花嫁がお前でよかったと思っている」

「――え？」

宝石のような美しい煌めきを宿す瞳に見据えられる。

吸いこまれそうだ。そんな錯覚が戸惑いを呼び、一瞬、胸が震えた。

「考えてみれば、ちゃんとした挨拶もまだできていないままだったな」

言って、白鷹はスマートフォンをしまい、流麗な動作で右手を差し出す。

「涼風宗家次男にして風花楼が主、白鷹だ。幾久しく、よろしく頼む」

「あ、ああ……。こちら、こそ……」

雪原は呆けた声を落として、白鷹の手を握る。

「……何で、俺でよかったんだ？　形だけの嫁ならなおさら、見た目のいい女性のほうがいいような気がするが……」

「もし、幸蘭たちの呪いにうっかりかかったのがうら若き乙女であったならば、私は責任の取りようがない」

白鷹が笑んで告げた言葉に、乱れかけていた動悸がすっと冷えて鎮まる。

「――ああ、なるほどな。そういう意味の『よかった』か。確かに、もうひとりの花嫁候補はいたいけな十五歳の少女だったからな」

雪原は握った手をほどき、目を据わらせる。

「もし、間違いを起こしていれば、お前は今頃事実上の性犯罪者だ」

「誤解をするな、紘彰。お前の貞操なら奪っても問題ないと言ったのではない」

「そう聞こえた」

「ならば、すまぬ。謝るゆえ、機嫌を直してくれぬか？」

紅い瞳に甘い色を湛えて白鷹は言う。

「私は、気安い男同士で夫婦となれたことを幸運に思っている。呪いが解けたあかつきには詫びは十分するゆえ、お前とは生涯のよき友となればこの上ない喜びだ」

たぶん、白鷹は間違ったことは言っていない。

そう思うのに、むっとするのはなぜだろうか。庭から差し込む陽の加減で瞳の紅（あか）がきらきらと閃くように色合いを変え、何だか目が回って悪酔いしそうなせいだろうか。

眩しくて細めた目を白鷹から逸（そ）らし、雪原は小さく口を開く。

「普通は、生涯のよき友とはセックスなんてしないだろ」

白鷹が少し困ったように笑んで何かを言いかけたとき、スマートフォンが鳴った。

応じた白鷹の表情が険しいものに変わる。

「紘彰、すまないが用ができた。松風（まつかぜ）という名の一反木綿がすぐ来るゆえ、廟へはそのものに案内してもらってくれ」

一反木綿と聞いて最初に思い浮かんだのは「空飛ぶ白い布」だ。

けれど、白鷹と入れ替わりに現れた世話係の松風は爽やかな空色で、麻の葉柄だった。

「本日より紘彰様のお世話を仰せつかりました松風、松風にございます！　どうぞ、松風、とお呼びくださいませ！」

大きな星をたくさん纏っているふうにも見える姿を誇るかのようにぐっと上半身を反らし、松風は自分の名前を連呼する。その愛らしいさまに、雪原は思わず頬をゆるませた。

ぺらぺらの布なので外見からは性別も年齢もわからないし、松風が発したやや高めの声は男にも女にも、大人にも子供にも聞こえた。だが、初々しい爽やかさを強く感じたし、何より白鷹に異性の世話役は嫌だと伝えたばかりだ。

きっと、松風は丁稚（でっち）のような年若い男子なのだろうと思った。

「ああ、今日からよろしく」

雪原は意識的に表情と声をやわらかくして笑う。

「一反木綿は白いのかと思ってたけど、松風は空色で麻の葉柄なんだな。色と柄が入るとモダンな感じがして、すごくいいな」

「ありがとうございまする」

松風は嬉しそうに目を細めた。

「ですが、わたくしは毎日このような色と柄というわけではございませんし、そういう気分の日は白うございます」

「じゃあ、俺が毎日着替えてるみたいに、松風も毎日色と模様を変えてるってことか？」

「はい。さようでございます」

「ほかの一反木綿も？」

「いいえ。ほかのものたちは皆、ずっと白でございます」

笑ってそう答えると、松風は雪原の前で「ささ、お乗りくださいませ。御霊廟（みたまや）までご案内いたしまする」と高度をすうっと下げた。

「うん。頼むよ」

雪原は麻の葉柄の布地に跨がる。ぐんと高く舞い上がった松風の背は、ソファに腰を掛けているようないい乗り心地だった。

「なあ。毎日の気分で見た目を変えるのは、何か理由があるのか？」

「特には。ですが強いて言うなれば、そのほうが素敵だと思うからでございます。年長の一反木綿たちはあまりいい顔はいたしませぬが、わたくしは一反木綿だからと言って毎日真っ白でなくてもいいのではないかと考えておりますので」

松風はやはり第一印象通りに若く、それゆえにアバンギャルドな洒落者のようだ。

「ああ、そうだな。確かに、色と模様は毎日変わったほうが素敵だな」

「はい、素敵でございます！」

雪原が示した同意を喜ぶように松風はスピードを上げた。

上空から見渡すと、風花楼の周りには雪原に宛がわれた離れのほかにも、和風だったり中華風だったりする大小の建物が点在していた。巨大な楼閣と雅やかな建物群が遠ざかり、やがて眼下に広大な庭園が広がる。随所に花園や池、四阿が配された鮮やかな緑はどこまでも続いており、目を凝らすと畑や果樹園らしき場所も遠くに小さく見えた。

「ここじゃ、野菜や果物は自給自足なのか？」

「仕入れている物もありますが、大抵はそうでございます。ここからでは見えませぬが、淡水の魚介を養殖している池もございますよ」

「へえ。じゃあ、牧場もあったり？」

いくら何でもまさかなと冗談半分で問うと、即座に「はい、もちろんでございます」と返ってくる。

「……ちなみにさ、風花楼の全体の敷地面積はどのくらいあるんだ？」

「紘彰様にわかりやすくご説明しますと、大体山手線の内側と同じくらいです」

立派すぎる庭園だけでなくほぼ自給自足ゾーンまであるのだから相当広いだろうとは思っていたがあまりに想定外すぎる答えで、反射的に「マジか！」と驚きが漏れる。

「そりゃまた……、馬鹿でかいな」

「はい！　何しろ、風花楼は日の本一の橋門ですから！」

昨日世話をしてくれた女衆同様、松風も誇らしげに「日の本一」を強調する。どうやら、その日本一の巨大な橋門で働くことは妖にとって一種のステータスのようだ。

松風の庭園解説を聞きながら運ばれること約十分。到着した廟はミニチュアの寺院を思わせる壮麗な建物だった。目にした瞬間、思わずため息が出るほど立派なその廟に個別の墓はなく、代々の秋国の花嫁たちは皆ひとまとめに祀（まつ）られているのだそうだ。

琴葉以外は誰が眠っているのかわからないけれど、雪原は廟の前で丁寧に手を合わせた。

墓参りをすませたあとは特に予定もなかったので、松風の勧めに従い、楼内を案内してもらうことにした。

ちょうど朝食時ということもあり、楼内は渡門客でごった返し、とても賑やかだ。空中では金魚の妖たちが長い尾びれを優雅にひらひらとたゆたわせ、不思議な華やぎを添えている。

楼内を行き交う妖の種類は実に様々だけれど、よく見てみると空飛ぶ金魚が一番多いように思う。雪原は今まで金魚の妖が存在することを知らなかったが、これほど数が多いということはメジャーな妖怪なのかもしれない。

「松風。あの金魚は何ていう名前の妖なんだ？」

「紘彰様、あれは妖ではございませぬ。ただのペットの金魚にございます」

「……ただの金魚って、だけど飛んでるし壁も通り抜けてるぞ？」

「はい。そのように何代か前の御門様が品種改良されましたから。普通の金魚のように水の中を泳ぐこともできますので、気が向いたときには金魚鉢の中に入っておりますよ」

一体どんな品種改良をすれば金魚が空を飛ぶのか理解しがたかったが、ここはマジカルワールドなので深く考えないことにして「ふうん」と頷く。

「で、誰のペットなんだ？　以前の常駐番が品種改良したってことは、白鷹が引き継いで放し飼いしてるのか？」

「いえ、風花楼のこの一階で昔から飼われておりますれば、特に誰のということはございません。強いて言えば、皆のペットです。皆で可愛がっておりますので」

松風もよく金魚の世話をしており、お気に入りは琉金らしい。「尻尾のひらひらがとても可愛らしゅうございますから！」なのだそうだ。

松風の背に乗ってそんな話を交わす雪原の足もとでは、男衆や女衆が忙しそうに働いている。そして、彼らは昨日同様、雪原にはまったくの無反応だった。

この風花楼を統べる御門様の花嫁として大げさに傅かれたりするより、よほど気が楽なのは確かだ。けれど、かつてのことはともかく今は客人扱いのはずで、しかも誰もが雪原の顔を知っているらしいのに、ここまで徹底的に存在を黙殺されるのは解せなかった。

「……なあ。この清々しいまでの無視には、どういう意味があるんだ？」

「意味と言いますか、秋国から嫁がれてこられた方には、お声を掛けられない限り、特にこちからからはお構いしないのがしきたりになっております。秋国の方々は皆様、我らがお側に侍って（はべ）あれこれお世話申し上げるより、ご自分の思いのままおひとりで静かに過ごされることをお好みでしたので」

「へえ、そっか」

勝手のわからない妖のコミュニティー内で表面上は客扱いをされつつ、実際は村八分状態では自分もそのうち課せられた役目を放棄して逃げ出したくなるかもしれない。

一瞬そんな懸念が脳裏をよぎったぶん、悪意があって放置されているのではないと知り、雪原はほっとする。

「あのぅ。ところで、紘彰様。わたくしはこの通りの一反木綿でございますゆえ、できるお世話が限られております。もし、女衆や男衆のお世話係がいたほうがよろしければすぐに手配いたしますが……、いかがいたしましょう？」

「いや、いい、いい。松風だけで十分だ」

言うと、松風の細長い尻尾が嬉しげにぴちぴち揺れた。可愛い奴だと雪原は思う。

「あ、そうだ。俺も、ところで、なんだけどさ。俺のお披露目会みたいなものはあったりするのか？」

「いいえ。秋国の方はあくまで陰嫁（いんか）ですので」

「いんか？」

「お陰様のことです」

「……それ、陰日向の陰の字を使って『お陰様』か？」

「さようです」

質問の意図に気づかなかったようで、ごく明るく返されたその答えに、雪原はなるほどなと納得する。要するに「特別な客人」だの「賓」だのと体のいい呼ばれ方をしてはいても、風花楼において秋国の嫁とはその存在を公にはされない日陰者——だから「お陰様」。

何か要求がない限り秋国の嫁を透明人間のように扱うという慣習も、陰湿な無視ではない代わりに、純粋な思いやりのみに基づくものでもないということのようだ。

「お国元の諸卿や臣下の皆々様を招待される盛大な祝宴が催されるのは、ご正室様のお輿入れの時のみでございまして」

「——へえ。白鷹には正妻がいるのか？」

思わず低くなった声で問うと、雪原の跨がる麻の葉模様の青い布地が大きくびくりと跳ねた。さすがにまずいことを口にしたと察したようだ。

「あの、そ、それは……」

「それは？」

「お、お許しを！　うっかり口が滑ってしまいました」

「や、謝らなくていいから、教えてくれよ。白鷹には正妻がいるのか？」

「どうかお許しを……！　な、何分、こういうことはわたくしのような下働きの口からお陰様にお教えしてはならない決まりでしてぇ……」

文字通り縮こまってしまった松風をこれ以上問い詰めることはできず、雪原は唇を引き結んだ。咄嗟に聞き捨てならないことだとむっとしたものの、よく考えてみれば分の悪い秋国の花嫁にすら自由な恋愛や結婚が認められているのだから、涼風側にも妖の正妻がいて当然だ。人間の社会とは倫理観や制度も違っているだろうから、正妻以外にたくさんの側室や愛人がいても何らおかしなことではない。

頭ではそう理解できるのに、正妻や愛人たちの相手の片手間に呪いを解くための性処理をされるのだと思うと、どうにも釈然としなかった。

むかむかして胃が疼く。楼内には個人経営の飲食店が多くあるそうなので、美味そうな店を見つけたら入ってみるつもりだったけれど、そんな気も失せてしまった。

松風に離れへ送ってもらい、スマートフォンの中で育成しているシュリンプたちと戯れながら自堕落に過ごすうちに昼が近くなる。

無為に時間を浪費しただけなのに空腹を覚えはじめていることにもやもやと罪悪感が湧き、胸が余計に重くなった。雪原はこんな時こそ「サルヴァトーレ」だと思い立つ。

Tシャツの上にサマージャケットを引っかけて通用門を飛び出ると、「サルヴァトーレ」を目指して石畳の坂を一気に駆け下りた。

だが、今日は月曜日。「サルヴァトーレ」は定休日だった。三日前から休暇に入り、曜日の感覚が抜け落ちたせいで、すっかり忘れていた。

木製の玄関扉に掛かった「本日定休日」のプレートの前で肩を落とし、雪原はとぼとぼと来た道を引き返す。何となく風花楼で食事をする気にはなれず、目についたカフェに入った。

冷製パスタと冷たいデザートを食べてしばらく涼んでから風花楼へ戻ると、離れの玄関前で松風が何やら取り乱した様子で行ったり来たりしていた。

「松風、何かあったのか？」

「紘彰様ぁ！」

涙声で絶叫した松風が一直線に飛んでくる。

「どちらへお出でだったのですか！　お昼をお運びしましたらお姿が見えず、どこをお捜ししてもいらっしゃらないので、わ、わたくしが不用意なことを申したせいでご気分を害されて出奔なされたのでないかと、本当に……本当に……、心配いたしましたぁ！」

布地をぐしゃぐしゃにして「うえぇぇぇ」と泣き出した松風に、雪原は面食らう。

松風は雪原が思っているよりも幼いのかもしれない。

「そ、そっか。ごめんな。黙って出かけて悪かったよ……」

形骸化していても一応は人質の役割も担っているので、外出が自由な代わりに逐一報告が必要だったのかもしれない。

頭を掻いて謝った雪原を、細長い布がぐるぐると螺旋状に取り囲む。

「何かあったときのために、連絡先を交換してくださいませ」

松風が洟をすすりつつ、ぺらぺらの身体からスマートフォンを取り出す。

スマートフォンの筐体は明らかに松風の身体より厚い。一体どこにどうやって収納していたのだろうと思いつつ連絡先を交換して中に入ると、リビングのローテーブルの上に昼食の膳が載せられていた。鰻のとろろ蕎麦にう巻きに鰻ざく。鰻とニラのスープに、葉物野菜と鰻を和えたサラダまでついている。とても豪勢な鰻尽くしだ。

「もしかして、これ、俺の昼メシか？」

「はい。御門様より、今日は暑いので精のつくお食事を、と仰せつかりましたゆえ、そのようにご用意いたしました」

「……そっか。サンキュ」

先ほどまでの涙で潤んだ目を無邪気に向けられると「だからって、こんなに鰻ばかりにしなくてもいいだろう」とは言えなかった。

「ところで、紘彰様はどちらへお出かけだったのでございますか？」

食事をしに、とはやはり言えなかった。雪原は「ちょっとヤボ用で駅前まで」とごにょごにょごまかしながらジャケットを脱ぎ、二度目の昼食をとった。カフェのランチは量が少なかったので鰻尽くしの第二ランチを完食するのはそれほど難しくはなかったけれど、さすがに食べ過ぎで苦しい。雪原は松風を誘い、腹ごなしの庭園散策に出かけた。

離れとは反対側の敷地には診療所や捕縛隊の詰め所、食料貯蔵庫に押収物の保管庫、渡門、審議所などが建ち並んでいてなかなか興味深かった。

それぞれの建物に松風がつけてくれる説明を聞きながら歩き回るうちに、立派な生け垣に囲まれた寝殿造り風の平屋建ての近くへ辿りつく。

「あれは？」

「御門様がお住まいになっている奥の院です」

「お住まいって？　あいつ、風花楼に住んでるんじゃないのか？」

「楼内にも無論、御門様のお部屋はございます。ですが、楼内はあくまでも執務の場ですので、お寛ぎになりたいときにはこの奥の院へお戻りになるのです」

白鷹にとってはこの広大な敷地全体が職場なのだろうが、風花楼は公邸、奥の院は私邸というような使い分けをしているのだろう。

「ふうん。で、あそこには俺も入れるのか？」

「そ、それは、そのぅ……、あのぅ……」

松風はもごもごと言葉を濁すばかりだったが、その狼狽ぶりだけで雪原は察した。

要するに奥の院とは白鷹が妖の正妻や側室たちに囲まれて寛ぐための大奥や後宮のような場所で、人間の陰嫁である雪原が立ち入っていい場所ではないのだろう。

松風を困らせたいわけではないし、こんな所をうろうろしていて正妻に見咎められでもしたら面倒だ。雪原は答えを待たず「よし、次はあっちだ」と方向転換する。

不自然にならないていどに速度を上げ、奥の院から遠ざかる。そして、少し歩くと美しい花園が現れた。百合と洋蘭が混ざったような大きくて華やかなラッパ型の花々が一面に咲き乱れており、赤、白、黄色に青に紫と色とりどりの花弁も葉や茎もすべて淡く発光している。降りそそぐ陽の光を浴びて鮮やかに輝くさまは、まるで命を宿す宝玉だ。

「綺麗だな」

まさにこの世ならざる花園の目映い煌めきに見蕩れ、雪原は思わず呟きを落とす。

すると、隣でふよふよ浮いていた松風が「はい、それはもう」と大きく頷く。

「何しろここは、幸せの思い出が花咲く幸蘭の園でございますから」

「……え？」

今まで花の色に紛れて気がつかなかったがよくよく目を凝らしてみると、爪の先ほどのサイズに小型化しているあの花の精たちの姿がそこかしこに見え隠れしていた。

しどけない格好で寝そべる花の精たちは雪原を揶揄うふうに袖をひらひらと振り、透明な鈴の音のような笑いを転がして空気を揺らす。雪原に助けられたことを感謝している様子はまるでなく、綺麗だと褒めてしまった言葉を撤回したくなる。

「おや、おや。今日の幸蘭たちは何だかご機嫌ですねえ」

「……幸せの思い出って？　あいつらは、白鷹が風花楼の常駐番に就任した記念に植えて育てた花だって聞いたぞ？」

「元々はそうだったのですが、御門様が最初に植えられた種はしばらくのあいだただ種として大きくなるばかりで芽が出なかったのでございます」

お国元から持ちこまれた種でしたから、こちらの気候や土壌が合わなかったんでしょうね、と松風は短い腕を組んで言う。

「ところでその頃、御門様は万相談所を始められました。規模の小さな橋門では渡門審議は常駐番が直接おこないますが、風花楼は日の本一の橋門ですので審議専門の部署がございます。ゆえに御門様のお役目は基本的には審議所の長が決裁したものについて報告を受けるだけで、あ、ですがそれだけと申しましても何しろ量が多うございますので大変にお忙しいのですが、報告をただ聞いているだけでは頭が鈍ると仰って、楼内で困っている妖たちの相談に乗られるようになったのです。そしてある日、御門様に困り事を解決していただきたいのにお代を払うことができない貧しい妖が、心の中で宝物としていた幸せの思い出を代わりに差し上げたいと申し出たのです」

「え、退屈しのぎで始めた相談所のくせにタダじゃないのか？」

「当然です。御門様はお国元で長年、法衙卿を務められていた査問の専門家でございますれば！　現に御門様は困り事を何でも解決して下さると評判が評判を呼び、渡門ではなく御門様への相談を目的に風花楼へやって来るものが絶えぬほどですから」

松風の話から判断するに、法衙卿とは検察官や裁判官の類のようだ。

そして白鷹は現在この風花楼の法と秩序を司る立場にあるのだから、言ってみれば今も昔もプロの法曹だ。ならば、道楽であっても相談料が発生するのは致し方ない。

「あ……。じゃあ今朝、白鷹が言ってた用ってその相談所のことか？」

「いいえ、今朝は大物の妖同士の喧嘩の成敗をされるためのお出ましだったと聞いております。巡視係で手に負えない揉め事が起きたときは、御門様の出番ですので」

どうやら風花楼は緻密に組織化されているらしい。普段は白鷹がいなくとも運営に支障はなく、ここぞという緊急事態にのみ「御門様」としての出番が回ってくる仕組みのようだ。

ラスボス感の漂う狐だ、と雪原は思う。

「ええと、どこまでお話ししましたっけ……。ああ、そうそう。お代の代わりに、幸せの思い出を差し出したものがおりまして、御門様はふとそれが巨大化したまま萎うんともすんとも言わない種の栄養になるのではないかと閃かれ、種に思い出を注いでみたところ、美しい一輪の花が咲いたのでございます」

――種に思い出を注いでみる。

金魚を空に浮かべる品種改良同様、またしても人間の目線からはまったく理解できないおかしな発想だったが、突っこんでいてはきりがない。雪原は「それから？」と返す。

「御門様は大変お気に召し、元は別の名前がついていた花だったのですが、特別に『幸せの咲く花』という意味の新しい名前をお与えになったのです」

「――あ、そっか。幸せの蘭、で幸蘭か」

「さようです。御門様は初めて咲いたその花から幸蘭の精を作られ、以来、相談のお代を『幸せの思い出ひとつ』とされたのです。そして、御門様が受け取られた幸せの思い出を注ぐたび、種から一輪また一輪と花が咲き、幸蘭の精たちも増えていきました」

「じゃあ、この花の数だけ、白鷹は妖たちの困り事を解決したってことか……」

「と言うより、正確には、この花の数だけ幸せが咲いているのでございます。幸せの思い出を差し出したものの中からその過去は消えてしまいますが、代わりに皆、新しい幸せを得ることができたのですから」

――花の数だけ幸せが咲いている。

松風の言葉を頭の中で繰り返しながら、雪原は無数の花が色とりどりに輝く眼前の光景を見つめた。

「近頃は妖だけでなく、人間も多く相談や願い事に訪れているのですよ」

「人間も？　人間の術者が、ってことか？」

「そういう場合もありますが、大抵は普通の人間です」

「普通の人間がどうやってここへ来るんだ？」

「風花楼を訪れる資格のある者には、自然と道が開くのでございます」

「へえ……」

ぼんやりと返し、雪原は白鷹の造った幸せの花園を見つめる。

生きてきた年月が違うのだから仕方がないけれど、同業者と言えなくもない白鷹が幸せにしたものの数の多さに圧倒された。これほどまでの差を見せつけられるともはや悔しいなどという感情は湧かず、ただただ舌を巻かずにはいられない気持ちになる。

それから、どうしてだろうとも思った。

この光り輝く花園がこんなにも美しく見えるのは花と一緒に幸せが、そして白鷹自身の依頼を果たした誇りと喜びが咲いているからではないかと雪原は思う。

妖の精液を百回も注がれないと解けない呪いなんて、最低以外の何ものでもない。それでも、アラサー男である自分の貞操に白鷹が長い年月をかけて造り上げたこの夢のように美しい花園と同等の価値があるかと聞かれれば、正直なところ答えに迷う。

だが、白鷹は幸蘭たちを滅しようとした。あの瞬間の気迫も、幸蘭たちの発した怯えも確かに本物だった。この花園に咲き満ちている何もかもが無に帰してしまうのに、どうして白鷹は幸蘭たちを消そうとしたのだろうか。

最終的に雪原を抱いて呪いを解くことを選んだのだから、正妻を深く愛しているがゆえに雪原と夜を共にするくらいなら幸蘭たちを消すほうがましだと考えたのではないはずだ。かと言って、責任感の強さや優しさだけでは説明のつかない行動だ。

やはり、これから九十九回抱かねばならない相手に「生涯の友となりたい」などと申し込むくらいだから、そもそもの思考回路の基盤が人間とは違っているのだろうか。

そんなことをつらつらと考えていたときだった。

「あ、紘彰様。ほら、噂をすれば何とやら、ですよ。御門様のお知恵を必要とする人間がやって来ますよ」

松風の平たい指が示す方へ視線を向けると、きょろきょろしながら歩いてくる男が見えた。

背の高いすらりとした体躯に、遠目からでも仕立てのいいことがわかるダークブラウンのジャケットとパンツ、清潔な白いシャツ。

佇んでいるだけで絵になるその身体のシルエットに既視感を覚え、雪原は目を細めた。

視線に気づいたらしい男もこちらを見る。そして、雪原は男と同時に声を上げた。

「シェフ？」

「雪原様！」

鹿沼が駆け寄ってくる。

「ああ、よかった。知ってる方に出会えて。さっきからコスプレや着ぐるみの人にしか会わなくて、落ち着かなかったんですよ」

鹿沼は心底安堵したような大きな息をついて言う。

「お恥ずかしい話ですが、考え事をしながら歩いていたらいつの間にか道に迷ってしまったようなんです。それにしても、ここってアニメか何かのイベント会場でしょうか？」

どう答えようか迷う暇もなく、松風が「ここは風花楼ですよ」と告げる。

「風花楼はあるときは人の世と妖の世を繋ぐ橋門、またあるときは悩みを抱えて迷えるものたちを救う万相談所。あなたも何かお困りですね？　ここに辿りつけるのは、御門様が耳をかたむける価値のある悩みを持つものだけですから。早速、あなたを御門様の御前に案内してしんぜましょう！」

空に浮く麻の葉模様の青い布に話しかけられ、鹿沼は大きくまばたきをした。

そして、しばらくの沈黙のあと「いえ、結構です」と手を振った。

断られた松風が「は？　何ですと！」と仰け反る。

「だって、私が相談したいのはその御門様とかではなく、こちらの雪原様ですので」

話を聞いていただきたいのは雪原様ですのでお構いなくと鹿沼が言えば、松風は風花楼へ相談に訪れておきながら御門様にお目にかからないなどとんでもないと譲らない。

風花楼には風花楼のルールがあるのだろうから、雪原はとりあえず鹿沼を離れへ案内し、そこで白鷹も交えて話を聞くことにした。御門様を呼びつけるなど畏(おそ)れ多いと渋る松風を「頼

むよ」と拝んで、白鷹に連絡してもらう。

「へえ、松風さんは一反木綿なんですか。今時は一反木綿もカラフルなんですねえ」

松風の背に乗って離れへ向かう途中、松風の正体を雪原から聞いた鹿沼は興味深げに腰の下の青い布地に触れた。

鹿沼は松風が白鷹を呼ぶためにスマートフォンを取り出したときも、「異次元ポケットでもついてるんですか?」と興味津々だった。少しも取り乱すことなく、目に映るものをそのまま素直に受け入れている柔軟性に雪原のほうが戸惑ってしまう。

「……シェフは、もしかして元々こういうものが見えていたんですか?」

「いえ、特には」

「でも、あまり驚かれていませんよね?」

すごく驚いてますよ、と鹿沼は笑う。

「驚きすぎて一周回って面白くなったというか、納得したというか」

「納得? 何をですか?」

「雪原様と会う前にたくさんの人とすれ違いましたが、コスプレや着ぐるみにしては本格的すぎるというか、あまりにリアルで引いていたんです。一体どれだけお金をかけてるんだろうって。でも、本物だったのならなるほどな、と」

その言葉に、雪原もなるほどと思う。

風花楼への道を見つけられる人間とは、鹿沼のように初めて妖と相対しても動じない大らかさや心のやわらかさを具えている者のことなのだろう。

「ところで、雪原様には尻尾も耳もありませんけど、何の妖怪なんですか？」

俺は混じりっけなしの人間です、と雪原は苦笑する。

「それより、シェフ。ここは『サルヴァトーレ』ではありませんし、その『様』というのはちょっと……」

コックコートを着ていない年上の鹿沼に店の外で「様」付けで呼ばれると、何かのプレイをしているようで落ち着かない。

「では、依頼に来た身ですから『先生』で」

そう答えた鹿沼と「では、それで」と笑い合ったところで離れにつく。

縁側に面した家具が何も置かれていない部屋に、白鷹がすでにいた。藍白の着物に群青の羽織を纏った半妖の姿で、当然のように上座に座っている。

雪原と鹿沼も、白鷹の前に置かれていた座布団に座る。

「風花楼へようこそ、鹿沼シェフ。私は主の白鷹と申します」

そう挨拶した白鷹の姿は、「サルヴァトーレ」で見せていたそれとはずいぶん違う。

だが、鹿沼は対峙する相手の正体にすぐに気づいた。

「あなたは……、うちの店によくいらしてくださるお客様ですよね？」

「はい。週に何度か通わせていただいています。私は、この界隈で食べ歩くことが趣味なものですから」

白鷹について鹿沼と話したことがなかったので今まで知らなかったが、鹿沼は白鷹を常連客として認識はしていても、名前までは把握していなかったようだ。

「常人離れした雰囲気をお持ちの方だと思っていましたが、なるほど狐さんでしたか。葵葉稲荷と何かご関係が？」

「稲荷の召使い狐ごときと御門様を同列に語るとは、何と無礼な！」

突然そんな甲高い声を響かせたのは、ちょうどお茶を運んできた松風だった。

「御門様は冥界(めいかい)にその名を馳(は)せる大国の御曹司にして、格別に麗しき白狐様！　とりわけ尊くお美しい白狐様なのですよ！　日の本一雅な白狐様なのですよ！」

右へ左へと身体をきりきりねじり上げ、へんてこな抗議をした松風は、白鷹に「下がれ」と命じられ、お茶を置いてすごすごと部屋を出て行った。

「葵葉稲荷とは敵対はしておりませんが、特段何の関係もありません。我々のような妖の世で生を受けた妖狐は、神社の神使とは別系統ですので」

「しんし？」

「神の使いのことです。『お稲荷さん』と言えば誰もが白い狐を連想することから、その狐を稲荷の神だと思われている方が多いようですが、実際は稲荷神社とは農業神を祀る神社であり、その神の使いが白狐なのです」

「はあ。あの……、何分初めてのことなのでよくわからないのですが、白鷹様を狐さんとお呼びしては失礼だったのでしょうか？」

「いいえ、まったく。何しろ、紘彰にはクソ狐と呼ばれているくらいですので」

いきなりそんな暴露をされて、雪原は飲みかけたお茶を噴きそうになる。

「おいっ。シェフの前で妙なことを言うな！」

だが本当のことだろう、と白鷹は笑う。

「そう言えば、おふたりはどういうご関係なんですか？　店では、縁もゆかりもないといった感じだったように記憶していますが……」

「実際、先週末まで一ミリもありませんでしたが、昨日からここの下宿人になったんです」

都合の悪いことだけを省いて告げ、雪原は白鷹に視線で「黙っていろ」と凄む。

「俺の母方の実家が呪術とかそういう系統のものを使う家系なんですが、この狐の一族と古い知り合いだった縁でたまたま」

俺は昨日まで知らなかったんですが、と「昨日」を繰り返して強調する。

「呪術……というと、漫画や小説に出てくる陰陽師みたいなアレですか？」

「そんな感じです。もっとも、俺自身は限りなく普通の人間ですけど」

そう告げると、なぜか鹿沼が笑い和んだ表情になる。

「雪原先生、確かまだ二十代ですよね？」

「え？　あ、はい。二十八です」

「じゃあ、私より七つも下なんですね。うちの店やテレビでお見かけする先生はとても落ち着いていて、お若いのにずいぶんしっかりした方なんだなと感心していましたが、そういう格好で『俺』『俺』と仰っていると歳相応ですよね。ちょっと安心しました」

「それは、どうも……」

Ｔシャツとジーンズと「俺」「俺」の何がそれほどツボに嵌まったのかは謎だが、鹿沼は我慢できないといった風情で腹を押さえて肩を揺らし続けている。

こんなふうに素の感情を強く表に出す鹿沼を見るのは雪原も初めてで、年上なのに何だか可愛らしい人だと微笑ましく思っていると、白鷹が妙に大きな咳払いをした。

「話を進めてかまいませんか？　シェフは何かお困り事がおありなのですよね？」

ああ、そうでした、と鹿沼が笑いを引っこめ、ジャケットの内ポケットから一枚の葉書を取り出す。

「実は、半月ほど前から同じ文面の葉書が数日おきに届くようになったんです。これは今朝届いた四回目のものです」

葉書の裏面には「もうすぐ約束の日なのに、忘れたのですか？　あなたを信じていたのに、一生恨みます」と書かれていた。筆跡とその内容は若い女性を連想させるものだ。

「……何と言うか、朝から目にするにはヘビーな葉書ですね」

自分の人生を豊かにしてくれた魔法の腕を持つ料理人のどろどろした女関係は知りたくなかったと内心で肩を落とした雪原に、鹿沼は「私宛のものなら」と苦笑する。

「じゃあ、シェフ宛ではないんですか？」

「ええ。住所はうちで合ってるんですが、宛名が違っているんです」

鹿沼が葉書をひっくり返す。宛名は岩井昇、差出人は森下愛花。住所は書かれていないが消印は長野中央なので、長野市内から投函されたもののようだ。

「これ、消印が長野中央ですね。今まで届いたものも同じでしたか？」

「はい。すべて同じでした」

「ということは、差出人は長野市在住の可能性が高そうですけど……、でも、どうしてわざわざ長野からなんでしょう？　それに、宛名になってるこの岩井って人は――」

言いかけてふと、雪原は口にしたばかりのその名前に記憶の引っかかりを覚えた。

「あれ？　岩井さんって、確か前の『サルヴァトーレ』を経営していた方じゃ……」

すでに鹿沼は承知していたらしく、即座に「はい」と頷いた。

「岩井昇さんは、以前のオーナーシェフの息子さんだとか。先月、一枚目を受け取ったときには番地の書き間違いか何かだろうとしか思わなかったんですが、二枚目が届いたときにもしかしたらと思って訊いてみたお隣さんにそう教えてもらいました」

「じゃあ、この森下さんという女性は前の『サルヴァトーレ』がもう潰れていることや、岩井さん一家が引っ越されたことを知らずに葉書を出し続けているということですか？」

「そのようです。恋人同士だったことを臭わせるような文面なのに、そんな事情も知らないなんて、最初はストーカーか何かだろうかと思いました。でも、よく考えてみたら、知らないということは岩井さんがお店を畳まれてからのこの一年、何の行動もしていないということですから、ストーカーらしくないなと……。それに、森下さんのこの字を見ると、そういう犯罪的なものとはちょっと違う気がするんです。一生恨む、と呪詛の言葉を綴っているのに、何というか怨念めいたものを何も感じない綺麗な字なので」

「ああ、なるほど……。言われてみれば、確かに」

仕事柄、依頼人が持ちこんだ嫌がらせの手紙やビラを目にする機会も多いが、そうしたものには共通点があることを雪原は経験から学んだ。そこに刻まれた文字からは対象者への怒りや嫌悪が滲み出ているのだ。それは殴り書きになっていてもいなくても、元々の字が下手だろうが上手かろうが変わらない。たとえ印字であってもだ。

けれど、おそらく万年筆で書かれたのであろう森下の字からはそのような禍々しさを感じない。文面に反して、凜として美しくさえある。

「岩井さんのご一家は慌ただしく転居されたと伺っています。事情が事情ですから、この昇さんという方は森下さんに連絡を取りたくてもできずに、消息を絶ってしまったのかもしれません。岩井さんも私の店同様、ホームページやSNSのアカウントなどは作っていなかったようですから、長野に住んでいるらしい森下さんは岩井さんの『サルヴァトーレ』がなくなったことを知る術がないまま、昇さんからの連絡を待っているんじゃないかと」

長野から東京までは新幹線で二時間もかからないが、直接訪ねてくることができない事情が何かあれば、その可能性は否定できない。

「もし私の憶測が当たっているなら、森下さんに昇さんはもう来栖坂にはいないことと、それからできれば昇さんにも森下さんが連絡を待っていることを伝えてあげたいんです。おふたりは何か大事な約束をしていたようですから、お節介でしょうけれど、このままその約束の日が過ぎてしまうと森下さんも心の整理がつけられないいんじゃないかと思って……。でも、森下さんはこの通りご自分の住所を書かれていませんし、岩井さんご一家の転居先は私が聞いた限りでは誰も知らないそうで……」

三枚目が届いた先週の金曜日、鹿沼は探偵を雇うことを思いついたのだという。

「人様のことを勝手に調べる以上、信頼できる探偵の方を見つけて頼まないといけませんが、私にはその方法がわかりません。それで、雪原先生に相談に乗っていただきたくて」

「じゃあ、先週の金曜にお店に伺ったとき、話していただければよかったのに。シェフが困られているのならいつでも相談に乗りますよ、俺」

「ほかのお客様に店内でのご相談はご遠慮下さいとお願いした手前、何だか言い出しにくかったものですから。でも、今日の面談の予約が取れないかを伺うつもりではいたんですが、あの夜は忙しかったせいでその暇がなく……」

「——あ。じゃあ、あの夜シェフが仰っていた定休日にお友達デートからって、もしかしてこの件のご相談だったんですか？」

「ええ、実はそうです」

「何だ。シェフとお近づきになれると期待していたのに、ちょっと残念です」

つい店でそうするように軽口を向けると、鹿沼も「もうとっくに、かなりお近づきになっていると思いますけど」と悪戯っぽい表情で返してくる。

「そんなわけで、先ほど事務所へアポなしで突撃してみたんです。でも、在席されていたのは事務員の女性の方だけで……。おまけに雪原先生は一ヵ月のお休みを取っていると伺って、どうしようかと悩みながら戻ってくる途中、気がついたら見覚えのない道を歩いていて、こちらへ来てしまったんです。不思議ですよね」

「不思議でも何でもありません」

静かな声でそう告げたのは、白鷹だった。

「風花楼への道は訪いを必要とするものがその資格を持っていれば、自ずと開けます。ですから、シェフがここへいらしたのは必然です」

「つまり、私が雪原先生にお会いしたいと考えていたから先生のいらっしゃるこの場所へ辿りついた、ということですか？」

「そうです。紘彰も今や風花楼の一員ですから」

「なるほど……。どういう仕組みなのかわかりませんが、すごく便利というか、親切なことですね、それって。あ、でも資格って何ですか？」

「まさにシェフのそういう気質ですが、言うなれば、風花楼で目にするものに対して恐怖心を抱いたり拒んだりしないことや、わざわざ釘を刺さなくてもＳＮＳで晒そうなどとはそもそも考えつきもしないことなどですね」

確かにそういうことは思いつきません、と鹿沼は笑う。

「私はスマホもパソコンも苦手で、ＳＮＳなんて未知の世界ですから」

鹿沼はたぶん白鷹が告げた答えの意味を少し取り違えている。だが、白鷹が口にした言葉は雪原が想像した通りのものだった。

やはり、鹿沼が風花楼へ来られたのはその心が柔軟で純粋だったからだ。

推測が当たっていたことにちょっとした満足感を覚えながら、雪原は鹿沼に問う。

「それにしても、シェフはどうしてこの葉書のことをそこまで気にされるんですか？　岩井さんの一家もこの葉書の女性も、シェフにとっては赤の他人なのに」

「でも縁を感じるんです。イタリアで最初についた師匠が『サルヴァトーレ』という名前でしたから……。私にとってはいくら感謝してもしたりない人生の恩人で、日本で店を出すことができたときには先生の名前を店名にすると決めていました。今年ようやく帰国でき、店舗を探しはじめて一軒目に紹介されたのが『サルヴァトーレ』の看板が掛かったままの物件で、もう運命を感じて即決したこともあり、どうしても他人事には思えなくて」

そこまで言うと鹿沼は静かに息を吸い、「それから」と言葉を継ぐ。

「『サルヴァトーレ』には『救い主』や『幸運をもたらす者』などの宗教的な意味があるそうなんです。私自身は信者ではありませんし、お節介は百も承知ですが……、私がかつて『サルヴァトーレ』という名の師に人生の迷宮から救い出されたように、『サルヴァトーレ』に関わるふたりにも幸せになってほしいんです」

鹿沼のそんな願いを聞きながら、雪原も不思議な縁を感じていた。

いつだったか、白渡が忘れてしまったと言っていた「サルヴァトーレ」の店名の意味を思わぬところで知ることができたからだ。その名を贈った葵葉稲荷のかつての宮司は博学だったそうだから、おそらく「サルヴァトーレ」が持つ意味を知っていたはずだ。そして、宗教的な意味合いでというよりも、訪れた客に一時の幸せを提供する店になるようにと願いを込めて命名したのだろう。岩井家の「サルヴァトーレ」でまさにそんな束の間の癒しを得ていた身としては、段々と見過ごしてはならないような気になってきた。

何より、切々と語られた言葉から迸っていた鹿沼の優しさに胸を打たれてしまった。

「――俺がふたりを捜しますよ、シェフ」

雪原は咄嗟に身を乗り出して申し出た。

「でも……、雪原先生は休暇中なんですよね？」

「休暇中だからこそ、することが何もありませんので」

実際、夜はともかく、昼間に風花楼に籠もっていても何をすればいいかわからない。

「それに、探偵と業務提携をしている弁護士は少なからずいますが、俺には探偵の知り合いはいないんです。ですが、人捜しの経験ならそれなりにあります」

「……えぇと、じゃあ、お言葉に甘えてもいいのでしょうか？」

もちろんですよ、と雪原は大きく頷く。

「ちなみに、これまで届いた葉書はどうされました？」

「どうしたらいいか先生に伺おうと思って、保管してます」

「では、この葉書とひとまとめにして『誤配達』と書いた付箋か何かを貼ってからポストに投函して下さい。郵便局は差出人名まで個別にチェックしてくれませんから、森下さんのほうで発送をやめてくれない限り今後も葉書は届き続ける可能性が高いですが、他人宛の郵便物を受け取った場合はそうしないといけませんから」

「わかりました。でも、誤配達として投函した葉書はどうなるんですか？　消印の『長野中央』以外の住所がわからなければ郵便局も送り返せないですよね？」

「ええ。そういう還付不能の郵便物は郵便法に基づいて一定期間保管された後に、処分されるんです。ちなみに、葉書には適用されませんが、もし他人宛の手紙が誤配達された場合に開封して文面を読んでしまうと罪に問われる可能性がありますのでご注意ください」

気をつけます、と鹿沼は神妙に応じる。

「こういうことには疎い料理馬鹿で、お恥ずかしい限りです」

「それを言うなら、俺は料理のことを何も知らないし作れない法律馬鹿ですよ。ゆで卵ですらまともに作れたためしがありませんから」

「……それは、重症ですね」

でしょう？　と鹿沼と視線を絡ませ、笑い合う。

「ところで、報酬はいかほどご用意すればいいでしょうか？」

「それは結構です。今回は弁護士としてではなく、シェフに心酔するファンとして力にならせてください。俺はイソ弁――勤務弁護士でして、個人で依頼を受けた場合でも報酬の一定額を事務所に納めないといけないので、シェフから報酬を受け取ると休暇中に仕事をしたことが所長にバレて怒られますから」

本当はそれだけではない。これを機に鹿沼と親しくなりたいという下心があった。

せっかく「サルヴァトーレ」の近所に越してきたのだから、あわよくば個人的に朝食に招かれるような仲にまで進展したい。もし、鹿沼の魔法の腕で作り出される玉子焼きを口にできれば、それは雪原にとっては何ものにも代えがたい大きな報酬だ。

「しかし……、それではあまりに申し訳ないです」

「俺がやりたいんですから、お気になさらず。それに、この狐も言ってたでしょう？　シェフは俺に会うためにここへ来るべくして来たって。それはつまり、俺がシェフの依頼を受けなければならないということでもあると思うんです」

鹿沼はしばらく迷う表情を浮かべたあと、笑んで頷いた。

「では、結果の如何を問わず、『サルヴァトーレ』での一ヵ月分の食事を相談に乗っていただいたお礼にさせてください」

願ってもない提案だった。鹿沼が「一ヵ月分」と立てて見せた人差し指を、雪原は感動のあまり思わず「ぜひ、そういうことで！」と握ってしまった。


葉書の差出人である森下愛花と受取人の岩井昇。彼らを捜すに当たり、雪原にはすでに心当たりがいくつか浮かんでいた。

まずは所長の白渡だ。以前「サルヴァトーレ」の店名の由来を聞いた際、白渡は来栖坂から姿を消した岩井親子について『今頃どうしてるんだか』と案じていたので行方は知らないのだろう。けれど、来栖坂歴二十五年以上の白渡はこの界隈のことにとても詳しく、顧問を務めている商店街の振興組合との交流も深い。その中の誰かが岩井親子の現住所を知っているかもしれず、もし昇と連絡が取れれば昇を介して森下にも連絡ができる。

運がよければすぐにでも連絡先がわかるかもしれない。その場合、一ヵ月分はさすがに過剰な報酬なので、三日以内に調査が終了すれば一週間の食べ放題。三日以上かかった場合は一ヵ月の食べ放題。調査期間の上限は雪原の休暇が終わるまで。報告は一週間ごと。必要経費の請求は調査終了後にまとめて。そうした詳細をいくつか取り決めてから鹿沼を通用門まで送って戻ってくると、白鷹の姿はすでになかった。

「御門様はお仕事がございますので、先ほど楼へ戻られました。ご用がなければ私も少し下がらせていただきたいのですが、よろしいでしょうか？」

親戚が楼内に出している店が忙しい時間なので、手伝いに行きたいと言う。

いいよ、と応じて、雪原は事務所に電話をかけた。白渡が戻っていることを期待したが、応答した中江によると今日は遅くまで外出しているとのことだった。

白渡は最近ようやく携帯電話から買い換えたスマートフォンの使い方を四苦八苦して覚えている最中なので、留守番電話に伝言を残してもすぐには気づいてもらえないかもしれない。

一番確実な伝達手段として、中江に戻ってきたら連絡をくれるよう頼んだ。

白渡から電話が掛かってきたのは、松風が「今晩はフレンチのフルコースをご準備しておりますので、まずはオードブルからでございます」と現れた直後のことだった。

『中江さんから伝言聞いたけど、急用ってどうしたの？』

「以前の『サルヴァトーレ』を経営されていた岩井さんを捜していまして」

リビングのローテーブルに置かれたトマトとアボカドのミルフィーユの色鮮やかさに大いに食欲を刺激されつつ、雪原は言う。

「今のオーナーシェフの鹿沼さんが、使っていなかった部屋の押入から、岩井さんの息子の昇さん宛の葉書を見つけたそうなんです。大事な思い出のような文面だったので、できれば昇さんに返してあげたいと先週ランチを食べに行ったときに相談されて、この辺りのことに詳しい所長に伺ってみますと安請け合いしたのをうっかり忘れてまして」

白渡は五十八歳の現在まで一度も結婚歴がない。姪である春田の話では若い頃はかなりもてていたようだが、仕事と趣味のジオラマ作りにしか関心を持てない性格が禍（わざわい）したらしい。

そのせいか、白渡は決して非情な人物ではないものの色恋沙汰に関しては徹底してドライだ。鹿沼から相談された内容をそのまま伝えれば「そんなのお節介だよ。この人はもう住んでませんって郵便局に伝えるだけで十分だって」で終わってしまう。

男はもうこりごり同盟で結ばれている春田と中江は、報酬の発生しない男女トラブルに関しては白渡以上に冷淡だ。

どこからも援軍は見込めそうもないので、事実を少しアレンジした。

最近はごまかしてばかりの白渡に胸の内で手を合わせ、雪原は問う。

「岩井さんの消息を知っている方、所長はご存じないですか？」

『うーん、僕は大したつき合いはなかったから何も知らないし、振興組合の誰かが知ってるかなあ。一応、何人か親しかった人に聞いてみるけど、あんまり期待しないで』

全員に確認が取れるかは不明だが、今晩中にもう一度連絡をくれるそうだ。

白渡に礼を言って一度電話を切り、豪勢な夕食に舌鼓を打ちながら再度の連絡を待つ。

オードブルに続いて運ばれてきたのは、喉ごしがさらさらとなめらかなヴィシソワーズ。そしてパリッと焼き揚げられた鯛と帆立のポワレ、しゃりしゃりした食感が楽しいパイナップルのグラニテに肉汁溢れる骨つき仔牛のロティ。

風花楼の牧場で作っているというチーズに果樹園の朝採れ桃やラズベリーを使ったピーチメルバのデザートまで、すべての皿を平らげた雪原は満腹の腹を抱えソファにもたれこむ。

白渡の回答を待たねばならないので飲み物は水だけにしたが、その我慢を差し引いてもブラボーを三唱したいほどに素晴らしい食事だった。

幸福な満腹感に浸りつつスマートフォンを片手にソファに寝転び、シュリンプの育成ゲームを進めていると、思ったよりもずんぶん早く白渡からの電話が鳴った。

『やっぱり誰も知らないねえ。岩井さんとこ、代々さんざっぱら世話になった葵葉稲荷の宮司にすら挨拶しないで、ほとんど夜逃げみたいに消えちゃったみたいだから』

「そうでしたか……」

白渡でも岩井一家の行方がわからないとなると、次に当たる先は破産管財人だ。

飲食店経営者の自己破産は管財事件となるので官報に債務者の氏名と住所、そして破産管財人を勤める弁護士名が掲載される。住所はおそらく破産時の来栖坂のものが載っているだろうが、破産管財人なら現住所を把握しているはずだ。

官報の有料サービスでキーワード検索をすれば、今わかっている情報だけでも破産管財人は見つけられる。だが、念のために債務者である昇の父親の名前を知っておいたほうがいいだろうと思い、尋ねようとした矢先、『そうそう。ついでに中江さんに破産管財人、調べてもらったよ』と告げられる。

『たまたま知り合いだったから彼にも訊いてみたんだけど、岩井さん、破産手続きがすんだあとに電話番号変えて、裁判所に届け出てた住所からも転居したんだって。まあ、やること全部やって、支払いもすんだあとだから捜す理由もなくて、それっきりなんだそうだよ』

「了解です。わざわざありがとうございます。色々お手数をおかけしました」

近況や世間話を少しして、電話を切り上げた。

スピーディーな解決とはならなかったので明日からは別口の心当たりに一軒ずつ足を運ぶしかないが、実のところ雪原にとってはそのほうが都合がよかった。

報酬の食事が一週間分か一ヵ月分かの問題ではない。捜索にかけた時間のぶんだけ、思いがけず得た鹿沼とのこの個人的な繋がりをより深められ、念願のモーニングへ近づけるような気がしたからだ。ついつい気分がよくなり、鼻歌が漏れたところへ松風が現れる。

「紘彰様。デザートがおすみでしたら、お膳をお下げいたします」

「ああ、うん。すんでるよ。サンキュー。美味かった」

「お風呂の準備もできておりますが、どうなさいますか？」

入る、と立ち上がる。

「では、ご案内いたします」

松風とクローゼットを抜けて、楼の三十三階の部屋に出る。

廊下の一番奥の湯殿には、檜造りの室内風呂と石造りの露天風呂があった。昨日入った儀式所のものと比べるとこぢんまりしているものの、どちらもとても風情がある。

眺めのいい露天風呂のほうを見やった雪原の脳裏で、名案が閃く。

「なあ。ここに酒は置いてあるか？」

食事中のワインを我慢した代わりに、東京のど真ん中の露天風呂で夜景を眺めながら酒を飲むという贅沢をしてみたい。

「御寮の間にはございませんが、ご所望でしたらすぐにお持ちいたしますよ」

何がよろしいですか、と松風は件の異次元ポケットに手を突っこみ、居酒屋のメニュー表めいた酒のリストを取り出す。人間界と冥界のものが入り交じったそのリストの中に、前々から一度飲んでみたいと思っていた入手困難な幻の吟醸酒を見つけ、いそいそとそれを選ぶ。

かしこまりました、と松風がどこかへ姿を消す。

脱衣所というより「脱衣の間」のような無駄に豪華な部屋で服を脱いでいるあいだに、松風は酒器の入った桶を持って戻ってきた。

「お。ありがとな、松風」

鼻歌交じりに告げると、松風がすっと目を細くしてため息をついた。

「紘彰様。あなた様はお陰様とは言え、御門様のご妻室であることに変わりはないのですから、我々のような下働きに軽々しく礼など仰ってはなりません」

そんな抗議をされ、雪原はまたたく。

「お前は俺に礼を言われると何か不利益を被るのか？　減給されるとか、日陰者が口にした礼の言葉が耳に届くたびにヒットポイントを削られるとか」

「いえ、そのようなことはございません。ですが、御門様の沽券に」

「関わるってか、アホくさい」

雪原は松風の言葉を奪って、鼻を鳴らす。

「松風。俺は狐に陵辱される秋国の嫁の特権として、上げ膳据え膳、至れり尽くせりの恩恵はありがたく受ける。だが、感謝の心は忘れない。それを忘れたら人間として終わりだ。だから、俺は毎日何回だって礼を言う。ありがとう、松風。サンキュー、松風。感謝してるぞ、松風。可愛い奴だな、松風。可愛すぎてもみくちゃにしたいぞ、松風」

真っ裸で酒の入った桶を担ぎ、感謝の言葉を連ねた雪原を、松風は呆れた目つきで見る。

「……わたくしは男の子にございますれば可愛いなどと言われるのは心外ですし、皺になるもみくちゃもご遠慮申し上げます！」

　ぷいっと方向転換をし、「ご用があればお呼び下さいませ！　すぐに飛んで参ります！」と叫んで出ていった後ろ姿は可愛い以外の何ものでもなかった。

　雪原は笑い、露天の石風呂に身を沈めた。

　頭上には夜空、眼下の風花楼の明かりの向こうには来栖坂の夜景の煌めき。夏祭りのお囃子の練習らしい賑やかな音も、夜風に乗ってかすかに聞こえてくる。

　独り占めの絶景を肴に、雪原はずっと飲んでみたかった幻の酒を杯に注いだ。

　一口飲むと芳香がふわりと鼻に抜け、「美味っ」と唸らずにはいられなかった。味わいはまろやかでやわらかく、何杯でもするすると飲めてしまいそうだ。

　リビングのソファに座っているだけで和食からフレンチまで毎日美食を堪能でき、夜には極上の美酒を片手に露天風呂でこんなにも美しい夜景を楽しめる。おまけに掃除も洗濯も炊事も、家事は一切免除。

　このパラダイスでしかない厚遇が一生続くことを考えれば、思考回路がアダルトビデオに汚染されている幸蘭たちにかけられた最低な呪いですら何だか許容範囲に思えてしまう。

「はあ。極楽、極楽」

　ほろ酔いになって、そんな言葉が思わず口をついて出たときだった。

「ここは極楽などではないぞ、紘彰。妖の世と人の世の境目だ」

振り向くと白鷹が立っていた。風呂なので当然全裸で。

どちらかと言えば細身なのは雪原と同じだが、華奢さなど微塵もない。昨夜の記憶が曖昧なせいで、鋭く引き締まった逞しい体軀の中で最も雄々しさを主張している性器の長大さに、雪原は改めて驚かずにはいられなかった。

「……人の感動に水を差すような突っこみするなよ」

「ずいぶんと機嫌がいいようだな、紘彰」

笑んだ白鷹がゆっくりした動作で石の湯船に入ってくる。

「そりゃ、夢にまで見たシェフの朝食にありつける日がついに来るかもしれないんだからな」

言っているうちに頭の中で妄想の朝食メニューが次々と浮かび上がって我慢ができなくなり、雪原は「早くシェフの玉子焼きを食べてみたいぜ」とうっとりとこぼす。

「なるほどな。夢の実現に近づけた祝杯を挙げているのか？」

隣に腰を下ろした白鷹の紅い目が、雪原を見据える。

「……それもあるが、素面じゃ狐とセックスなんてできないからな」

そんなつもりで飲んでいたわけではないのに、不思議な色合いをした瞳を眼前にするとどんな反応をすればいいのかわからなくなり、雪原は咄嗟に不平顔を装った。

「で、お前は何しに来たんだよ？　呪いが発動するのはまだしばらく先だし、正妻だか側室だかのところにいなくていいのか？」

「正妻？」

「いるんだろ。ただのチェックインみたいな扱いでここへ嫁入りしてきた俺と違って、輿入れを派手に祝われて、親戚やら家臣やらが勢揃いの盛大な披露宴をした正妻やら側室が」

嫌味をぶつけたつもりが、まるで自分が日陰者であることを拗ねているような物言いになってしまったことに焦り、雪原はぐい呑みを呷る。

「それは、婚礼の日はゴンドラで入楼したかったのにできなかったから、披露宴で竜船に乗ってリベンジがしたいというアピールか？」

そんなわけあるかっ、と雪原は湯面を叩く。

「俺が言いたいのは、正妻がいるんなら誤解されるような行動は避けるべきじゃないかってことだ。お前の正妻やら側室やらに目をつけられて、食事に毒を盛られたり、靴に針を入れられたりしていびられるのはごめんだからな」

「お前の頭の中で何がどうなってそんな大奥展開が繰り広げられているのかよくわからぬが、今のところ私の妻はお前ひとりだ」

「嘘つけ。ごまかしたって知ってるぞ」

雪原は鼻筋に皺を寄せ、白鷹を睨む。

「俺は単なる契約上のお飾り嫁だし、そもそも男だ。お前に妖の本妻がいようが、側室だの愛人だのが何人いようが、どうでもいい。だけど、事実を何も知らされないのは腹が立つ。大体うっかりどこかで本妻たちと鉢合わせしたときに誰が誰だかわからなきゃ、無礼だ何だってトラブルのもとになるかもしれないだろ。だから、予めちゃんと教えといてくれ」

「紘彰。お前は先ほどから一体何のことを言っておるのだ？」

やわらかな声音で不思議がられ、雪原は眉間の皺を深くする。

あんな豪華なハーレム御殿を持っているくせに、白鷹はあくまで白を切るつもりらしい。

儀式的な契約が守られている証以上の意味がない秋国の花嫁は「風花楼の賓」で、白鷹にとっては「部外者」に過ぎない。だから、本当の家族である正妻たちについての情報はセキュリティの問題上、与えないということだろうか。

そう思ってむっとし、その勢いで「だから、奥の院だよ、奥の院！」と声を高くする。

「松風に入ってもいいか訊いたら、口籠もってすごく困ってたぞ。要するに、あそこは妖の正妻や側室が住んでる場所だから、日陰者の人間は入れないってことなんだろ？」

「ああ、なるほど……。奥の院を見たのか」

「そうだ、見たぞ、見た。バッチリな。だから、しらばっくれても無駄だぞ」

「べつにそんなつもりはなかった。今日一日でそこまであちこち探検してまわったとは思わなかったゆえ、お前がどうしてありもしない大奥妄想を繰り広げながら怒っているのか、本当にわからなかったのだ」

「ありもしないって何だよ？　奥の院は大奥だろ？」

どこまでも白々しい狐だと声を荒らげた雪原に、白鷹は「私の前の代まではな」と言った。

「以前は確かに、奥の院には常駐番の妻子や側女たちが住んでいた。しかし、私は独り身で、奥の院に女たちを囲う気も、これまでのように秋国の花嫁の立ち入りを禁じる気もない。だが、私に嫁いできた秋国の花嫁たちは奥の院の存在をそもそも知らなかったり、知っても琴葉のようにまるで興味を持たなかったりで、規則を変えたことを周知する機会がなかったのだ。それゆえ、仕えてくれているものたちは皆、今も昔のままだと思っているのであろう。明日の朝に触れを出しておくから、今後は好きなときに入るといい」

「……俺は事実が知りたいだけで、べつにあそこへ入ってみたいわけじゃない、けどさ……」

白鷹の態度があまりにも堂々としているせいで、雪原の声を尖らせていた苛立ちが段々と心もとなく揺らいでいった。

「本当に……正妻も側室もいないのか？」

「言ったであろう。今のところ、妻はお前ひとりだと。それが嘘偽りのない事実だ」

「いや、だけど」

松風から聞いたぞ、と足搔こうとして、雪原は自分の過ちに気づいた。

あのとき松風が言ったのは披露宴をするのは正妻だけということ、そして白鷹に正妻がいるかどうか自分の口からは言えないということだけだった。たぶん言えない理由は「そういうしきたり」でしかなかったのだろうが、それを勝手に深読みして誤解してしまったのだ。

——ああ、クソ。これじゃまるで道化だ。

「何だよ、いないのか……」

陰嫁である雪原自身にとっても、その陰嫁を娶った白鷹にとっても微妙な問題なのだから、もっと慎重に確認すべきだった。

駆け引き慣れした弁護士として本来ならそうできたはずなのに、早とちりをそのまま口走る前に冷静になれなかったのは、たぶんいい気分で飲み過ぎた酒のせい。自分自身のことだからついうっかり感情的になってしまったにしても、どうにも痛恨のミスだ。雪原は深く悔やみながらがっくりと項垂（うなだ）れ、自分が犯した勘違いを「クソ、クソ、クソ」と罵った。

「紘彰。お前は、そんなに大奥ごっこがしたかったのか？」

「……そういうことじゃない」

「ならば、どういうことだ？」

「べつにいいだろ、何だって」

答える言葉を紡ぐうちに、白鷹をしつこく問い詰める行為がまるで嫉妬した愛人のようだったことにも気づいて叫び出したくなる。どうしようもなくむずむずしてしまうその恥ずかしさを何とかしたくて、酒を注いでまた呷ろうとしたぐい呑みを白鷹に奪われた。

「ほどほどにしておけ。あまり過ぎると、溺れるぞ」

言って、雪原が飲むはずだった酒を飲んだ唇が濡れてつやめく。

「溺れそうになったらお前が何とかしろよ。それがお前の務めだろ」

「仰せのままに、奥方」

「その呼び方、やめろって言っただろ」

雪原は白鷹からぐい呑みを奪い返し、酒を注ごうとしたが、徳利はもう空だった。

ため息をついて、顎先までどぶんと湯に浸かる。

「その顔、鹿沼シェフが見たら、年相応どころか子供っぽいと笑うだろうな」

「何百年も生きてる化け狐に比べたら、まだ二十八の俺なんて生まれたてほやほやも同然だからな。子供っぽくて当然だ」

「さすがは弁護士だな、紘彰。屁理屈が巧い」

白銀の髪を掻き上げ、白鷹が皮肉を放つ。

「褒めてくれてありがとよ、クソ狐」

荒く鼻を鳴らした雪原を見て、白鷹がふいに「不思議なものだな」と笑った。

「先週の今頃は、お前と夫婦になって、クソ狐などと呼ばれる日が来ようとは夢にも思わなかった。昨日、慶典の間の前でお前を見たときは心底驚いたぞ」

「……お前、嫁に来るのが俺だって知らなかったのか？」

「ああ。秋国からはお前の身上書が届いていたが、開いたのは今日だったからな」

「何でだよ？」

「こう言うとお前は怒るだろうが、私が望んで迎えるわけではない秋国の花嫁が誰であろうと正直興味がなかったのが半分。残りの半分は、当日見てのお楽しみだと籤を引くような気分だったのだ」

籤とはずいぶんな言い種だと少しむっとしかけ、雪原はふと気づく。

「……あの晩、『サルヴァトーレ』でお前が言ってた気が滅入ることって、俺のことか？」

「あの時点では秋国から嫁いでくる者がお前だとは知らなかったのだ。許せ」

涼風と秋国の契約に基づく婚姻で失うものが大きいのは秋国の花嫁のほうだ。けれど、意に反した結婚を強いられるという点は、涼風の新郎側も同じなのだ。

「……俺が秋国の血族だってことも、ずっと気づいてなかったのか？」

「ああ。お前は呪禁の使い手ではないだろう？　だから、わからなかったのだ」

白鷹によると、呪禁には流派によって独特の気配があるのだそうだ。

一族の当主や先代花嫁の甥という濃い血縁関係にあっても呪禁師ではない雪原には「秋国の者らしさ」がなかったのだろう。

「じゃあ、なんで『サルヴァトーレ』で俺にちょっかいを掛けてきたんだ？」

「一言で説明するなら、好奇心だな」

淡く笑んで、白鷹は「お前を初めて見たのは『サルヴァトーレ』ではなく、『来栖庵（くるすあん）』のテレビだった」と言った。

「『来栖庵』って、うちの事務所の向かいの蕎麦屋の？」

「そうだ。店主が客と、近所に勤めている弁護士だと話題にしていた声に釣られて見てみたら、お前は毒殺事件で無罪判決が出た裁判のインタビューを受けていた。勝ったのに少しも喜んでいないどころか、まるでロボットのような無表情で」

毒殺事件の裁判なら四月下旬――倉橋法律事務所で逆恨み襲撃の巻き添えを食った災難を「名探偵弁護士スノー・ビューティー、危機一髪の蜘蛛まみれ！」などと面白おかしい記事にされたり、馬鹿にされているとしか思えない呼称に抗議をしたら「俺たちが記事にしてやって知名度が上がったくせに、生意気な若造だ」と意味不明な言い掛かりをつけられたりと、マスコミとのつき合いにうんざりし始めた頃だ。

「だが翌日、たまたま入ってみた『サルヴァトーレ』で間近にした実物のお前は締まりのない顔をして管狐に餌づけをしていた。まるで別人のようなそのさまに、おかしな霊感弁護士だと興味を持ったのだ。あんなところで管狐などを飼っている理由も知りたかったしな」

「飼ってるわけじゃない。あんこが自分で『サルヴァトーレ』を縄張りに選んだんだ」

「あんこ？　それがあの管狐の名前か？」

「俺が勝手に自分の中でそう呼んでるだけだけどな。拾ったばかりのときは栄養失調で今よりも毛の色が薄くてぱさぱさしてて、丸まると乾燥したあんこみたいだったから」

「乾燥したあんこ似だからあんことは、またずいぶん雑な名づけだな」

「妖との距離感なんて、そんなものでちょうどいいんだよ。真剣に考えて名前をつけたりしたら、情が湧いて面倒だからな」

そう返すと、白鷹が喉の奥で笑った。

「あの管狐を餌づけしているときの顔は、もう十分情が湧いているように見えたが？」

あんことの会話は必要最小限に留め、ペットのように自分の手元に置いて愛玩したいなどと思わないように気をつけてはいるものの、白鷹の指摘はたぶん当たっている。

けれど、素直に認めるのは癪で「そんなことはない」と言い張った雪原の耳に届くお囃子の音がふいに大きくなる。葵葉稲荷の夏祭りはお盆明け前の日曜日に開催される。今年は今週末が開催日で、祭りの本番まで一週間を切り、練習にも熱が入っているのだろう。

「それはそうと、紘彰。シェフに届く葉書の送り主の捜索は明日から始めるのか？」

「ああ。べつにいいだろ。ちゃんと戻って来さえすれば、外出は自由のはずなんだから」

「もちろんだ。止め立てするつもりはないが、ひとりでは危ないゆえ私も同行する」

「……お前が同行？」

強固に嫌だと拒みたいわけではないが何だか見張られているようでいい気もせず、雪原は眉を寄せた。

「だけど、お前は忙しいんだろ。相談所とかここのラスボスの務めとかで」

「確かに決して暇ではないが、私にとって今の最優先事項はお前の呪いを解くことと、この呪いによってお前が不幸にならぬよう尽力することだ。幸蘭たちがお前に掛けた呪いの発動条件には、不確定要素が含まれている。楼内にいるときならまだしも、街中でひとりのときに突然発情すれば困るであろう」

「――って、おいっ。そういう可能性があるなら早く言えよ、クソ狐！　俺、昼にひとりで出かけたぞ！」

「すまぬ。何分、私も初めて経験する呪ゆえ不案内なのだ。ここへ来る前に幸蘭たちに忠告されるまで、気がつかなかった」

「……じゃあ、何か？　あと九十九回をすませるまで、俺はおちおちひとりで外も歩けないってことか？」

「呪いにも規則性や法則性があるゆえ、十日ほど行動を共にすればある程度のことはわかると思うが……。今はまだ『そうだ』とも『違う』とも言えぬ。どうか許してくれ」

呪いについて説明された今朝の時点では、経験のない雪原には残りの九十九回を終わらせるまでにどのくらいの日数が必要なのかいまいち判然としなかった。

それでも、三十日間連続で毎晩三回以上をノルマにするというのはいくら何でも無理だろうと思っていたし、ひと月の休暇が明けたあとは「まだ全快とはいかなくて……」としばらくのあいだ定時上がりで乗りきろうと考えていた。

だが、ひとりで外出ができないとなると、休暇延長を申し出なければならない。

そう気づき、雪原は頭を抱えかける。叫び出したい気持ちにもなった。

なのに、「許さない」とは言えなかった。ほんの数分前に、破格のもてなしが一生続くのならばアダルトビデオのような呪いで瞬間的にメンタルポイントを削られてもお釣りが来る、などと考えていたせいもある。

けれど、それ以上に万華鏡めいた不思議な煌めきを宿す瞳で見据えられて詫びられると、何だか奇妙な魔法にでもかけられた気分になったのだ。

「……まったく、何が幸せの蘭で『幸蘭』だよ。看板に大嘘ありじゃないか」

雪原はせめてものぼやきをため息と共に落とす。

「そう言うな、紘彰。お前には申し訳のない大きな災難だったが、あのものたちは確かに幸せの花なのだ」

「相談所に来る依頼人から徴収した幸せの思い出で咲いた花だから、か」

「ほう、知っていたか。松風から教えられたのか?」

盛り上がるお囃子に耳を傾けながら、雪原は「ああ」と返す。

「……幸せの思い出って、たとえばどんな?」

「そうだな。父親を通り越し祖父ほど歳の離れた男やもめに一途に焦がれ続けた娘の、その恋が成就した思い出だ。これまでの人生の中で最高の思い出だという申告通り、ここ何年かでは一番美しい幸蘭が生まれた」

「その依頼人は人生最高の思い出と引き換えに、何を望んだんだ？」

「死期の近づいた夫の最期の願いを叶えてやりたい、と。夫は病床で、死ぬ前にもう一度、葵葉稲荷を詣でたいと望んでいたのだ」

「葵葉稲荷？　信仰心のあつい氏子だったのか？」

「そういう側面もあったが、それ以上にあの夫婦にとっての思い出の地だったのだ。ふたりは葵葉稲荷の睡蓮の池に掛かる橋を渡って夫婦となったからな」

「橋を渡って……？　何だそれ」

「葵葉稲荷の睡蓮池に架かる橋を恋人同士で渡ると永久に結ばれるという恋のまじないを知らぬのか？　霊験あらたかだと評判で、夏祭りの日にはあの橋を想い人と渡るためにつめかけた者たちで大混雑ではないか」

「生憎、そういう類のまじないには興味がないからな」

鼻を鳴らした雪原は、間を置いて「本当に霊験あらたかなのか？」と問う。一緒に渡りたい相手などいないが、妖の口から聞かされたまじないの威力の真偽には興味が湧いた。

「さて。管轄外のことについて滅多なことは言えぬが、橋を渡ったあと、娘の両親がそれまでの態度を変えて結婚に理解を示したのは事実だ。もっとも、夫の方は死別した前妻の遺した三人の娘が反対し続け、その娘たちは今、未亡人となった年下の義母が財産目当てで結婚したことを証明しようとやっきになっているようだがな」

「ふうん。その歳の離れた夫が認知症で、若い妻がそれを利用して勝手に婚姻届を出したりしたとかの犯罪的手法で結婚に漕ぎ着けたんじゃなければ、そんなこと証明する意味なんてないのにな。夫が自分の意志に基づいて結婚したのなら、妻が財産狙いだろうが何だろうが結婚は無効にならないし、遺産相続の権利を妻から取り上げることも不可能だからな」

「『サルヴァトーレ』で三人娘にそう言ってやれば、諦めがついたやもしれぬな」

何のことだと眉根を寄せかけたとき、白鷹に「サルヴァトーレ」で声を掛けられた夜の出来事が脳裏をよぎる。

「――三姉妹マダム！　あの人たちの言ってた死んだ父親の怪しい後妻って、お前の依頼人だったのか」

そうだ、と白鷹が頷く。

「娘たちは、父親と年下の義母が確かな愛情で結ばれていたことを信じておらぬのだ」

「……なあ。その依頼人、惨くないか？　愛した旦那には先立たれ、旦那とのあいだで育んだ純粋な愛情を旦那の娘たちに疑われて、あげく旦那との一番大切な思い出を失ってさ」

「それは違うぞ、紘彰。あの娘は確かに大切な思い出をひとつ失いはしたが、夫の死の間際に新たにより幸福な思い出を手に入れられたのだからな。その思い出は、あの娘がこれからを強く生きていくための糧となる」

「新たな思い出ってことは、じゃあ、死にかけの旦那と神社の橋を渡ったのか？」

「当然だ。願いを叶えることと引き換えの思い出なのだからな」

「でも、どうやってだよ？　その旦那、歩くのは無理だったんじゃないのか？」

「造作もないことだ。一晩だけ肉体を若返らせたのだ」

「へえ。お前って便利な――」

狐だな、と継ごうした言葉がふいに喉に絡んだ。

何だろうと思うと同時に、身体の内側から発火したような熱が突き上げてくる。一瞬、視界が霞み、傾いだ身体を白鷹に抱きとめられる。

「紘彰っ」

長い腕が絡みついた胸が熱く疼き、湯の中の性器がぐっと角度を持って勃ち上がる。

赤く膨らんだ幹が反って撓り、亀頭の先端の割れ目がぴくぴくとうねり、淫液を滲ませはじめているのが見える。

「な、んで……。まだ時間じゃ、ないのに……」

呆然とした雪原の頭上で、白鷹が「酒か……」と呟く。

「酒って……、あいつらがこの酒に、何か盛った、のか？」

「いや、さすがに新たな悪行は働かぬはずゆえ、酒で呪いが発動したのかもしれぬ」

「じゃあ……、呪いが掛かってるあいだは、禁酒、かよ……」

二度目だからだろうか。頭の中では雄を求める欲望が膨れ上がっているが、今晩はまだ軽口を叩く余裕が残っていた。

「あれこれ試してみなきゃ発動条件がわからないなんて……、最悪だ。モルモット、かよ」

弾む吐息のあいだから不満をこぼすと、火照った身体を背後から抱きしめる男に頤を捉えられ、仰のかされる。深い紅が煌めく瞳に見下ろされ、肌がぞくぞくと粟立つ。

「よくするゆえ、許せ」

「——そんなの、当然、だろ」

腿の裏の辺りに当たっているまだやわらかいそれを、雪原は本能の命ずるまま腰の位置をずらして脚のあいだに挟みこむ。そんな行動を取る自分に驚いたが、身体は勝手に動く。腿を締めて圧力をかけると、白鷹のペニスも音が聞こえそうな勢いで漲った。

「んっ、あっ」

白鷹のそこがはらんだ肌を灼きそうな熱さに、雪原は狼狽える。

思わず脚を開いて腰を浮かせ掛けたとき、胸をまさぐられた。

「紘彰……」

甘い声音で雪原の名を呼んだ妖の手が胸を這う。いつの間にか尖り出ていた乳頭の頂きを、指の腹でゆるく擦られる。

もどかしい刺激に腰を揺らすと、今度は強く押しつぶされた。凝った乳首がぐにゃりとひしゃげる感覚に、雪原は嬌声を放つ。

「あ……っ、あぁっん」

「胸が気持ちいいのか、紘彰」

白鷹の指が、胸の尖りをくりくりと捻(ひね)り、爪先で弾き、揉みこみんでくじる。微妙な差異をつけて弄(いじ)られるつど、中途半端な位置で浮いている腰が前へ後ろへと淫靡(いんび)に跳ねる。

「あっ、あっ、あっ」

愉悦の火花が脳裏でぱちぱちと弾け、あられもない声が次々とこぼれ出る。

快感が羞恥を上回り、雪原は上擦った声で「いいっ」と放つ。

「そうか、よいか。それは重畳」

左の耳朶を甘噛みされながら、乳首を根元からこそげ取るようにぐりりっとつぶされたかと思うと離され、そしてまた捻りつぶされる。

「ああっ、あっ、は……っ。あぁんっ」

「この色づき、まるで瑞々(みずみず)しい果実のようだな」

刺激を加え続けられたことで硬い芯が通り、赤く充血した粒をふたつ同時にきつく捻り上げられた瞬間だった。感電めいた鋭い痺れが背を駆け抜け、屹立が大きくくねって爆(は)ぜた。

「――ああぁっ」

温かい湯の中にびゅうぅぅっと精が漏れ出ていく感触に腰が卑猥にせり上がった。

「あ、あ、あ、ぁ……」

弛緩し、崩れかけた腰を掬われ、白鷹の腕の中に抱きこまれる。

「お前が百度精を放つまで、が条件であれば、ひと月も経たぬうちに呪いが解けようものを」

笑みを含んだ声音で揶揄われ、雪原は肩で息をしながら眉根を寄せる。

馬鹿にするなと抗議しかけた寸前、内腿をすべり落ちた白鷹の手がそこに触れた。

「あっ」

肉環の表面をぐるりと撫でた指が、襞の奥へもぐりこむ。ぐぷっと掘り抉られる内壁から溢れ出た粘液が、長い指に絡まる。

湯が入ったのではなく、体内からしみ出たものがぬちゅぬちゅとした粘り気を帯びて白鷹の指を濡らしているのをはっきりと感じ、内腿が痙攣した。

「よく潤んでおる」

「あ……。お、俺……の、中……、どうし、て……」

昨夜も驚いたその違和感におののく雪原をあやすように、白鷹の唇がうなじをそっと這う。

「呪いのせいだ。呪いが解ければ元に戻る。案ずるな」

甘いほどにやわらかな声音が鼓膜に沁みこみ、不思議と胸のざわめきが凪いだ。

浅く頷くと、身体を反転させられた。胡座をかく白鷹と向かい合い、その腰を跨ぐ格好にさせられる。腿の裏を抱えられ、広げられた脚の中央に熱塊が宛がわれる。太々として丸い切っ先もぬめっていて、潤む窄まりにぴたりと吸いつく。

「あ……っ」

一瞬、襞がじゅっと爛れたような錯覚を覚えて喉を反らせた直後だった。強引に引き伸ばされた肉環の奥へ、白鷹が一気に入りこんできた。

「——あああぁっ！」

凶悪に漲る硬い怒張に、ぐぶぶぶぶっと貫かれる。人間のものではあり得ない長さのそれと深い場所で繋がった衝撃に声もなく煩悶した直後、強い力で腰を引き上げられた。ぬりりりりっと媚肉が逆方向に抉られたかと思うと、すぐにまた深々と突き立てられる。

「ああぁっ。あっ、あっ、あっ」

白鷹の苛烈な突きこみに合わせて雪原の上半身も大きく揺れ、湯飛沫（ゆしぶき）が散る。ぐぶっ、ぐぶっと隘路を穿たれ、快感の火花が脳裏で爆ぜる。

「は……、ぁ……っ。白、鷹……っ。あ、あ、あ、ぁ……」

うねる柔壁を捏ね突かれ、掻き回され、雪原は陶然として足先をきつく丸める。

隘路の媚肉を押しつぶす摩擦熱に蕩けた粘膜が白鷹にきゅうきゅうと纏わりつき、そしてそれを撥ね返すようにしてさらに嬲（なぶ）られる。

「あっ、あっ……、あぁん……っ」

次々と湧き起こる愉悦の波に翻弄され、雪原はむせび啼く。何て快感だろう。何て気持ちがいいのだろう。どうしようもなく気持ちがいい。

──けれど、物足りなかった。

白鷹の腰も腕も逞しく、抽挿は力強い。けれど、湯の中で水圧を受けるぶん、勢いが削がれていてもどかしかった。もっと激しく、もっと苛烈な快感をもう知っているからこそ、火のついた欲望がさらなる高みを求めてしまう。

「白鷹……っ。あ、あっ、白鷹……っ」

熱くて硬い剛直でずりっずりっと抜き挿しされるたびに劣情が昂り、焦れったくて切なくてたまらなくなる。

「あ、あ……っ。白、鷹……、もっと……、奥……」

雪原は喘ぎながら、白鷹の背に爪を立てた。昨夜と違って散りきっていない理性のせいで最後まで口にできなかったけれど、望むものは通じたようだ。

雪原を抱きかかえたまま、白鷹が立ち上がる。浮力から解放されると同時に自重が掛かり、ぬかるんだ肉筒の深部へ太い熱塊がずるっと引きこまれた。

「ひうぅっ」

昨夜と同じ場所──奥の奥にどすりと重い衝撃が響き、脳髄が痺れた。

その甘美な余韻に恍惚とする暇もなく、白鷹が容赦のない律動を始める。

「あっ、あっ、あっ！　ああっ」

臀部の薄い肉を鷲掴みにされて、最奥を太々とした剛直でごんごんごりごりと突き回され、悦楽の炎が燃え上がって腰骨が溶けてしまいそうな錯覚に襲われる。

雪原は白鷹の逞しい肩にしがみつき、嬌声を高く散らす。

「あぁぁっ。あっ、あっ。そ、こ……っ、そこ……っ」

「ここがよいのか、紘彰」

掠れた声の問いかけに、雪原は喘ぎを返して腰を振り立てる。

「あっ、ん……、あっ」

「……お前のその姿はたまらぬな、紘彰」

感嘆とも驚きともとれない甘い声音を漏らした白鷹が、抽挿を猛々しいものにする。

鷲掴みした雪原の腰を荒々しい力で上下に揺すりながら、粘液にまみれてねっとりと蕩けた洞を乱暴なまでの躊躇のなさで串刺しにされる。

「あああぁっ。あぁんっ、……あぁんっ」

信じられない深部をごりんっと掘り突かれたかと思うと、次の瞬間には内部から襞を捲り上げる勢いで怒張が退き下げられ、そしてまたずぶんとねじ込まれる。

立って雪原を抱えているという負荷が掛かる格好なのに、白鷹の腰遣いは少しも衰える気配がない。その鋼のような強靭さに、雪原はうっとりと酩酊する。

「あっ、あっ、あっ……！　白鷹っ、白鷹っ。すご、い……っ。す、ご……っ」

昨日まで、雪原が知っていた快感はたまの自慰がもたらすごくささやかなものだった。

なのに、今は雄の妖にしがみつき、恥も外聞もなく喘いで腰を振っている。呪いのせいとは言え、自分の中から引き摺り出されたその淫らさを怖いと思った。

けれど、そんな恐怖の感情すら、この瞬間は劣情を滾らせる焚き物になっていた。

結合部から漏れる卑猥な水音、腰を打ちつけられるたびに響く激しい打擲音、白鷹の動きに合わせて上がる湯飛沫のさざめき、互いの熱い吐息。何もかもが欲望を沸き立たせる。

「凄まじいのはお前の中だ、紘彰」

苦笑した白鷹が位置を変えて腰を突きこみ、張り出した笠のふちで爛れた媚肉をずぶんっと抉り突く。

「あぁん……っ！」

尖った歓喜が脳髄を突き刺す。思わず白鷹の背に回した腕をきつく締めつけた拍子に、いつの間にかまた膨らんでいたペニスが陰嚢ごと互いの腹部に挟まれつぶれる。

「――あひぃっ」

ぐしゃりとひしゃげたペニスの先から、びゅるるるるっと細く迸る。

射精に伴ってぎゅうっと収斂した隘路の中で白鷹が脈動し、太く猛った。

「ああああぁっ」

きつく収縮する粘膜を灼いてめりめりとこじ開けた怒張はその形をさらに凶悪なものに変えて、先端を伸ばしてきた。

「し、白鷹っ。今……、駄目、だ……っ。俺、イってる、から……、イってるからっ」

吐精の最中の変貌に目が眩む。涙ぐんでその背に爪を立てたけれど、雄は待ってはくれなかった。ぶしゅうっと噴出した熱い粘液に、痙攣する内壁を重く舐め叩かれる。

「――や、あぁんっ」

あまりに苛烈な歓喜に思わず伸び上がって腰を逃がそうとしたが、できなかった。白鷹の性器の根元が膨らみ、抜けなくなっていたからだ。

「紘彰、しばし堪えよ」

無慈悲にも思える声で告げ、白鷹は律動を浅く速いものにして長い射精を始めた。

「あっ、あっ、あっ……！」

激しく収縮する粘膜に石礫をぶつけるような勢いで妖の精を叩きつけられ、さらに激しくをなすりつけられる。

白鷹の吐いた精と自分の淫液とが混ざり合い、どろどろにぬかるんだ隘路をぐちゅぐちゅぬちゅぬちゅと突かれ、掻き回され、腰が慎みなく揺れてしまう。その淫らな動きでできた結合部の隙間から泡立った白濁がぼたぼたと垂れ落ちてきて、湯面に散る。

「あ、あ、あ、ぁ……っ。白鷹っ、白鷹っ、白鷹っ」

雪原は背を大きく仰け反らせ、自分を責め立てる美しい妖の名を呼んだ。

気のせいか、白鷹の名を口にするたびに中のそれが猛り、突き上げが激しくなる。

「白鷹、白鷹、白鷹……っ」

沸き立つ歓喜に快楽神経を灼かれ、次々に襲い来る狂気のような愉悦の大波に意識が梳(くしけず)られてゆく。込み上げてきた涙で滲む視界の隅で、白鷹の瞳が紅く煌めいていた。

星のまたたきのようなその輝きをとても綺麗だと思いながら、雪原は喜悦の涙を流した。


翌朝、目を覚ますと、葦戸越しに見える陽が高く昇っていた。

雪原はもぞもぞと布団を這い出る。

白鷹、と呼んでも返事はなかった。御寮の間はしんとしていて、誰の気配も感じない。独り暮らしをしていた頃の習慣で枕元に手を伸ばしかけ、スマートフォンは離れだと思い出す。

時代劇のセットのような空間に時計は見当たらない。今は何時だろう。あくびをしながらクローゼットを抜けて離れに行くと、松風がスティッククリーナーで掃除をしていた。

「おはようございます、紘彰様」

掃除機をとめてぺこりと一礼をした今日の松風は、白と赤の矢絣(やがすり)模様だった。

「おはよう。……白鷹は?」

「執務中でございます。もう十一時を過ぎておりますゆえ」

「え、もうそんな時間なのか？」

はい、と応じた松風が壁に掛かった時計を指さす。十一時二十分。

あまり記憶にない――というより思い出したくないことだが、酒も入っていた昨夜は乱れに乱れ、露天風呂で二回、のぼせかけて運ばれた布団でも二回、自分からねだった。明日が辛くなるぞと躊躇する白鷹を、早く呪いを解きたいからと説き伏せて。

白鷹の精液にまみれて意識を手放す瞬間、たぶん明日の朝はなかなか起きられないだろうとは思ったけれど、こんな時間まで目が覚めなかったとは驚きだ。

そして、少しむっとしてもいた。幸蘭の呪いのせいで、雪原はひとりで外出ができない身体になってしまった。その償いとして今日から始める捜索につき合うはずだったのに、白鷹は雪原を起こしもせずに仕事をしているという。謝罪のための同行なのに、捜索に使う時間帯を自分の都合で決めるつもりなのだろうか。

「白鷹の仕事は何時までなんだ？」

「日によってまちまちでございますが、これからしばらくは紘彰様のお出かけにご一緒されるため執務のお時間は変則的になると伺っております。ですので、紘彰様。お出かけになる際には私にお報せくださいませ。御門様をお呼びして参ります」

「……そっか」

たぶん白鷹に着せられたのだろう浴衣の肩口を、雪原ぽりぽりと掻く。

また早とちりをしてしまったようだ。想像とは真逆で、実際は自身の都合ではなく雪原を優先する予定を立ててくれていた白鷹に対し、ほんの一瞬でも腹を立てたことに後ろめたさが湧く。弁護士なのだから物事を冷静に分析することが苦手なわけではないのに、白鷹相手だとどうも感情が先に突っ走ってしまう。

「じゃあ、食事をすませたら出るって伝えてくれ」

「かしこまりました。では、ご朝食は今、お運びしてよろしいですか？」

「うん、頼む。朝食って言うより、もう昼メシの時間だけどな」

笑って、洗面台へ向かった雪原の背に「ところで、紘彰様。お出かけの際は、何をお召しになられますか？」と松風が問いかけてくる。

石鹸（せっけん）を泡立てながら、雪原は「スーツ」と返す。

「あ、そうだ、松風。冷えた麦茶の入った水筒って用意できるか？」

「もちろんでございます。水筒はお出かけの際にお持ちなのですか？」

「ああ。熱中症予防にな」

かしこまりました、と返ってきたあと、松風の気配が消えた。

顔を洗い、リビングのソファに座る。ほどなく、朝食兼昼食の膳が小型の水筒と一緒に運ばれてきた。

「こちらの水筒は見た目は小そうございますが、厨房の瓶と繋がっておりますゆえ、いくら飲んでも尽きませぬ」

「へえ……。便利だな！」

思わず感嘆した雪原に、松風は「うふふ」と笑う。

「では、のちほどお膳を下げに参りますので、ごゆっくり」

「サンキュー、松風」

どういたしまして、と松風は一礼して楼へ戻っていった。

雪原は「いただきます」と手を合わせる。ローテーブルに置かれたのは昨日と同様「ザ・旅館」な豪勢な膳で、リクエストをした玉子焼きもちゃんとついていたけれど、今朝は何だか味気ないように感じた。素晴らしい上げ膳据え膳ぶりへの感動も、昨日と比べると小さい。

そんなふうに感じるのは、早くもこの境遇に慣れてしまったからだろうか。

自分の中にこんな贅沢気質があったことを意外に思いながら食事を終え、歯を磨く。それからクローゼットへ入り、そう言えば松風になぜ外出時の服装を尋ねられたのだろうと今更ながらに疑問に思いつつ浴衣を脱いでスーツに着替えた。

備え付けの鏡の前でネクタイを締めていると、ふいに白鷹の声がした。

「紘彰、そろそろ出るか？」

ああ、と応えて振り返る。クローゼットの戸口に立つ白鷹が耳や尾を消し、髪も黒くなった人の姿でグレーのスリーピースを纏っているのを見て、雪原は軽く眉を上げた。

「……何だ、その格好」

「何かおかしいか？　松風からお前がスーツで出ると聞いたゆえ、それに合わせたのだが」

「いや、おかしくはないけどさ……」

浮かんだばかりの疑問が解けてすっきりしたが、それ以上に驚いた。

「サルヴァトーレ」での白鷹は常にジャケットを着用していたものの、インナーは品がいい範囲でラフだった。だから、初めて見るスーツ姿の研ぎ澄まされたように洗練された雰囲気とあまりのいい男ぶりに、正直圧倒された。隣に並ぶことに気後れを感じてしまうほどに。

けれど、それをそのまま告げるのは悔しい。

「ここ何日か狐の姿しか見てなかったから、一瞬誰かと思った」

早口でごまかすと、白鷹は「そうか？」と少し不思議そうに微笑む。

「そうだよ。じゃ、行くぞ」

雪原は上着に袖を通し、水筒を手に玄関へ向かう。

「紘彰、それは私が持とう」

返事をするより先に、手の中の水筒を白鷹に取り上げられる。

「荷物持ちはエスコート役の務めだ」

水筒を持ったスリーピース姿も気障（きざ）な言動も、もはや呆れるしかないほどさまになっていて、雪原は脱力した。

「……あそ」

そう一言返してから、「なあ」と言葉を継ぐ。

「お前、この辺りのことに詳しいみたいだから一応確認しておくけど、まさか岩井一家の消息を知ってたり……なんてことはないよな？」

ない、と白鷹は首を振る。

「生憎とこの界隈について私が知っているのは息抜きの食べ歩きの最中に見聞きしたことや、テレビや雑誌から得た情報くらいだからな」

「何でだよ？　来栖坂……というか東京はお前のテリトリーなんだろ？」

「風花楼の常駐番としての私の管轄下にあるのは、あくまで渡門した妖だ。渡門帳に載っている妖のことならば、大抵のことはわかる。そうした妖たちを保護したり、捕縛したりするために必要ゆえ、こちらの地図や社会情勢、法ももちろん承知しておる。人間の中の誰が風花楼の協力者で、誰が敵対者なのかについてもな。なれど、風花楼に関係のない人間の営みや事情についてはまったくの管轄外なのだ」

苦笑気味に言って、白鷹は「ところで」と言葉を継ぐ。

「紘彰。私もひとつ確認しておきたいことがあるのだが」

「何だよ？」

「鹿沼シェフは葉書の送り主と岩井昇とのあいだにまだ美しい恋愛感情が存在していると考えているようだが、その推測が誤っているかもしれぬ可能性は考慮したのか？」

雪原は、鹿沼の推察はさほど外れてはいないだろうと思っている。

とは言え、それは確たる証拠などない何となくの勘なので、その希望的観測が外れている場合についても、もちろん考えはした。

「葉書の送り主が実はやっぱり精神疾患を抱えるストーカーだったり、逆に岩井昇が彼女を弄(もてあそ)んでポイ捨てしてたりするかもって？」

「ああ。鹿沼シェフの想像と真逆の事実が判明した場合は、どうするつもりなのだ？」

そのまま伝える、と雪原は返す。

「シェフがあの葉書のことを気に掛けているのは、森下愛花が今になって岩井昇にあんなアナログな方法でコンタクトを取ろうとしている意図が不明だからだろ。病んだ恋心か純愛か、はたまた弄ばれた恨みか、何にしろ理由が判明すればシェフはすっきりできる。で、シェフの憂いが消えれば俺も嬉しい。それで何も問題ない」

そうか、と微苦笑した白鷹と玄関を出て、通用門を抜ける。

蝉がうるさく鳴いていて、どこかで練習しているらしい軽快なお囃子の音もかすかに聞こえてくる。今日も暑くなりそうだと思いながら照り返しのきつい石畳の坂を下り、雪原はまず通りのすぐ向こうにある洋菓子店に入った。

そして、個包装されたクッキーの詰め合わせを一箱買い求めた。

「箱はいらないので、中身だけ袋に入れてもらえますか?」

雪原のそんな求めに、店員が「かしこまりました」と笑顔で応じてくれた。

無言で荷物持ち用の手を差し出してきた白鷹にクッキーの入った袋を渡して店を出たところで、「紘彰」と呼ばれる。

「菓子など買って、どうするつもりなのだ? 葉書の送り主を捜すのではないのか?」

「そっちは手掛かりが少なすぎるからな。まずは岩井一家の消息を追う。で、息子を見つけて森下嬢との関係を確認してから、彼女に連絡を取る算段だ。クッキーは情報料代わり」

言うと、白鷹が合点のいった顔になる。

「なるほど。お前は人間ではなく、妖どもに聞き込みをするつもりなのだな」

「ああ。そういうことだ」

来栖坂歴が四半世紀を超え、商店街にかなりの人脈を持つ白渡が何も情報を摑めないのだから、近隣住民から岩井一家の消息を知ることはおそらく無理だろう。

だが、「サルヴァトーレ」の近辺を塒にしている妖たちならば、来栖坂を去る岩井一家を目撃したり、会話を聞いていたりするかもしれない。

雪原は自分を「名探偵」にしてくれた妖たちを通してある気づきを得た。物陰に潜んで暮らす妖は総じて甘い菓子を好む、ということだ。何しろ、情報と引き換えにどんな報酬を望むかと尋ねれば、誰も彼も答えは決まって「甘いもの」だったのだから。

自身で食べるのかほかの用途に用いるのかはそれぞれだが、どうやら彼らのあいだで甘い菓子とは人間にとっての貴金属のような価値があるらしい。

その傾向に地域差は見られなかったので、来栖坂に棲む妖たちもきっと甘い菓子を喜ぶはずだ。またこうして妖を利用してしまうことに罪悪感を覚えないわけではなかったが、もう十分報いは受けているのでこれ以上の天罰が下ることもないだろう。

岩井一家は夜に姿を消したのだから本当なら同じ時間帯に聞き込みをしたかったけれど、夜の外出ができない以上、仕方ない。できることから一歩ずつ、だ。

「ま、と言っても、『サルヴァトーレ』近辺に定住してる妖はあんこと、向かいのパン屋の看板に憑いてる付喪神くらいしか知らないんだよな。ほかにもそこそこの数の妖がいるのは気配でわかるが、俺の目に映る気のない奴はよく見えなくてさ」

岩井一家の消息を摑むためには彼らのことをよく知っている妖――つまり「サルヴァトーレ」の付近を塒にしている妖からの情報が必要だ。けれど、妖は住処を知られることを嫌う。単なる通りすがりの場所でなら無防備に雪原の視界でちらついても、塒が近くなるととたんに警戒心を強めるため、見つけることは不可能ではないものの難しい。

「そんなわけだから、この近所に棲みついている妖を片っ端から教えてくれ」

「悪いが、そちらも管轄外だ。お前たち人間の能力者にとってそうであるように、我らにとってもこちら生まれの妖は野生動物のようなものだからな」

雪原は今まで呪禁の世界には深く関わってこなかったし、人の世で生まれた妖と冥界から渡ってきた妖との関係性に興味を持ったこともなかった。

生を受けた世界は違っても同じ妖なのだから、どこに誰が棲んでいるかくらいのことは把握しているだろうと単純に考えていたけれど、白鷹によると両者に仲間意識はないらしい。

そして、総じて渡門してきた妖のほうが力が強いため、こちら生まれの妖はその存在に気づくと大抵はすぐに隠れてしまうのだそうだ。

「害意や好奇心などの何らかの意図を持って自ら姿を晒してくるもの以外は、我らとて感知は容易ではない」

「そっか。なら仕方ないな」

「風花楼から捜索の手伝いを呼ぶことならできるが、そうするか？」

「いや、いい。罪滅ぼしで同行中のお前の手ならついでに借りるが、ほかの誰かをわざわざ呼んでまでの助けは必要ない。バードウォッチングでもするつもりで地道に目を凝らす」

「なかなかの手間暇だな」

「ああ。だから、お前も目を皿にして、見つけたら教えてくれ」

わかった、と応じた白鷹と並んで通り過ぎた街路樹に蟬がとまっていたらしく、頭上から降ってくる鳴き声が大きくなる。

それだけで暑さが倍増したような気がして、雪原は小さく息をつく。

「それにしても、妖相手ならば、わざわざネクタイまで締めずとも、もっと涼しい格好でもよかったのではないか？」

「相手が誰だろうとこっちは教えてほしいと乞う立場なんだから、基本のマナーってものがあるだろ」

白鷹はなぜか一瞬目を細めてから「そうか」と笑んだ。


「『サルヴァトーレ』の前の店主がどこへ行ったか？　さて、知らぬな」

「じゃあ、知っていそうな誰かを知らないか？」

雪原が問いを重ねると、歩道の植えこみに棲みついている親指サイズの小鬼がちょこんと首を傾げた。

こちらから頼むまでは手助け無用と伝えているため、白鷹は聞き込み中、小物の式神の気配を装っている。だから、雪原の背後に立つ白鷹を小鬼は気にとめていない。

「ふむ……。そこの角を曲がった先に古い洋館があろう。あの家の庭の椿の精は夜な夜なこの辺りをうろつき回るのが趣味の奴ゆえ、何か知っておるやもしれぬな」

「そこはさっき行ったんだ」

「ならば、心当たりはない。ほかで訊くことだ」

「そうか。ありがとな」

言って、背後に立つ白鷹に向けた手のひらにクッキーの包みが置かれる。「サルヴァトーレ」の向かいの老舗パン屋を皮切りに同じことを何度も繰り返したため、もうすっかり慣れたものらしい。クッキーを「お礼だよ」と渡すと、小鬼はにへっと笑って姿を消した。

「参ったな。これで近所は全滅か」

感覚を澄まして感じられる「サルヴァトーレ」近辺の妖の気配はあの小鬼で最後だった。白鷹も同意見なので、おそらくこの付近に塒を持つ妖はもういないのだろう。

雪原はため息をつき、「ん」と白鷹に手を出す。向けた手のひらに今度は水筒が載せられる。冷えた麦茶で喉を潤し、「お前も飲めよ」と水筒を渡す。

「紘彰。茶よりも、そろそろちゃんとした休憩をしたほうがよくないか？　それにこの時間帯にそのようにせかせか歩き回るのも、どうかと思うぞ」

気遣う声音で言われて腕時計に目を遣ると、時刻は午後二時半。

「ああ、そうだな」

頷くと、白鷹が結界を消す。

とたん、痛いほどの白い日射しと蟬の声が降ってきて、雑踏のざわめきに包まれる。

昨夜、白鷹に同行を申し出られたときはあまり乗り気ではなかったけれど、実際にふたりで行動してみると白鷹の存在はとても役に立つものだった。

荷物を持ってくれるし、ふたりでいることで妖探しが不審な行動に見えにくい。何より、人目を避けなければならないときには結界を張ってくれる。そして、嬉しいおまけで、その結界の中は冷房が効いているかのように涼しかった。

最初に結界を張ることを提案されたときは、道の真ん中でいきなり消えたり現れたりしては却って目立つのではないかと危ぶんだ。だが、結界にも色々種類があるようで、今使っている術は雪原と白鷹の姿は通行人の目に映りはしても路傍の石のように全く気にされないものらしく、心配無用とのことだった。

「あっつ……」

消えた結界に恋しさを覚えながら言っても仕方のないことを呟いて周囲を見回し、雪原は狙いを定めた喫茶店を指さす。

「とりあえず、あそこに一時避難だ」

白鷹とふたりで喫茶店に入る。昼時を過ぎた店内は客がまばらで、静かだった。

「あ。そう言えば、お前、昼は？　風花楼を出る前に食べてきたのか？」

「いや。昼には少し早い時間だったからな」

「なら、早く言えよ。知ってたら、先に食事の時間を取ったのに」

「私はお前とは違うのだ。気にするな」

妖なのだから確かに一食抜いてもどうということはないのだろうけれど、何かと便利に使ってしまったぶん申し訳なさが拭えず、白鷹にランチを奢ることにした。

白鷹はナポリタンを、雪原も小腹が空いたのでオムレツを注文する。

しばらくして、二皿が一緒に運ばれてくる。雪原の前に置かれたケチャップのたっぷり掛かったオムレツはなかなか美味で、頬が自然とゆるんだ。

「お前は本当に卵料理が好きなのだな」

やわらかい声音で笑われる。

べつに嫌な気はしなかったが、子供っぽいと揶揄っているような口調だった。

「何百年も生きてる化け狐と比べたら、俺はまだまだお子様だからな」

「そうであったな」

優雅な手つきでフォークにパスタを絡め、白鷹は微笑んだ。

「それよりも、少し顔色が悪くなったように見えるが暑さにあてられたのではないか？」

「そんなことはない」

「では、荷物持ちや目くらましでは私の力を頼るのに、なぜ一番肝心のところでそうしないのだ？　私には、暑さで判断力が鈍っているようにしか思えぬが」

「肝心なところ？」

「私は岩井一家の消息は知らぬが、部下たちに捜させることはできる。手掛かりを持たぬのは私も同じゆえ多少時間は掛かるであろうが、お前がこうして歩いて捜すよりは確実に早く見つかるはずだぞ？」

「お前こそ暑さで記憶力が鈍ってるんじゃないのか？　その理由はさっきも言っただろ。これは俺が引き受けた依頼なんだから、俺が自分の足で捜すのが筋ってもんだろ」

「まったくもって合理的ではない判断だ」

「どこがだよ。お前が岩井一家の消息を知っているのに意地になって聞かないなんてことはしてないし、荷物持ちや結界張りにお前を便利に利用してる俺の判断は十分合理的だ」

しかし、と言いかけた白鷹の眼前で、雪原は行儀悪くスプーンを振る。

「にっちもさっちもいかなくなったら、もちろんお前の助けを借りる。だけど、今はまだ俺が自分の足を使って捜すべきだ」

強い声音できっぱりと宣言すると、白鷹が呆れたふうに双眸を細めた。

「強情っぱりめ。いずれ私の手を借りるつもりなら、今そうしても同じであろうに」

「全然違う。どうにもならなくなったときに手を借りるってことは、必ず借りることとイコールじゃないんだぞ。自分でできるところまでは自分でする。シェフの料理を報酬として受け取る以上、それが俺の義務で誠意だ」

「わからぬな。なぜ、それほどまでにこのようなことに時間を浪費したがるのだ？　この件はそもそもが単なる鹿沼シェフの容喙(ようかい)で、解決せずともシェフはもちろん、ほかの誰かがどうにかなるということでもないのだぞ」

「理由その一、容喙だろうが何だろうが、俺とシェフを結んでくれた縁というだけでやり遂げる意味がある。理由その二、俺は自分の立てた手柄でシェフに喜んでほしい。理由その三、お前に岩井昇を見つけられたら、シェフから依頼を受けた俺の格好がつかなくなる。理由その四、お前に岩井昇を見つけられたら俺の達成感がなくなって腹が立つ。理由その五、この捜索をやめたら暇で腐る。理由その六、狐は黙って荷物持ちに徹してろ。以上」

一気に告げると、目の前の美しい双眸に白々とした色が浮かんだ。

「なるほど。要するに、お前は鹿沼シェフの前で格好をつけたいだけなのだな」

雪原の望みは、鹿沼の依頼を可能な限り自力で解決して、いい気分で「サルヴァトーレ」での食事を楽しみたいということなので少し違う。

だが、もう説明が面倒臭くなって「要するに、そうだ」と鼻を鳴らす。

そんな益体もないやり取りをしつつ、殺人的な日射しが多少和らぐまで小一時間ほど休憩した。スマートフォンでふたりぶんの支払いをして、喫茶店を出る。

「それで？　意中のシェフに格好をつけたい弁護士としては、次はどうするのだ？」

「意中のシェフに格好をつけたい弁護士はこの周辺で見落とした妖がいないか、念のためもう一度確かめる」

「いなければ？」

「今日はとりあえずそれで終わりだ。明日から、聞き込みの範囲を広げる」

地味な捜索方針を告げて歩き出した直後だった。

「あー。雪原先生じゃないですか！」

前方からくたびれたスーツ姿の男が小走りに寄ってくる。

何度か取材を受けたことがあるフリーランスの記者だ。

「どうも。取材ですか？」

「ええ、囃子連に。ところで、駅でばったり白渡先生にお会いして、雪原先生は長めの夏休み中だって伺ったんですが……」

隣の白鷹にちらりと視線を向けた記者は「お仕事中ですか？」と首を傾げる。

「いえ、まさしく休暇中ですよ。友人と食べ歩きをしていたところです」

「ああ、なるほど。それにしても、スノー・ビューティーは休暇中もスーツでビシッと決めてスノー・ビューティーなんですねえ。雪原先生の周りだけ、マイナス十度って雰囲気で。しかも、お友達までこんな超絶美形とは、さすがはスノー・ビューティー！」

昨日鹿沼に対応した中江と同様、白渡も単に「雪原は休暇中だ」としか口にしていないからだろう。記者は雪原の体調には何の興味もない様子で、「あっはっは」と豪快に笑った。

「夏休みが明けたら、またいっちょスカッと冤罪を晴らす名探偵ぶり、見せてくださいよ。そのときは目一杯、名探偵スノー・ビューティーの活躍を賛美させてもらいますから」

この記者に対して、雪原は特に苦手意識を持っていない。それはこれまで悪意を向けられたことがないからで、今もきっと彼には悪気など欠片もないはずだ。

声の軽さからもそのことが伝わってくるので、ほかのマスコミ関係者が口にすれば、読者数や視聴率を稼ぐための煽り材料のように感じる「スノー・ビューティー」や「名探偵」を連呼されても、腹は立たなかった。けれど、胃の辺りが何だかじくじくと疼いた。咄嗟に言葉を返すことができず、雪原はただ引き攣り気味に愛想笑いを浮かべた。

そんな雪原の不自然な態度を記者は気にしたふうもなく、「じゃ、また」と会釈をして駅へ向かって流れる雑踏の中に姿を消した。


「紘彰」

呼びかけを無視して、雪原は歩く。

どこへ向かっているのか自分でもよくわからなかったけれど、とにかく遠ざかりたかった。

一度疼きはじめた胃は、歩を進めるたびに重くなってゆく。

気温が上がったわけでもないのに、感じる暑さもだんだんと耐えがたいものに思えてくる。

まるで水の膜でも張ったかのように目の前がぼんやりとゆがみ、普段見えるはずのものがよく見えない。用のないときにはいつも視界の隅にちらつく妖たちを探し、懸命に目を凝らした雪原の腕を、白鷹が強く摑んだ。

　離せ、と抗議しようとして、雪原は息を吞む。

　周囲の光景が溶け消えたかと思った次の瞬間、風花楼の離れの玄関に立っていた。

「……何で？」

「どうやって戻ってきたかという意味なら、転移の術で。なぜ戻したという意味なら、鏡を見て確かめろ。今日はここまでだ」

　勝手なことをするなと言いかけて、やめた。

　あのまま胃の疼きを抱えて炎天下の中をやみくもに歩いていれば、きっといくらもたずへたり込む羽目になっていたはずだ。白鷹の判断が正しいことがわかっているのに難癖をつけて八つ当たりをするのは、さすがに情けない。

　雪原は細く息を落として靴を脱ぎ、廊下に上がる。そのままリビングに入り、上着を脱ぎ捨てソファに深く沈みこむ。

「先ほどの男はマスコミの者か？」

　雪原の隣に腰を下ろした白鷹が、クッキーの残りと水筒の入った袋をローテーブルの上に置いて問う。

「ああ」

　頷いた雪原に、白鷹は「飲んで、落ち着け」と水筒を渡す。

「あの者とどんな因縁があるのだ？　話してみよ、紘彰。私にできることなら力になる」

「因縁は特にない」

水筒の蓋を開けながら早口に答え、雪原は冷たい麦茶を喉に流しこむ。

「とてもそんな顔には見えぬぞ。嘘を申すな」

「嘘じゃない。本当だ」

ただ、と雪原は言い淀む。

「ただ、何なのだ？」

包みこむようなやわらかな声音が鼓膜に沁みて、不思議とふっと胃の疼きが和らぐ。

雪原は天を仰いで息をついた。自分が抱えているこのストレスは、かつては国元で法衙卿を務め、今は万相談所を開いて妖や人間のトラブルを無数に解決している白鷹に打ち明けるにはあまりに情けないものだ。けれど、元々は嫁入りを控えて憂鬱だったあの夜の「サルヴァトーレ」で、正体もわからなかった白鷹に愚痴ろうとしていたことだと腹を括る。

「……あの呼ばれ方が嫌なんだよ」

「『スノー・ビューティー』が？」

「違う。そっちじゃない。と言うか、そっちもムカつくが『名探偵』のほうだ。あれが死ぬほど嫌なんだ。だから、そう呼ばれるとこんな顔になる」

「お前の判断基準がよくわからぬが……、二十八の男子として不愉快に思うのであれば『名探偵』よりもむしろ『スノー・ビューティー』のほうではないのか?」

「……俺は『名探偵』なんかじゃない」

「だが、お前は何件もの冤罪(えんざい)を晴らしたであろう」

「だから、それが違うんだよ。俺じゃないんだ」

のろのろと首を振り、深呼吸をして、雪原はゆっくりと口を開く。

雪原が「名探偵」などと呼ばれてマスコミの注目を集めるきっかけになったのは、一年半ほど前にある殺人事件の被疑者の弁護人になったことがきっかけだった。

「ああ。金の無心を断られた前科持ちのどら息子(むすこ)が、資産家の父親を殺した容疑を掛けられた事件だな。世田谷(せたがや)の」

「……何で知ってるんだよ?」

「週刊誌で読んだのだ。なかなかの有能ぶりに感心して、お前への興味がますます強くなったぞ。お前と酒を酌み交わしながら、謎解き談義をしてみたい、と」

ついでにあの変わった管狐(くだぎつね)を目の前で踊らせてみたいとも思った、と白鷹は笑う。

「なら、悪いが期待外れだ。あんこの踊りは確かに酒の肴(さかな)になるが、俺の話はそんなものにはならないぞ。そもそも、俺は謎解きなんてしてないんだからな」

世田谷の事件の依頼は、被疑者の内縁の妻から持ちこまれたものだった。

小学生の頃から絵に描いたような金持ちのどら息子ぶりを発揮し、問題ばかり起こしていたせいで家族との仲も険悪だった被疑者は、大学を勝手に中退して家を飛び出したという。

かなりの美男だったため、その後は女たちに養われるヒモ暮らしを続け、雪原が初めて接見をしたときはまだ三十代だったにもかかわらず、傷害や恐喝で前科四犯となっていた。

だから、父親の殺人容疑を否認しても誰も信じなかった。

ただひとり、妊娠中だった内縁の妻を除いて。

『彼、赤ちゃんができたことで心を入れ替えてくれたんです。その証拠に連絡先を全部変えて、それまでの悪い仲間との関係を断ったんです！　それで、あの日はお父さんに子供ができた報告と、仕事の紹介を頼みに行くって……。どんなきつくてもいいから、絶対に仕事を世話してもらって、これからは子供のために真面目(まじめ)に一所懸命働くんだって……。だから、絶対、彼じゃありません！　彼は、お父さんを殺せるような人じゃありません！』

涙ながらに切々と訴えられ、雪原は依頼を引き受けることにした。

けれど、被疑者の無実を信じてそうしたわけではなかった。

「ただ、彼女に同情したんだ。うちへ来る前に二十軒以上の法律事務所からけんもほろろに断られたらしいんだが、彼女自身も訳ありの人生を歩んできた元キャバ嬢で頼れる家族も友人もいないとかで、子供が生まれるんだから何かと物入りだろうに全財産の三十万を死にそうに疲れた顔で握り締めて、お願いします、お願いしますって繰り返されたら、よそへどうぞなんて言えなくてさ……」

自分が引き受けることで彼女の心が少しでも安定し、無事に出産できたら。

そして、裁判のあいだに冷静さを取り戻し、母子ふたりでやり直す決意をしてくれたら。

つまるところ、雪原は哀れな妊婦に目を覚ましてほしくて――そのきっかけを与えることができればと願って依頼を受けたのだ。

「で、目を覚ますなら早いに越したことはないし、その材料が何かないかと思って現場へ行ってみたら、家族全員の仲が悪くて不協和音がわんわんしてたあの家は小物妖怪の通り道になっててさ。たまたま、妖たちが被害者が殺されるところを目撃してたんだ」

お喋り好きな妖たちが代わる代わる聞かせてくれた話では、真犯人は被害者と同居していた長男の妻だった。

被害者は、長男の妻には浮気相手がおり、孫もその浮気相手の子だということを突きとめ、自分の胸に留めておくから子供を連れて家を出ろと迫っていたそうだ。そんな折、末息子から復縁の申し出があり、けれど結局は決裂したことを巧みに利用して嫁が舅を殺害した、というのが事件の真相だと知らされ、最初は半信半疑だった。

だが、妖たちに教えられた場所を探すと、証拠品が出てきた。最初から被疑者の犯行だと決めてかかっていた警察の家宅捜索がかなり杜撰だったおかげで、被害者が隠していた浮気調査や親子鑑定の書類、血痕のついた嫁の衣類などがざくざくと。

そして、その顛末が「若き美貌の弁護士の名推理がもたらした大逆転劇！」などと大々的に報じられたことで、雪原のもとには助けを求める依頼が殺到した。

「刑事事件以外にも、企業や有名人から表に出せない謎を解いてほしいって破格の報酬での依頼も多くて、所長と春田先生――上司がもう大喜びでさ。世田谷の事件で俺は推理をしたわけじゃなくて、妖から事実を教えてもらっただけだなんて言うわけにもいかないし、仕方なく新しい依頼を引き受ける羽目になったんだが……」

雪原は法律の専門家であって、謎解きの専門家ではない。そのための特殊な能力など有していないのだから、依頼者の期待に応えるにはまた妖に頼らねばならなかった。

けれど、そう都合よく妖の目撃者が自ら現れてくれるはずもない。

「だから、必死で探した。あちこちを一日中歩き回ったり、蜘蛛の巣だらけの屋根裏や床下に入ったり、木に登ったりしてさ……。で、ようやく見つけたと思ったら、世田谷のあの邸にたむろしてた奴らとは違って、俺みたいな半端者がうっかり声をかけたりしたらヤバい相手で這々の体で逃げ出したりとか……。そういう無様なことを重ねた末にようやく知りたかった真実に辿り着けて、どうにか解決に持ちこんだと思ったら、ほっとする間もなくすぐに次の依頼が来て……。この一年半はそんなことの繰り返しだった」

そして一件、また一件と冤罪を晴らしたり、謎を解決したりするたびに偽りの名声が高まり、気がつけばマスコミから「スノー・ビューティー」や「名探偵弁護士」などと妙ちきりんな渾名までつけられていた。

「だけど、俺は普通の弁護士にはない力を使って妖から答えを教えてもらってるだけだ。謎解きなんてただのひとつもしていない」

言って、雪原は乾いた笑いをこぼす。

「妖を使っていかさまを働いてるだけなのに、本当のことなんて説明のしようがないから世間から持ち上げられるままに俺は『名探偵』の振りをしてる。そのくせ、自分のいかさまを突きつけられてるみたいだから『名探偵』と呼ばれるのが嫌でたまらない」

「なるほど。だから、あの男が現れてから急に様子がおかしくなったのか」

「ああ。あの記者とは因縁なんて本当にないし、普段はもうちょっと耐性があるんだけどな……。ここ何日か色々ありすぎたせいか、胃にダイレクトに来た」

告げてから誤解を生むかもしれない言い回しだと思い、雪原は早口で「べつにお前のせいだってことじゃないからな」とつけ加える。

だが、そう口にした瞬間、はっとあることに気づき、「いや、違う」と首を振った。

「……やっぱり、お前が原因だ。お前が俺の隣にいたから……、だから、みっともなくて胃に来たんだ」

「みっともない?」

「お前も俺と同じ法曹みたいなものだろ。あっちで法衙卿とかいうのをやってたり、こっちでも橋門(きょうもん)のラスボスやったり万相談所をやったりしてさ……」

細く声を紡ぎながら、雪原は視線を落とす。

「昨日、幸蘭の園を見たとき、俺は正直、圧倒された。お前はあんなにたくさんの妖や人間のトラブルを華麗に解決してきたのかって……。俺はまだ弁護士になって三年目だってことを差し引いても、格の違いというか才能の差を見せつけられた気がして脱帽するしかなかった。そんな本物の名探偵のお前の前でさ……いかさまをしてるだけの俺が『名探偵』『名探偵』って連呼されるのが、どうにも居たたまれなくなったんだ」

そして、「逃げ出したい」「遠ざかりたい」という衝動に駆られ、足が勝手に動き出してしまった。最初はそれを、罰を受けている最中の身でまた懲りもせず同じ罪を重ねたことへ、天から警告が降ってきたように感じたせいだと思った。

けれど、違う。あのとき目を背けたかったものは罪の意識よりも、羞恥心だ。

「そうか。ならば、それは確かに私のせいだな」

うつむいた頭上から、ただ優しい声が降ってくる。

「もしや、長めの休暇も『名探偵』が原因なのか？」

雪原は力なく頷く。

「具体的にどこが悪いってわけでもないんだが、ストレスのせいでよっぽどおかしな顔になってたのか、倒れられたら困るからって所長命令でさ……。まあ当然、所長には本当の事情なんて伝えられないから、俺は極度のマスコミ嫌いで、カメラに追いかけ回されたせいで体調不良に陥ったって思ってもらってるけどな」

　話し終え、深く息をつくと、「紘彰」と呼ばれた。今、白鷹の顔を見ると何かが込み上げてきそうでうつむいたままでいると、頤を掬い上げられた。

「お前は中身が琴葉によく似ていると思っていたが、そういうところはまるで真逆だな」

「……真逆？」

「琴葉はがさつでしたたかであざとかったが、お前はどうしようもなく繊細で生真面目だ。だから、考え違いをしている。お前は、いかさまなど何もしておらぬではないか」

「は……？」

　耳に届いた言葉の意味が理解できず、またたいた雪原を、万華鏡の煌めきを宿す瞳がまっすぐに見据えてくる。

「紘彰。お前は、何日も何日も靴底をすり減らして街中を歩き回り、犯人を特定する映像が映った防犯カメラを見つけて事件を解決した刑事に向かって、防犯カメラを証拠にするのはいかさまだ、などと言うか？」

「言うわけないだろ、そんなこと。それは散々汗を掻いて得た努力の結晶なんだから」

「ならばなぜ、自分が汗を掻いて得た努力の結晶を『いかさまだ』などと卑下するのだ？」

「……え？」

「世田谷の一件は確かに運が大きかったやもしれぬ。だが、それ以降は、お前が自分の脚で歩いて妖という目撃者を捜し、苦労の末に見つけて得た情報に基づいて事件を解決しているのであろう？　ならば、お前のしていることは、刑事や探偵がおこなっていることと何ら変わらない。真実を見つけるために聞き込みをする対象が、人間か妖かだけの違いだ」

「……いや、だけど……。妖を使うのは……やっぱりズルだろう……」

そんなことはない、と白鷹は声を強く響かせる。

「お前は今、自分で申したではないか。一日中歩き回り、屋根裏や床下に入り、木に登り、時には妖に襲われ、毎回大変な思いをして事件を解決に導いているのだと。まさに、地道な努力を重ねて摑んだ成果ではないか。一体、何を恥じることがある？」

問われ、雪原は目を見開く。

「……そんなふうに考えたことはなかった」

本当になかった。

雪原はずっと、誰にも相談できない以上、評判が高まれば高まるほど大きくなるストレスから逃れるには、「法さえ犯さなければ、どんないかさまをしようが問題ない」と神経を図太くする以外にないと思っていた。

同時に、自分の性格ではそんなことはきっと逆立ちをしても無理だとわかっていたからこそ、後ろめたさを抱えながら名探偵を演じ続けるしかないのだとどこかで諦めていた。

だから、毎日胃が疼いて仕方なかった。けれど、開き直りも諦めも必要ない、そのままの自分を肯定する術を白鷹が教えてくれた。胸を重くしていた苦悩があまりに鮮やかに解きほぐされたことに、大きな感動が湧く。

「ならば、今から考えを改めよ。お前はほかの者が見落とした防犯カメラの映像を見つけることができるのだと。そして、それはそれでひとつの卓越した捜査能力だと誇ればよい」

白鷹の紡ぐ一言一言が、雪原の心を軽くする。

視界にこびりついていた濁った膜がぽろぽろと剝がれ落ちていくかのように目の前がクリアになり、ここしばらく感じたことがなかったような爽快感が胸に満ちた。

風花楼への嫁入りは天罰だと思っていたけれど、それは誤りだったようだ。

そう口にしようとして、雪原は寸前でやめた。自分との結婚を天罰扱いされては、寛容な白鷹もさすがに気分を害するだろう。こうして心の重りを取り去ってもらえたこと自体がこの結婚が天罰などではなかった証なのだから、勝手な勘違いは胸の奥にしまっておこうと決める。幸蘭たちにかけられた呪いも、きっと単なる不運な事故以上の意味はないはずだ。

母親が課せられた重責から逃げたことで、雪原はこの世に生を受けた。だとすれば、生まれた時から妖との結婚は決まっていたようなものなのだ。逃れられない運命なら、嫁ぐ相手が懐の広いこの妖でよかったとしみじみ思った雪原の頤から頰へ、白鷹の手がそっと移る。

「納得したか、紘彰」

やわらかな声音に鼓膜を優しく撫でられ、心が熱く震える。

「した……」

「それは何よりだ」

甘やかに笑んだ白鷹が「ならば」と何かを言いかけたときだった。

「あ、紘彰様！　お帰りなさいませ。御門様もご一緒でしたか」

取りこんだ洗濯物を入れた籠を抱えて現れた松風が、まるで主人を見つけた子犬のように細長い布地の端をぴちぴち振って寄ってくる。

代わりに、白鷹の手が雪原の頰から離れていった。

「外はお暑かったでしょう？　紘彰様のお好きな卵でアイスクリームをお作りしておりますが、お持ちいたしましょうか？」

「卵のアイス？　卵を使った、じゃなくて？」

「さようです。卵とグラニュー糖だけでできたアイスにございますれば」

楼内で甘味屋を営む親戚から作り方を教わったのだという。

「ふわっふわのメレンゲにして瞬間冷凍いたしましたゆえ、口溶けがとってもなめらかなのですよ」

「へえ、美味そうだな！」

宝石の目を持つ美貌の妖狐に晴れやかにしてもらった心の中で、まだ味わったことのない卵スイーツへの期待がもわもわと膨らんでいく。

「白鷹も一緒に食おうぜ」

白鷹が中断した言葉の続きが気になったし、もっと話をしてみたい。

そう思いながら誘ってみたが、白鷹は「いや」と首を振って立ち上がった。

「私はこれから片づけねばならぬ用がある。好きな卵は独り占めして楽しむがよい」

どうやら、白鷹が言いかけたのは退室の言葉だったらしい。

白鷹はまるで小さな子供にそうするように雪原の頭を撫で、離れを出て行った。


「紘彰様〜。そろそろお夕食をお運びいたしましょうか?」

西の空の茜色(あかねいろ)が夜の闇と溶け合いはじめた頃、楼へ下がっていた松風が現れた。

「ああ、うん。サンキュー」

明日の聞き込み範囲を決めるべくスマートフォンの地図アプリを睨(にら)んでいた雪原は、寝そべっていたソファの上で身体を起こし、伸びをする。

すぐに運ばれてきた夕食は一膳だけだった。ここは雪原がひとりで暮らす離れなのだから、二膳も三膳もあってはおかしい。なのに、反射的に「一膳か……」と呟(つぶや)きが漏れた。

「何か仰(おっしゃ)いましたか、紘彰様」

「いや。なあ、松風。白鷹はまだ執務中とか、依頼人と相談中とかか?」

「この時間でしたら、普段ならばもうお仕事は終えられているはずです。でも、今日は昼に紘彰様とお出かけでしたから、その帳尻を合わせられているやもしれませぬ」

「ふうん……」

小さく返して、雪原は「いただきます」と手を合わせる。

「白鷹って普段はどこで食事をとってるんだ？」

「その時々によってまちまちかと。お忙しければそのまま執務室で召し上がったり、視察も兼ねて楼内の店をご利用されることもあれば、奥の院へお戻りになられたりもされます。外へお出かけになることも多うございますよ」

「へえ、そうなのか」

「さようでございます」

松風は、にぱっと笑って頷いた。もう少しいてほしかったけれど、話題を思いつく前に松風は「では、後ほどお膳を下げに参りますので」と一礼して、退室していった。

「……さようでございますか」

松風の告げた言葉を特に意味もなくぽつりと繰り返し、雪原は味噌汁を啜った。決して不味くなどないはずなのに、あまり味噌の味がしないぬるい液体が喉をすべり落ちてゆく。

そんな物足りなさばかりを強く感じてしまう食事は、翌朝も同様だった。

御寮の間でひとりで目覚め、あくびをしながらふらふらと離れへ戻り、青のグラデーシヨンが涼しげな亀甲模様を装着する松風から「御門様は奥の院でご朝食をおすませですよ」と聞かされ、自分でも驚くほどあからさまに肩が落ちた。そして、続けてため息が漏れる。

「どうかなさいましたか？」

「何か……お嫌いなものが並んでおりますか？」

朝食の膳をローテーブルに置いた松風が、驚いたふうに目をしばたたかせる。

「——あ、いや。違う、違う」

眉尻(まゆじり)をしゅんと下げた松風の眼前で、慌てて手を振る。

「そうじゃなくて……」

思わず嘆息してしまった理由を告げようとして、けれどふいに舌が重くなる。

「……今日も朝から馬鹿暑いなと思ってさ」

「では、クーラーの温度を目一杯お下げしましょう。お部屋をキンキンに冷やせばご気分もすっきりなさって、食欲もりもりでございますよ」

松風は無邪気な笑顔で言いながらエアコンの前へ飛んでいき、リモコンを操作する。

部屋の中に冷風が一気に満ちてゆく。

「これでいかがでございますか？」

「うん、気持ちいい。サンキュ」

「どういたしまして」

嬉しげに目を細めた松風と微笑み合い、雪原は「いただきます」と手を合わせる。

蒸し暑い朝だと感じていたのは嘘ではなかったし、部屋の中は確かに心地よく冷えたけれど、口へ運んだ料理はどれも味気なかった。

それは胸をもやもやと曇らせているものの本当の原因が、暑さではないからだ。

今朝も白鷹がいないという事実に対して、雪原はこんなにも失望している。

昨日、今まで誰にも話したことのなかった秘密を明かしたことで、白鷹と打ち解けられた気がしていた。胃を疼かせる悩みをまるで魔法のように鮮やかに溶かし去ってくれた白鷹と、少しは気持ちを通わせられたつもりでいた。

だから、期待していたのだ。何かと忙しいらしいので夜は食事の時間が合わなくても、これからは朝食くらい一緒に取ろうと思ってくれるのではないかと。形だけの夫婦であっても、白鷹が言っていた通り自分たちは秋国と涼風の架け橋なのだから関係は円満であるに越したことはない。そのためにも、朝は美味い食事をふたりで味わいながら話をしてお互いのことをもっと知り合う時間にしたいと思っていたけれど、白鷹は違ったようだ。

落胆の理由をはっきりと自覚したことで、雪原はふと気づいた。

昨日の食事が妙に味気なかったのも、上げ膳据え膳の環境に早くも慣れてしまったからというより、白鷹がいなかったからのような気がする。

風花楼で初めて迎えた朝、眺めのいい御寮の間で白鷹と食事をした。だから、これからもずっとそんなふうに一日が始まるのだと錯覚し、なのに実際はそうではなかったことに無意識にがっかりしていたのだろう。

勝手に勘違いをし期待し、あげく落胆していた自分の愚かさについ自嘲が漏れる。

よく考えてみれば、初めての朝に白鷹がそばにいたのは掛けられた呪いの説明をするために雪原が起きるのを待っていただけ。御寮の間へ移って朝食を一緒にとったのも、単にしなければならない話がまだ残っていたため。

それ以上の意味はないからこそ、二日目以降はがらんとした御寮の間で雪原はひとりで目覚めているのだろう。だとすれば、白鷹は呪いを解く義務として雪原を抱き、後始末を終えたあとは奥の院へ戻っている可能性が高い。

夜毎激しく身体（からだ）を重ねても、心まで重ねる気はないということなのだろう。

甘ったるいほどに優しいくせに、白鷹はどこかで雪原との関係をはっきりと線引きしている。まるで、妖と人のあいだに越えてはならない境界線を描くかのように。

それでいて、「生涯のよき友になりたい」などと言いもする。

「……よくわからん狐だ」

小さく呟くと、胸の中の落胆が大きくなった。

どうしてそんなふうに感じるのか、自分でも判然としない。だが、とにかくひとりの食事を侘（わび）しいと思う。実家を出て以来、雪原にとって食事とはひとりでするものだった。それが当たり前だったし、寂しいどころかむしろ気楽でよかった。

それなのに、どうして、こんなことを考えてしまうのだろう。何だか自分の心までわからなくなってきて、雪原は洗濯物を運ぼうとしていた松風を手招きした。

「何でございましょう、紘彰様」

「お前はもう朝食を食べたのか？」

「はい、いただきました」

「じゃあさ、明日からここで一緒に食べないか？　お前もここに自分の膳を持って来いよ」

そう誘った次の瞬間、松風の眉間に皺がぎゅっと寄った。

「とんでもございません！　わたくしはそのような非常識な一反木綿ではありませぬ！」

取りつく島もなく断られてしまい、雪原はますます落胆した。


もやもやした気持ちを抱えて出かけた捜索の二日目、来栖坂は酷い熱波に襲われていた。スマートフォンの防災アプリが熱中症の危険を報せてアラートをうるさく鳴らすので、昨日よりも早い時間に風花楼へ戻ることにした。

それでも、初めて収穫らしい収穫があった。きっかけは、妖たちを梯子して情報収集を試みる中で昇がよく出入りをしていたという家を教えられたことだった。その家の近辺に憑いている妖や精霊がいないか探していたとき、雪原の不審な言動を見咎めて声を掛けてきた男が昇の幼馴染みだったのだ。

　三十代前半だろう彼は雪原の顔を知っていた。そして、父親が商店街の振興組合員だったことから先日白渡に頼んだ電話の件が伝わっていたらしく、すぐに警戒心を解いてくれた。

『泥棒の下見かと思ったら、昇の忘れてった荷物がどうとかで捜してるって白渡先生のところの名探偵弁護士さんか』

　幼馴染みならば、白渡と交流のある親世代とはべつの情報を持っている可能性が高い。期待をして、岩井一家の消息の心当たりを尋ねてみた。

　けれど、返ってきたのは『こっちが教えてほしいぜ』という苦笑だった。

『昇の奴、ある朝起きたら、いきなり親父さんたちと一緒にいなくなってたからな。しかも、連絡先丸ごと消してさ』

　岩井家が消えた直後、彼は昇の身を案じ、商店街のほかの幼馴染みたちと手分けをして心当たりを捜したそうだ。だが、昇は見つからなかったという。

『では、交際相手の方のところにも……？』

　彼が昇のプライベートをどのていど把握しているのか不明だったので、雪原はわざと曖昧な訊き方をした。

『交際相手？　いや、昇に彼女はいなかった……と言うか……』

幼馴染みの男は一瞬言い淀んでから、『いたとしてもわかんないな』と頭を掻いた。

『あいつはシャイな奴で、俺ら幼馴染み以外に友達らしい友達もいないくせに妙にもてて、彼女ができたのも一番早かったんだ。それを俺たちがやっかみ半分でふたりを見かけるたびに散々冷やかしてたら、そのせいで振られちゃってさ。で、昇はそれをずっと根に持ってて、あれ以来、彼女ができても俺たちには紹介しなくなったんだ』

初めてできた恋人とそんな結末を迎えれば根に持ちもするだろうと思いつつ、雪原は微苦笑した。もし、葉書の送り主である森下愛花(もりしたあいか)は昇と恋人同士だったのだろうという鹿沼(かぬま)の推測が的中していたとしても、この界隈でふたりの関係を知る者はいなさそうだ。

『あの、ところで、昇さんのお知り合いの中に森下さんという方がいらっしゃったかどうか、おわかりになりますか?』

昇があえて隠していたかもしれないことを勝手に暴露してしまわないよう、雪原は『男性か女性かは不明なんですが』とつけ加えて尋ねた。

『や、知らないなあ。あいつの交友範囲なら大体把握してるつもりだけど、その中に森下って人はいなかったと思う。役に立てなくて悪いな、弁護士先生』

とんでもないと笑んで、雪原はふと閃(ひらめ)く。

聞き込み範囲を広げたので「前のサルヴァトーレの店主の息子」や「岩井昇」と告げても通じないことが出てくるだろう。そのときのために昇の写真があれば便利だ。

頼んでみると、男は『ああ、全然いいよ』と頷き、失踪する少し前に商店街の集まりで撮ったという写真をトリミングして送ってくれた。

スマートフォンに届いたその画像を目にしても以前の「サルヴァトーレ」で見かけたかどうかは思い出せなかったけれど、思わず首が傾いだ。

ほんの二日前まではまったくの他人事だったし、「店の倒産後に一家で失踪した」としか耳にしていなかったので、何となく岩井昇はまだ自立が難しい二十歳そこそこの若者だろうと思っていた。なのに、写真の中の男の顔は明らかに三十をいくつか越していたのだ。

『――あの、昇さんっておいくつなんですか？』

『三十三。俺と同級生』

初めてその年齢を知り、雪原の脳裏をある可能性がよぎった。

『もしかして、昇さんはお父さんの融資の保証人になったりしてたんでしょうか？』

個人事業主に対する融資では銀行は原則として保証人を取らない。だが、対象者がある一定以上の年齢だったり、融資額が高額になったりする場合は事業を引き継ぐ者を保証人に徴求することもなくはない。

もし、昇が「サルヴァトーレ」の後継者として父親の保証人になっていたとすると、昇と愛花のあいだにあるのは愛情の縺れではなく金銭トラブルかもしれない。

そして、昇は愛花から金を借りていて、「約束の日」とは借金の返済期日――。

　そんな嫌な考えが湧いた直後、『や、してないよ』と首を振って否定された。

『昇の祖母ちゃん家が――お袋さんの実家が浅草にあってさ、昇が消えたときにもしかしたらあそこじゃないかと思って行ってみたことがあったんだよ。で、そのときに聞いた話じゃ、親父さんは店を担保にして融資を受けてて、保証人は立ててなかったそうだぜ。でも、お袋さんの親戚のほうからも結構な額をがっつり借りてたみたいでさ。しかも、自己破産に必要な費用まで運転資金だ何だって嘘ついて借りて、あげく雲隠れの踏み倒しだから昇の一家は親戚中から総スカンってわけ。それを聞いて、俺は頭を抱えたね。昇を捜そうにも、正直、お袋さんのほうの親戚筋以外に当てがなかったからさ。何たって、親父さんのほうにはもう血縁はいないし、昇の友達ったって来栖坂以外にいないんだぜ？』

　本当に一体どこへ消えたんだか、と幼馴染みの男は心配そうな声を落とす。

『昇さんはどうしてご両親と一緒に消息を絶たれたのでしょうか？　保証人になっていなかったのなら、昇さんには身を隠す理由はないように思うのですが……』

　自己破産は聞こえがいいものではないし、借金を踏み倒される側はたまったものではない。けれど、債務者側にとっては信用情報についた傷がしばらく消えないというデメリットに目を瞑りさえすれば、穏やかな暮らしを取り戻すことができる救済制度だ。だから、三代続いた店を潰してしまったことで、父親が債権者や隣近所、親類縁者に顔向けできないと雲隠れし、見知った者のいない遠い所で再起を図ろうと考えるのは理解できる。夫婦の絆が固ければ、その父親に母親が寄り添うのもわかる。

だが、そんな両親に三十三歳の昇がつき従ったのはなぜなのだろう。

おそらく父親名義で、大規模なリフォームのローンが残っていたのだろう店舗兼住居が差し押さえられたのだから引っ越しは仕方ないにしても、昇は保証人にはなっていないので彼個人の財産が処分されることはない。

昇は言ってみれば、立場的には倒産した会社の社員に過ぎないのだ。思うところは多々あるにせよ、新しい働き口を見つければいいだけのことなのに、どうして両親とともに姿を消したのだろう。それまでの人生で構築した人間関係をすべて断ち切ってまで。

『たぶん、親父さんたちを見張るためだと思う』

『見張る？　ご両親を？』

『そ。昇の親父さんって、すげー自信家でさ。いつでもどこでも正しいのは絶対的に俺！みたいな、ぶっちゃけちょっと勘違い系の。しかも悪い意味での完璧主義者で、何事につけ、ゼロか百かみたいな極端な考え方をするタイプなんだよな。そういう人が伸びきった鼻をぽっきりやられたあとに考えることって、先生も大体想像つくだろ？』

『ええ……』

『そんな厄介なところがある反面、あの親父さんは奥さんとひとりっ子の昇のことをすげえ大事にしてたんだよな。自分の女房と子供は世界一だって堂々と豪語して憚（はばか）らなかった。で、お袋さんも旦那がいないと生きていけないって感じのラブラブ夫婦でさ』

夜逃げをするとき、親父さんはたぶん夫婦だけでこっそり出てくつもりだった気がする、と男はぽつりと言った。

『親父さんにとって昇は唯一無二の宝物だったから、自分の失敗の後始末に昇を巻きこむとは考えなかったはずだ。でもさ、だからこそ昇は余計に自分がついていかなきゃって気になったんだと思うぜ。お袋さんは親父さんを励まして立ち直らせようとするよりは、親父さんの望みをそのまま受けとめて叶えようとする感じの人だしな』

『だから、見張る、ということですか』

『そ。昇は小さい頃、病弱だったんだよ。大きな手術も何度かしてて、マジでやばいときもあったから、人一倍命の大切さには敏感な奴でさ。無事に成人できたのは親父さんの愛情があってこそだから、その恩返しに親父さんを何が何でも馬鹿な考えから遠ざけて、立ち直らせるつもりなんだと思う。あの親父さんの性格じゃ、来栖坂で再出発なんてことは百パーないから、連絡先全部変えたのも親子三人で新天地でやり直すって決意表明かもな』

男は少し寂しそうに告げた。

『それにしても、とても優しい方のようですね、昇さん』

『ああ。いつだって自分のことより、ほかの誰かのことを優先して考えるような奴で、そういう性格が全身から滲み出てるんだよな、あいつは。シャイで口下手で特にイケメンってわけでもないのに妙に女にもてるのも、だからなんだぜ』

昇は本当に優しくていい奴なんだ、と告げた男のどこか自慢げですらあった声を思い出しながら、雪原はリビングのソファに座りこんだ格好のまま細く息を落とす。

あの男の話を聞けば聞くほど、岩井昇は女性を弄んだり、騙したりするような性悪さからはほど遠い人物のように感じられた。だとすれば、「サルヴァトーレ」の元跡継ぎと長野に住む達筆の女を繋ぐ可能性は、やはり当初から鹿沼が示していたふたつに絞られる。

ひとつは、かつて恋人同士だったが、親の破産で迷惑を掛けることを危惧した昇が愛花に何も告げずに姿を消した可能性。もうひとつは、愛花が一方的に想いを募らせていたストーカーで、昇は単なるその被害者である可能性。

心を病んだストーカーであれば、本人にしか理解できない理由で突発的にその活動を停止したり、再開したりしても不思議ではない。一方、恋人だったなら、突然すべての繋がりが切れてしまった昇を忘れられない愛花が、何か特別に思い入れのある「約束の日」が近づいたことを契機に、どうにか連絡を取ろうと思い立ったのかもしれない。

鹿沼に後味が悪くなるような調査報告を聞かせたくはないので、ふたりにはできれば純粋に愛し合っていた恋人同士であってほしい。

そんなことをつらつらと考えながら、雪原はスマートフォンを手に取り、写真のフォルダを開く。優しげな昇の写真をぼんやり眺めていると、ふいに白鷹が入ってきた。

「何だ。まだ着替えてなかったのか」

離れの玄関前で「夜に御寮の間で」と別れてから一時間ほど。

雪原は戻ってきたときのスーツ姿のままだが、白鷹は髪の白銀が映える藍色（あいいろ）の着物に着替えていた。そして、なぜか手にいなり寿司の載った皿を持っている。

「……暑くてちょっとぼうっとしてた」

「冷房の効いた部屋の中でもその有様なら、今日は早めに切り上げて正解だったな」

笑って、白鷹はローテーブルの上に皿を置く。

「卵料理ではないが、嫌いでなければ食べぬか？」

「嫌いじゃないけど……、どうしたんだ、このいなり寿司」

「以前、相談に来た人間が世話になった礼にと持ってきたのだ」

「なら、お前が食うべきじゃないのか？」

「昨日も別の人間が持ってきたいなり寿司を食べた。いなり寿司は嫌いではないが、特に好物というわけでもない。二日連続はさすがにきつい」

「油揚げ、好きじゃないのか？　狐なのに？」

「狐なのにと言われても、我々妖狐は稲荷（いなり）の狐とは別系統だと申したであろう」

「ああ、そっか……。そうだったよな。じゃあ、お前は何が好物なんだ？」

「特にこれと言った好き嫌いはない」

そう告げたあと、白鷹は軽やかな声で「子供ではないからな」とつけ足した。

「……それは、卵、卵ってうるさい俺は子供だってディスってるのか？」

「そういうわけではないが、そう聞こえたか？」

言葉では否定しても、明らかに雪原を揶揄っている色を湛えた紅い目があでやかにたわむ。

「卵が好きな俺をガキだと馬鹿にするお狐様は、一体何歳なんだよ？」

「さて。もう覚えておらぬが、卵好きな霊感弁護士より年上なのは確かだ」

「せこいごまかし方をするな。自分の歳を忘れるはずないだろ」

「お前はまだ一年一年を新鮮に感じる雛の目を持っておるゆえ理解しがたいのであろうが、一定の歳を越すと自分が何歳だろうとどうでもよくなり、忘れてしまうのだ」

「……何でそこまで頑なに隠すんだ？　微妙なお年頃で婚活中の女子かよ、お前は」

「隠したいわけではない。教えたくとも覚えておらぬのだ」

やわらかく細められた紅い双眸の中で、万華鏡を思わせる複雑な煌めきが何やら楽しげに乱反射する。

「嘘つけ」

「嘘ではない」

「いいや、嘘だ。お前のその目は嘘つきの目だ」

「心外な。夫に向かって何と酷いことを言う妻か」

白鷹は片眉を撥ね上げ、けれど面白がる口調を放つ。

「嫁に自分の歳を隠す夫のほうがよっぽどヤバい。さっさと吐けよ」

白鷹の形のいい眉が片方、わずかに上がる。

一瞬、藪蛇になってしまったのを後悔するような表情を見せたあと、白鷹は静かに告げた。

「紘彰。親しき仲にも礼儀ありと申すであろう。夫婦であっても踏み入ってはならぬ領域があるのだ。互いのプライバシーの尊重こそが夫婦円満の秘訣なのだぞ」

真顔なのにどこかふざけた笑みを含み、それでいて白状する気が毛頭ない鉄の意志がありありと伝わってくる凄艶な美貌を向けられ、雪原は奇妙な脱力感に襲われた。

そして、真面目に相手にするのが何だか馬鹿らしくなった。

「ああ、そうかよ」

あとで松風にでも聞いてやろうと思いながら雪原は立ち上がり、部屋を出て廊下の奥の洗面台に向かう。

「お前の歳は置いといて、大人にだって好物や苦手な物は普通にあるだろ」

洗面台で手を洗いながら、「お前としては何をもらったら嬉しいんだよ？」と問う。

「お前、食べ歩きが趣味なんだろ。だったら、あの店のこれがいい、あれが好きだ、とかあるんじゃないのか？」

手を拭いて戻ってきた雪原に、白鷹は「そういうものも特にない」と苦笑した。

「この界隈を食べ歩いているからと言って、格別に贔屓(ひいき)の店があるわけでもないからな。まあ、強いて言えば美味いものなら何でも好きだし、感謝の気持ちとして捧げられたものはそれだけで美味いと感じる。だが、油揚げばかりではさすがに参る」

「そんなに油揚げばっか来るのか？」

「来る。と言うか、人間からの捧げ物が油揚げ以外であったためしがない」

「もらったあとで始末に困るくらいなら、最初から油揚げはいらないって伝えとけばいいんじゃないのか？」

「そうもいかぬ。私が人間たちの悩み事を解決したり、願いを叶えたりする報酬として受け取るのは思い出ひとつだ。本来であればそれだけでよいのに、ほとんどの人間が後日、律義に礼を言いに来る」

契約を結ぶ際、金は受け取らないことを伝えているので、皆がいなり寿司を携えて。

「いなり寿司は、人間たちのどうしても感謝を伝えたいという気持ちの表れだ。なのに私が金も油揚げも受け取らぬとなれば、人間たちは何をもって謝意とすればよいかわからず困るであろう」

確かに、と雪原は納得する。

普通の人間には、油揚げ以外に狐の妖怪が喜びそうなものなど思いつかないだろう。

「油揚げはいらぬとわざわざ伝えることで、宝玉や錦の着物やらの高価な捧げ物を要求していると誤解されると、さらに困ることになるしな」

それに、と白鷹は細く息をつく。

「人間は狐の好物と言えば油揚げだと思いこんでおる。そのイメージを壊すのも悪かろう」

「そんなこと気にしてるのか？　変な気遣いをする狐だな」

雪原は笑った。だが、ゆるんだ頬はすぐに強張ってしまう。

白鷹が見せる濃やかな気遣いは、その情の深さから生まれてくるのだろう。

優しくて、心配りがきめ細かい気の利く狐。けれど、どうにも理解しがたい狐。

雪原を「妻」と呼ぶくせに自分の歳も教えない。そして「妻」と呼ぶ雪原に求めるのは夫婦としての関係を深めることではなく、「生涯の友」となること。

白鷹にとって、形だけの夫婦でしかない雪原は本当の家族にはなり得ず、せいぜい友にしかなれない相手。だから、呪いのせいで仕方なく身体を重ねた翌朝の食事を一緒にとる気にはならないのだろうか。

「……なあ。俺も気遣いされたいことがあるんだが、頼んでいいか？」

「何なりと、奥方」

双眸に甘い色を湛えた美しい妖狐は目の前にいるのに、雪原を「奥方」と呼ぶ声は何だかとても遠いものに感じた。

まるで、すぐそこにあるのに永遠に交わらない異界から聞こえてくるかのようだ。

「……今晩から、やったあとのオプションに、ここへ運んでくるのも入れてくれ」

朝、目覚める場所は御寮の間ではなく、離れのベッドの上がいい。

そうすれば、風花楼で最初に迎えた朝と違って白鷹がいないことを――朝食をひとりで食べねばならないことを意識せずにすむから。

「わざわざ俺を抱えてクローゼットを潜ったりしなくても、転移すれば一瞬だろ」

「交わったあとは体力を消耗していたり、興奮状態だったりで、転移の術を使うのは危険なのだ。異動点を誤る可能性がある」

「なら、クローゼット経由で」

「御寮の間は広すぎて落ち着かぬか？」

「それもあるが、どうせ朝食はここで食べるんだから、怠い足を引き摺って戻ってくるのは面倒臭い」

「わかった。お前の望みなら、そうしよう」

白鷹は優美な笑みを浮かべ、鷹揚に応じる。

けれど、御寮の間で一緒に朝食をとろうとは言わなかった。

きっと、そんなことなどまるで考えもしていないのだろう、ただ甘くて優しいだけの表情に胸の内側をきりきりと引っ掻かれたような気分になる。その傷口から、昨日も今日もひとりで目覚めて襲われた寂寥感のようなものがじわりと滲み出て雪原の心を冷やす。

今まで平気だったひとりでの食事を突然寂しいと思うようになってしまった理由は、よくわからない。自分と白鷹の関係も、そして白鷹が何を考えているのかも、よくわからない。

夫婦ならセックスをして、一緒に食事をするのが当たり前だ。

友人同士ならセックスはしない。けれど、特に理由はなくても食事くらいは共にする。

自分と白鷹はセックスはしても、必要がない限り一緒に食事をすることはない。

呪いを解くために毎夜身体を重ねてはいても形ばかりの偽の夫婦でまだ友人ですらないこの関係を、どう言い表せばいいのだろう。

説明しがたい今のこの状況はとても心地が悪くて落ち着かない。

本当の夫婦でもないのに身体を繋げなければならない呪いから解放されれば、自分たちの関係はもっとシンプルなものになるのかもしれない。

けれど、その関係にはどんな名がつくのだろう。

一体、白鷹とどうなればこのわけのわからない胸のざわめきが収まるのだろうか。


「サルヴァトーレ」前の坂道を西側へ数分ほど歩くと、昔ながらの住宅街の中に小規模な店舗や事務所が混在するエリアが現れる。そこを抜けた先は大通りの交差点だ。

岩井一家が来栖坂を去る夜に通ったかもしれないその一帯を捜索範囲に決めた翌日は、たまらない暑さだった昨日を超える酷暑だった。

水筒の麦茶を飲むそばから身体の水分が蒸発していくようで、防災アプリが不要不急の外出を控えるよう響かせるアラートも昨日以上にしつこい。うるさくて敵わない通知をオフにして、雪原は額に滲む汗を拭う。

「……クソ熱波め」

思わず口をついて出た愚痴に、隣を歩く白鷹が「天気にまで毒づくとは、相当苛立っているようだな」と笑う。

「この暑さが収まるまでのあいだ、昼間に捜索に出るのはよすべきではないか？　体調を崩してしまっては元も子もないぞ、紘彰」

――俺だって本当は動くなら夜がよかったのに、そうできないのはお前のせいじゃないか、クソ狐。

瞬間的に喉元に迫り上がってきたそんな悪態を、今度はどうにか飲み下す。

「……かもな」

雪原はぼそりと返し、水筒を呷って息をつく。

冷えた麦茶を流しこんだくらいでは鎮まらないこの胸の苛立ちは、暑さのせいではない。

元々自分ひとりしかいない離れのベッドで目覚めれば白鷹の不在を意識せずにすむと思ったのに、まるで逆効果だったせいだ。風花楼で初めて迎えた朝の光景と違うことで却って白くべきで鷹の不在を強く意識し、今朝もやはりいないのかと落胆すらしてしまった。

しかもそればかりか、仮にも夫婦なら寝起きの場所を変えたいと訴える意図を汲むべきではないか、少なくともその努力をすべきではないかと白鷹に腹を立ててしまった。

そして、それ以上にそんな感情を抱いてしまう自分自身にも。

ひとりでは食事ができない子供ではないし、妖たちから虐めを受けていてひとりでいることが心細かったりするわけでもない。なのに、どうしてこんなにもひとりでの食事に無様なまでに狼狽えてしまうのか。

自分の心のはずなのに少しも理解できないことに苛立ちを募らせながら細く息をつくと、一瞬眼前が蜃気楼のように揺らいだ。

容赦のない日射しと勾配のきつい坂に体力を大分奪われているようだ。

仕方なく帰ろうと告げかけたとき、烏天狗が舞い降りてくるのが見えた。

猫ほどのサイズの烏天狗は少し先の、木陰になっている民家の塀にだらりと腰掛けると、懐から物憂げな仕種で取り出した扇子で嘴のあたりをばさばさと扇ぎはじめた。

どうやら、暑さにへばって降りてきたらしい。今日はこれで最後にしようと思いつつ、雪原は「やあ、今日は暑いな。冷えた麦茶があるけど、どうだ?」と水筒を差し出す。

それに少し先立って、白鷹が結界を張る。捜索も三日目となるとタイミングは絶妙だったが、あまりに暑すぎるせいか、残念なことに結界のクーラー効果はかなり薄れていた。

「お、気の利く人間じゃの」

烏天狗は水筒を受け取り、麦茶をこくこくと美味そうに呷る。

「ふう。生き返ったわ。礼を言うぞ」

冷えた麦茶の贈り物の効果か、烏天狗は突然近づいてきた人間をまったく警戒していない。雪原の隣で式神を装う白鷹のことも、特に気にしていないようだ。

「して、何用じゃ、人間。儂に声を掛けたのは用があってのことじゃろう」

雪原は昇の写真を見せ、この男を知らないかと尋ねる。すると、すぐさま「おお。こやつは犬童神社の破廉恥男ではないか」と返ってきた。

烏天狗が口にしたのは聞いたことのない神社だったが、「犬童」という地名には心当たりがあった。

「その『犬童』って、犬童町の犬童か？」

「そうじゃ」

犬童町は来栖坂エリアに隣接する町だ。事務所からはかなり離れており、顧客もいないので雪原には縁のない地域だが、近年の再開発で賑わいを取り戻した商業地としてよく耳にする。その犬童町までは「サルヴァトーレ」からだと、事務所よりもさらに遠い。昇は初恋が散ったトラウマのせいで近所の幼馴染みたちには恋人の存在を知られまいとしていたようなので、地元から離れた町を逢瀬の場所にしていたこと自体は不思議ではない。

けれど、生真面目で内気なはずの昇を烏天狗が「破廉恥男」と呼んだことは怪訝に思った。

「破廉恥男って……、それ、本当にこの男で間違いないのか？」

「間違いないわい、その男じゃ」

烏天狗は自信たっぷりに答えた。

「隣町の赤天狗に嫁いだ儂の娘がちょうど去年の今頃、初子を産んでの。顔を見に通う途中の休憩場所が犬童神社なのじゃが、そこで毎日毎日、真っ昼間から女と激しい口吸いをしておった破廉恥男じゃ。いくら参拝客などほとんど来ぬ寂れた神社とは言え、大人しそうな顔をして何と大胆なことをする奴じゃと呆れ返ったゆえ、よう覚えておるわ」

荒く鼻を鳴らし、烏天狗は「そう言えば、あの夏以来見かけぬのう」と続ける。

「とすれば、あれはひと夏のあばんちゅーるとやらじゃったか」

かっかっかっかっと高笑いする烏天狗に、雪原は思わず前のめりになって詰め寄る。

「――相手の名前っ、名前を知ってるか？」

去年の今頃に目撃したのであれば、昇は失踪する直前まで犬童神社でその女性との逢瀬と親密な行為を重ねていたことになる。そして、昇はひと夏のアバンチュールを楽しめるような性格ではないので、ふたりは純粋な恋人同士だったはずだ。

もし、逢瀬の相手が森下愛花であれば、今になって昇と連絡を取ろうとしている理由はともかく、彼女が病んだストーカーである可能性は限りなく低くなる。

「名前？　知るわけなかろう、そんなもの」

「じゃあ、何かふたりの会話で覚えていることはないか？　その女性がどこに住んでいるとか、何か約束をしていたとか」

「さて。儂が休んでいた木の上には、声までは聞こえてこなんだゆえ。じゃが、花の精どもなら何か聞いておるやもしれぬな」

「花の精？」

「うむ。あの神社でわらわら戯れておる花の精じゃ。あやつらも可愛い顔をして、なかなか破廉恥な連中での。あのふたりが境内に現れて睦み合いをはじめると、いつもそばに張りついて興味津々で覗きをしておったのじゃ」

　今までは単なる憶測や希望的観測でしかなかったふたりの関係が、ようやくはっきりと浮かび上がってきそうだ。そのことに、雪原は俄然興奮した。

「すごく助かったよ。これ、教えてくれたお礼に」

　雪原は残っていた菓子をすべて、白鷹が持っていた袋ごと渡した。

「おお。よいのか、こんなにたくさん。娘と孫が喜びそうじゃ」

　ほくほくとした様子で飛び去った烏天狗を見送り、雪原はスーツのポケットからスマートフォンを取り出す。

「今から犬童神社へ行くつもりか、紘彰」

「ああ。せっかく摑んだ手掛かりだからな。犬童町までならタクシーを拾えばすぐだし、風花楼へ戻るのは岩井昇が会っていた相手を確かめてからにする」

「ならば、私が案内しよう。あの神社は風花楼の飛び地ゆえ、人間の使う地図には載っておらぬのだ」

「神社が飛び地？　何で？」

　ちょっとした縁だ、と白鷹は笑った。

「犬童神社は元々宮司のおらぬ無人の小さな神社で、それでも昔は地元の者たちに愛され、皆で担う管理も行き届いていたが、時の流れとともにそうした習慣は消え、うち捨てられた祭神から犬童を離れて旅に出たいが社を朽ちさせるのも忍びないと相談されてな」

　その結果、神社を白鷹が買い取り、管理をすることにしたらしい。

　そんな話を聞かされ、雪原は驚いた。

「お前のところには神様まで相談に来るのか」

「千客万来だ」

　白鷹が応えると同時に周囲の景色が一変した。建ち並ぶ家々が消え、代わりに濃い緑が現れる。その中にぽつんと佇む小さな拝殿。首を巡らせると、少し離れたところに色褪せた鳥居があり、犬童神社へ転移したのだとわかった。

　鳥居の向こうに民家の屋根やビル群が小さく見える。高台のどこか奥まった場所にあるらしいその社はかなり古そうだが、荒れた感じはまったくなかった。日常的に手が入れられているようで、境内に漂う空気は都心とは思えないほど清らかに澄んでいる。

「この神社、どういう仕組みで地図に載ってないんだ？　入りこんだ妖や人間がいるんだし、結界を張ってるってわけじゃないよな？」

「大まかには、これも一種の結界だ。風花楼と同じで、この場所に害を及ぼさぬものの目にしか映らぬよう術を掛けてあるゆえな」

「——それってつまり、岩井昇とその彼女は心が清らかな善人だってことだよな？」

「ここに入った去年の時点ではな。だが、今はわからぬぞ。平穏とは言えぬ環境に一年も身を置けば、大抵の人間は変わる。善人が悪人へと変貌することもあれば、悪人が改心して善人になることもあるであろう」

　鹿沼の期待に添う報告ができそうだと喜びかけた気持ちに水を差すような答えを淡々と返され、雪原は眉根を寄せる。

「……なあ。お前、本当に岩井昇のこと知らないのか？　風花楼の飛び地なんだから、この神社はお前の庭みたいなものだろ？」

「悪いが、それでも本当に知らぬのだ。ここの管理は幸蘭たちに任せている。あの者たちでは対処できぬ問題でも起きぬ限り、ここでの出来事は特に報告もないからな」

「幸蘭？　風花楼で悪さをするのが仕事かと思ってたが、ここが職場だったのか？」

「いや、ここにいる幸蘭たちは風花楼の園から株分けしたものたちだ。まあ、言ってみれば、楼の幸蘭の妹分だな」

「じゃあ……、あの烏天狗が言ってた破廉恥な花の精ってそいつらのことか？」

「ああ、思わぬ情報源だな。身内ゆえ、タダで尋問し放題だぞ」

愉快そうに笑んだ白鷹に案内され、神社の裏手に移る。

そこにはこぢんまりとしてはいるものの美しい花壇があり、色とりどりに咲き誇る花々のあいだで爪の先サイズの娘たちが数名、楽しげにじゃれ合っていた。

年の頃や服装は風花楼の幸蘭によく似ていて、けれどもどことなく雰囲気の異なる花の精たちは白鷹と雪原の訪れに気づくと一斉に寄ってきた。

忙しなく動く唇から紡がれる言葉は、風花楼の幸蘭たちのそれ同様、やはり聞こえない。

「こいつら、何て言ってるんだ？」

「久しぶりの人間の訪問客を喜んでいるのだ」

「俺にも声が聞こえるようにできないのか？」

「それは無理だ。幸蘭たちの声は創った私にしか聞こえぬ」

「じゃ、通訳してくれ」

雪原は幸蘭たちに昇の写真を向け、「この男が去年の今頃、女性連れでここへ来ただろう？覚えているか？」と問う。

そのとたん、幸蘭たちが嬉々(きき)とした表情を浮かべて口々に何かを語り出した。空気がさわさわと揺れる。声はまったく聞こえないのに、何だかとても喧(やかま)しい。

「お前たち、そう一度に喋られると話の整理ができないだろう。一旦、口を閉じろ」

白鷹に窘(たしな)められ、幸蘭たちは皆同時にこくこくと頷く。空気の揺れもぴたりと収まる。

こちらの幸蘭は風花楼の幸蘭よりも若いぶん、素直なのかもしれない。

雪原は「で？」と白鷹を見やって、通訳を促す。

「岩井昇のことはよく覚えているそうで、連れの女性を『愛ちゃん』と呼んでいたらしい。その『愛ちゃん』とやらは遠方からの旅人で、この近くのホテルにしばらく滞在していたらしいとのことゆえ、十中八九『愛花』の『愛ちゃん』であろうな」

遠方からの旅行者。つまり「愛ちゃん」こと森下愛花は去年の夏、葉書の消印の住所――長野から上京して来栖坂近くのホテルに泊まり、この神社を岩井昇とのデート場所にしていたということなのだろう。

「ほかには何て？」

「ふたりはいつも結婚の話をしていて、今年の葵葉稲荷(あおいばいなり)の夏祭りに一緒に行き、睡蓮池(すいれんいけ)の橋を渡ろうと約束していたそうだ」

「橋って、お前がこの前言ってた恋のまじないとかいうアレだよな？　何で、去年じゃなくて今年なんだ？」

「去年は夏祭りの前に『愛ちゃん』は国元へ帰らねばならなかったそうだから、単に日程が合わなかったのだろう」

「ああ……。だから、今年一緒に渡って、一生夫婦でいようって約束したのか」

そこまで言って、雪原はあることに気づいた。

「――あ。じゃあ、葉書に書いてあった『約束の日』って夏祭りのことか！」

あの葉書が「サルヴァトーレ」に届きはじめたのは半月前の七月下旬。そして、今年の夏祭りは三日後の日曜日。その状況から考えて、葉書に書かれていた「約束の日」は葵葉稲荷の夏祭りの日を指しているはず。ならば、一生恨むと訴えつつも、愛花は結局のところ、昇に対して抱いた愛情を未だに捨て去れていないということだ。

未練があるからこそ、永久に結ばれるために橋を渡ろうと約束した日が近づいたことをきっかけに、今もまだ連絡を待っていると伝える方法を彼女なりに模索したのだろう。そして、その結果が、突然「サルヴァトーレ」に届くようになったあの不穏な葉書だったのだ。

雪原の考えに、白鷹も「おそらくな」と同意する。

これでやっとふたりの繋がりが確定した。捜索が大きく前進したことに気持ちがさらに昂ってゆくのを感じながら、雪原は「それから？」と次なる情報を待った。

「今のところはそれだけだ」

膨らんだ期待を萎ませる肩透かしな返答に、思わず眉がきつく寄る。

「嘘つけ。こいつら、あんなにぺらぺら喋ってたじゃないか」

「ほとんどが覗き見た行為の報告と感想だったからな。それも聞きたいと言うなら、すべて聞かせてもよいが、どうする？」

笑みを含んだ眼差しを向けられ、雪原は脱力感に襲われる。

「……覗きだの呪いだの、お前、こいつらにどういう教育してるんだよ？　俺が知りたいのは岩井昇と森下愛花に辿りつくための手掛かりだ。岩井昇が潜伏していそうな場所とか『愛ちゃん』の住所とか、捜索の役に立つ情報なんだよ。間違っても、覗きの感想じゃない」

力なくぼやいた頭上で、ふいに空気がさらさらと揺れたのを感じた。

見上げると、空に浮かんだ幸蘭が纏う薄布を揺らめかせながら何かを囁いていた。

「ほう、まことか」

雪原の隣で、白鷹が興味深げな声を上げる。

「愚痴は言ってみるものだな、紘彰。『愛ちゃん』は大きなスーパーを営んでいる家の令嬢なのだそうだ」

——長野で大きなスーパーを経営する森下家。

当初はまず昇を見つけてから愛花の住所を聞き出す算段だったけれど、それだけのことがわかればそう苦労せずに彼女の所在を調べることができるだろう。

「でかした！　出歯亀の面目躍如だな！」

萎えた高揚感が再び蘇り、幸蘭たちの悪趣味をつい声を高くして褒めた直後だった。腹の奥から噴き上がった炎に全身が包まれたかのように、肌がかっと激しい熱を帯びた。

視界がぐらりと大きく揺れ、足が縺れる。

雪原は咄嗟にすぐそばの木に右手を突き、倒れそうになった身体を支えた。

「どうした？　興奮のあまり、酸素不足にでもなったか？」

揶揄う声音をやわらかに向けてきた白鷹は、雪原が歓喜のあまりよろめいたとでも思っているふうだった。雪原自身も一瞬そう考えた。だが、身体の内側で熱の奔流が激しくうねる感覚が――嫌というほど覚えのあるそれが、そんな希望と理性を瞬く間に灼き焦がす。

「ち、違……っ」

「紘彰？」

「――来、た。来て、る……っ」

一呼吸ごとに荒くなる息のあいだから掠れた呻きを放ち、雪原は眉根を寄せて木の幹にきつく爪を立てる。

痛みを感じることで、激しくのたうち出した欲の熱から少しでも気を逸らしたかった。けれど、雪原のその抗いを嘲笑うかのように肌の火照りは瞬く間に深くなってゆく。

「う……っ、ぁ……っ」

下着の中で、性器がいきなり膨張してびくびく跳ねた。

「――あっ」

昂ったそれが布地にぐっと擦れた感触がたまらず、腰が躍り上がった。

腹の奥底から弾けるようにしてどっと突き上がってきた劣情が脳髄を突き刺し、その衝撃に波うって震えた先端の秘裂が淫液を大量に漏らし出す。

「あ、あ、ぁ……」

「紘彰、しっかりしろ。すぐに楼へ――」

「駄目だっ」

慌てた様子の白鷹の言葉を遮り、雪原は首を振る。

そんな動作ですら刺激になって、尖り立つ欲をさらに昂らせた。

「今――っ、今、して、くれっ。も……っ、待てな……っ」

張りつめる屹立を締めつけ、膨張の邪魔をするスラックスが痛い。たらたらと垂れ続ける淫液でぬるつく下着の中が気持ち悪い。後孔もいつの間にか淫らな蠕動を始めており、濡れて潤む粘膜が雄の侵入を待ちわびてじんじんと疼いている。

それ以上我慢ができず、雪原は木にもたれかかりながらベルトを外す。

ここがどこなのかを考える余裕はもはやなかった。覗き魔の幸蘭たちがはしゃいだ顔でわらわらと集まってきているのが見えたが、それもどうでもよかった。

ただただ身体が熱くてたまらない。その熱を鎮めてくれるものが欲しくてたまらない。

頭の中で妖狐の精を浅ましく欲する欲が煮立って、どうにかなりそうだった。

「う、ぅ……っ。はや、く……っ」

猛る渇望に操られるままスラックスの前を乱暴に開き、濡れた下着ごとずり下ろす。

雪原は腕を絡みつかせた木の幹を支えにして腰を突き出し、白鷹を呼んだ。

雄を誘うために大きく開いた脚のあいだの前後から、生温かい粘液が糸を引いて重く垂れ落ちていく。そのねっとりとした感触に息を震わせて身悶えたときだった。

火照る肌を冷気が包み、周囲からすべての音が消えた。雪原の周囲を羽虫のように飛び回っていた幸蘭たちも、どこかへ弾き飛ばされてその姿を消した。

結界が張られたのだ。望むものが与えられようとしていることを知り、歓喜が湧く。

雪原は臀部をさらに高く上げ、溢れる蜜で淫猥に潤む襞を見せつけるようにひくつかせた。

「早く、白鷹……っ。も、おかしく……、なり、そ……、だからっ」

「わかっている」

宥めるような優しい声がして、窄まりの表面を撫でた指がその中央を突く。

すっかりほころんでいた肉環がくちゅんと白鷹の指先を呑みこむ。

「んっ」

侵入してきた長い指に粘膜を擦られ、高い声が散った。

けれど、濡れ具合を確かめるような慎重で小刻みな動きも、その指の細さも物足りず、渇望が却って煽(あお)られた。

「それ、じゃ、ない……っ」

ただもどかしいだけの指を肉襞で喰い締め、雪原は腰を振り立てて不満を露わにする。

下腹部に力を込めて指を肉筒から押し出し、濡れそぼつ肉環をはしたなく収縮させながら別のものをねだる。

「早くっ。白鷹、早く……挿(い)れて、くれっ」

息を弾ませて首を巡らせると、眦(まなじり)に涙が滲んだ。到底自分のものとは思えない言動の浅ましさに対する羞恥と言うより、体内を駆け巡る熱に浮かされての涙がこぼれ落ちる。

「泣くな、紘彰」

雪原の頬を伝う涙を吸って、白鷹が下肢の前を開く。

白鷹も猛っていた。取り出されたそれは隆々と天を衝き、どっしりと張り出した亀頭冠の下の赤黒い幹には太い血管がごつごつと浮き上がっている。

人間の姿をしていても、そのグロテスクなままの大きさと長さは妖のものだ。

——欲しい。あれが欲しい。思いきり突き上げられて、奥を熱く濡らされたい。

頭の中でそんな欲望がいっぱいになり、欲しい、欲しい、としか考えられなくなった雪原の腰を、白鷹の大きな手が掴む。

「すまぬ……」

何を詫(わ)びられたのかわからず、眉を寄せた直後だった。丸々と太い切っ先にぬかるむ窄まりをぐぼっと突き破られ、隘路(あいろ)を奥深くまで一気にめりめりと抉(えぐ)られた。

「——あああぁっ」

極太の肉の剣で内奥の柔壁を押しつぶされる圧倒的な衝撃で屹立が根元から波うつようにしてくねり、先端の秘唇が大きくわななないて喜悦を噴き出す。

「くっ、ひぃ……っ」

背を弓なりに反らし、びゅううっと白濁をしぶき上げながら嬌声(きょうせい)を散らした雪原の中で、白鷹が抽挿を開始した。

絶頂に歓喜し、きつく収斂(しゅうれん)しようとする粘膜を撥ね返す勢いで太々した熱塊が引き出され、亀頭が抜け落ちる寸前に再び奥を串刺しにされる。

そしてまた、痙攣(けいれん)を激しくした媚肉(びにく)を亀頭のふちで掘り抉り、太い幹で灼きながら下がっていったかと思うと、すぐさま引き返してきて深いところをずぶんと重く突きこまれる。

最初から何の容赦もない荒々しい腰の動きに、雪原の眼前で火花が散った。

「ああっ！　あっ、あぁん！」

どうしようもなく気持ちがよくて、雪原はこの世のものとも思えない愉悦を与えてくれる逞(たくま)しい雄に蕩(とろ)けた肉襞をぎゅうぎゅうと絡みつかせる。

「あっ、あっ、あっ。いいっ……、いい……、白鷹……っ」

体内をみっしりと埋め尽くす長い楔（くさび）の熱と硬さと太さがたまらず、雪原は力強く摑まれた腰を右へ左へとくねらせて猥（みだ）りがましい喘（あえ）ぎを漏らす。

制御できない欲望がもっと、もっとと貪欲に快楽を求め、白鷹を締めつける。

「――っ、紘彰。もう少し、中を緩めろ。きつすぎて、思うように動けぬ」

かすれた声で告げた白鷹が雪原の双丘を揉（も）みしだきながら、隘路を太い亀頭の先でぬかるむ肉をぐちゅぐちゅと叩（たた）き突いて掻き回す。

粘膜を引き伸ばし、隘路を回し拡げるような強引な動きが甘美な衝撃となり、目が眩（くら）む。そんな官能を炙（あぶ）るような攻め方をされると絶頂の余韻が引く暇がない。ぐっしょりと濡れた肉筒の激しい痙攣はやまず、ペニスも半勃ちのまま濁りの消えた液体を垂らし続ける。

「む、無理……っ、無理！」

しがみついていた木の幹を引っ掻いて、雪原は叫ぶ。身体の主である雪原の意思など関係なく蠢（うごめ）く粘膜が、熱くて硬い怒張を舐（な）めしゃぶるようにきゅうきゅうと収斂する。

「ならば仕方ない」

ため息交じりに言った白鷹の雄が雪原の中で容積を増して脈動し、密着する粘膜を灼く。

「――ひぅっ」

自分を猛々しく穿（うが）ち、狂わせるものがその形をより凶悪に変化させ、深い場所へぐぐぅっとめり込んできたのを感じ、雪原は小さく悲鳴を上げる。

「もう手加減はできぬゆえ少しのあいだ堪えてくれ、紘彰」

言うなり、白鷹は乱暴なほどの凄まじい速度で雪原を突きだした。

「あぁあっ！」

身体を大きく揺さぶられながら、狭まろうとするぬかるみを張り出した亀頭でずんずんずぽずぽと深く、躊躇なく掘りこまれ、抉られ、腰骨が砕けてしまいそうな荒々しさでぐちゃぐちゃに掻き混ぜられる。

その悪辣なまでの獰猛さに狂喜して吸いつきを強くする媚肉を絡ませたまま、白鷹はずりりりりっと勢いよく腰を引く。

「ひいぃぃい……っ！」

棍棒めいた剛直に纏わりつく肉襞も一緒に外へ引き摺り出され、次の瞬間には内部へ巻きこまれるようにして突き戻される。そして、深みを捏ね突き回される。

「ああっ！　あっ、あっ、あああぁ……っ！」

背後から激しく突かれ、揺さぶられる震動で、陰嚢もペニスも大きく揺れる。

陰嚢がぶるんぶるんと弾んでは後ろの白鷹に当たって跳ね返ってくるたび、上下左右に回転しながら淫らな蜜を撒き散らしていた陰茎が硬く反ってゆく。

「あっ、あっ！　あぁん！」

中途半端に角度を持ったペニスと張りつめる途中の陰嚢に絶え間ない揺さぶりを与えられ

ながら重い抽挿を繰り返され、段々と脳裏が霞(かすみ)がかってくる。

身体の内からも外からも強烈な愉悦の波が迫ってきて、腰骨が溶けてしまいそうだった。

「あ、あ、あ、ぁ……っ。いい、いい……っ、白鷹……っ」

「ああ、紘彰。お前の中も……、いい具合だ」

猛々しかった抜き挿しがふいに小刻みになる。律動が単調になった代わりに、白鷹はぐぬぬぬぬっと先端を伸ばしてきて速度を上げる。

――来る。

浅ましい歓喜と期待とわずかばかりの恐怖がない交ぜになって、思考を侵す。

膝(ひざ)が震えて身体が崩れ落ちそうになり、咄嗟に木に手を突き直して堪えたときだった。

すぐ目の前でこちらを覗きこむ幸蘭のひとりと視線が絡まった。いつの間にか人の大きさになって戻って来ていたらしい幸蘭たちが、雪原の周りを取り囲んでいた。

「――っ」

驚いた拍子に雪原は二度目の射精をした。色の薄い精液が弧を描いて地に落ちる。

「は……っ、何という締めつけだ、紘彰。私を食いちぎる気か」

自分たちの交わりを見物する幸蘭たちを気にしたふうもなく、白鷹は小刻みな腰遣いを速めていく。

「うっ、く……っ。ば、馬鹿……っ。見て、るっ、あいつら……、見てる、から……っ」

驚愕と極まりが同時に襲ってきたせいか、びしゃびしゃと噴き出るものがとまらない。

動揺しながら繋がりを解こうとして背を捩った雪原の腰を、白鷹が強い力で引き戻す。

「見えておらぬし、聞こえてもおらぬ。あやつらは結界の外だ。忘れたのか？」

笑った白鷹が、雪原の中で爆ぜた。

勢いよく噴出した重い粘液が、どろどろに蕩けた柔壁を叩く。

「あああぁ！」

痛いほどの凄まじい刺激に躍り上がった腰の奥を、白鷹が息を弾ませて捏ね突く。

「あ、あ、あ……っ」

妖狐の射精は長い。勢いの衰えぬまま叩きつけられる精は狭い肉筒の中であっという間に
逆巻き、白鷹の繰り出す突きの摩擦で泡立って、結合部の隙間から大量に溢れ出てくる。

「ああっ、あっ、あっ！　あ、ひぃ……！　ひぅうっ」

揺さぶられ、突き込まれながら精を撒かれ、燃えるように火照る肌の上で泡立つ白濁がぷちぷちと弾ける感触がたまらず、雪原は身も世もなく喘ぎ、よがった。

ぷるんぷるんと撓り揺れる陰茎からは、自分でも何なのかよくわからないものが細く滴り続けている。そんな痴態を晒す雪原に、幸蘭たちが爛々と光る目を向けてくる。

「っ、う……っ」

結界のことを忘れたわけではなかったけれど、こんなにも近いのだ。本当に見えていない

のかと不安になり、一瞬声を噛み殺す。

だが、すぐに堪えきれなくなる。白濁まみれの媚肉を、ごつごつした巌のような亀頭で擂りつぶされ、掻き回されるうちに思考が灼き切れた。結界の外にいるくせに興味津々でまっすぐにこちらを見つめてくる幸蘭たちの存在は、ただ雪原の興奮を煽るものと化す。

「あっ、あっ。し、白鷹……っ、あぁぁん！」

身体を揺さぶる律動に合わせてあられもなくよがり啼き、雪原は淫液を撒き散らした。


普通なら考えられない状況下のせいで極限まで昂った興奮が白鷹にも伝染したのか、交わりはいつも以上に長かった。獣性を露わにしたかのような白鷹に激しく揺さぶられ続ける中でいつしか混濁した意識が回復したとき、雪原は離れのベッドの上で横たわっていた。

「大丈夫か、紘彰」

気遣わしげな紅い眼差しが降ってくる。

「ああ……」

身体を起こそうとして、それが叶わないほどに四肢がひどく重くて怠いことに気づく。

雪原は視線を窓の外へやる。空はもう暮れかけていた。

「……そろそろメシの時間か？」

「少し早いが、松風に持ってこさせるか？」

「いい。食欲がない。それより、俺はどのくらい意識を飛ばしてたんだ？」

「四時間ほどだ」

そのあいだに白鷹が清めてくれたのだろう身体は、清潔な浴衣に包まれていた。

ベッドの脇に半妖姿で座っていた白鷹は青磁色の着物を纏っており、手には何やら細かい文字がびっしりと綴られた分厚い帳面を持っている。

「……それ、何だ？」

視線で帳面を指して問う。

「渡門審議帳だ。今日決裁されたぶんに目を通さねばならぬゆえな」

「……仕事なら執務室でやればいいのに」

「つれないことを言うな。お前が心配だったのだ」

淡く苦笑した白鷹のその優しい言葉にどう返事をしていいのか咄嗟に思いつかず、雪原は「俺のスーツは？」と関係ないことを訊いた。

「すまぬ。あれはもう着られぬゆえ、新しいものをあつらえて贈ろう」

遠慮はせず、雪原は「ああ」と頷く。

「……俺が今ここでこうしていることは全部自分の意志による選択の結果なんだから、お前を責めるつもりはさらさらないけどさ」

かすれた声で言いながら、雪原は両手で顔を覆う。

「お前とヤるたび、俺の中から大事なものが消えてく気がする」

この身体は、人ではない妖、しかも同じ男との禁忌の交わりに夜毎慣れてゆき、今日は真っ昼間の野外で観客つきのセックスに、まさに文字通り狂喜乱舞してしまった。雪原自身もまるで獣のような格好で。

正気に戻った今は、もちろんそんな痴態を晒した自分を恥じている。だが、同時にあんなにも凄まじい快楽を経験できたことに深く満足している自分もいて、雪原は戸惑う。

これまでずっと、自分の性欲はたまの自慰だけで満足できる程度の淡泊なものだと思っていたけれど、実際は違うのかもしれない。呪いがかけられているとは言え、人としてのモラルや男としてのプライド、そして弁護士としての倫理観までもがこんなふうに容易く突き崩されてしまうのだから。

もしかすると、気づくきっかけがなかっただけで、自分はとんでもない色情魔なのかもしれない。だとすると、呪いが解けたとき、淫蕩な本性を目覚めさせられたこの身体は一体どうなっているだろう。

子供向けの童話なら、登場人物にかかっていた呪いが解けたあとは喜ばしいハッピーエンドを迎えると相場が決まっている。だが、雪原を苦しめながらも歓喜させるこの特殊な呪いが解けた先に待っているものは「めでたしめでたし」ではないかもしれない。

雪原は、心の底からこのクソッたれな呪いを早く解きたいと願っている。それは嘘偽りのない本心だ。なのに、今は呪いが消えることを怖いとも感じはじめている。

胸の奥から唐突に湧き出てきた漠然とした不安の始末に困り、眉根を寄せた雪原の頭上から「すまない」と声が降ってくる。

「お前に辛い思いをさせて私も心苦しい。許してくれ、紘彰」

その一言一言から苦悩が滴り落ちているようで、雪原はふと今更ながらの疑問を覚えた。

呪いの催淫効果を差し引いても、白鷹のセックスは巧みだ。経験のなかった雪原にすら、はっきりとそうわかるほどに。だから、「サルヴァトーレ」でしか接点のなかった頃には秋波を送られていると勘違いしていたこともあり、何となく白鷹は同性との交わりを好む質なのだろうと考えていた。

だが、それはあくまで雪原の勝手な推測だ。それに、よくよく考えてみれば「白鷹の精を百度注がれなければ解けない」という条件づけがされたこの呪いは、雪原だけでなく白鷹にもセックスを強要するものだ。白鷹は雪原のように呪いが発動することによって理性を奪われているふうではないが、何らかの影響を受けている可能性はある。

もし白鷹が異性愛者なら、呪いに無理強いされる同性とのセックスなど苦痛でしかないだろうし、たとえ元々ゲイやバイセクシャルだったとしても互いに愛のない行為は決して愉しいものではないはずだ。

感じたままに文句や愚痴を言う雪原と違って口に出さないだけで、白鷹も心の中では毎日のセックスを不本意だと思っているのだろうか。何を考えているかわからない部分もあるものの、悪党ではない白鷹が雪原を抱くのは、ひとえに呪いを解かねばならないという責任感からなのだろうか。それゆえに、望まない行為に耐えているのだろうか。

白鷹も辛い思いをしているのだろうか。

訊いてみようとして、だが迷って結局やめた。

頭の中で渦を巻く疑問を「そうだ」と肯定されたら——だから自分もこの呪いの犠牲者なのだと告げられたら、立つ瀬がなくなる気がしたからだ。

「べつにお前を責めてるわけじゃないって言っただろ」

部屋の空気を重苦しいものにしたくなく、冗談のひとつでもつけ加えたかった。

なのに、何も思いつけなかった。

顔を覆う手のひらの下で、落ち着こうと深呼吸をする。けれど、脳が沸騰しそうな快楽に喘いだ野外セックスの疲れがどっと出て、頭も身体も重くなっただけだった。

「……『愛ちゃん』の実家のスーパー、探さないと」

のろのろと起こそうとした上半身を、白鷹にそっと制される。

「私が調べておこう。お前はもう少し休んでいればいい」

「だけど、仕事が溜まってるんだろ?」

「呪いを解くまではお前のことが最優先だ」

「……今、目を閉じたら……少しじゃすまないかも。朝まで寝そうだ」

大きすぎた悦楽のあとの疲弊は深く、告げているあいだにも瞼（まぶた）はどんどん重くなる。

「ならば、眠るといい」

「……このまま寝たら、夜はどうなるんだ？　意識がないまま発情するのか？　それとも、昼間にしたから今晩はなしか？」

「私にもそれはわからぬ。すまぬ……。だが、今宵はずっとお前のそばにいよう。お前が目を覚ますまでここを離れぬゆえ、何も心配するな」

雪原を優しく見つめる紅い目に、窓から流れこんでくる夕陽が反射する。

頭上で万華鏡のようにきらきらと輝く瞳は、何だかベッドメリーのようだった。

胸の中では様々な感情がもやもやと渦を巻いていたが、今この瞬間は静かに凪（な）いだ。

目覚めるまで側を離れないと告げる声音のやわらかさに不思議な心地よさを覚えながら、雪原は眠りに落ちた。


腹が空（す）いた。そう思って身体を起こすと、部屋の中は白々と明るく、窓の外では小鳥たちが軽やかな囀（さえず）りを響かせていた。

大きく伸びをし、枕元のスマートフォンを引き寄せようとした手の下で「おはようございます、紘彰様」と声がした。見ると、スマートフォンの上に小さな蛙がちょこんと載っていた。べつに苦手なわけではないけれど、驚いて思わず「うわっ」と後ろ手を突く。

「私は白鷹様の式神です。白鷹様より伝言を預かっております」

式神だと名乗った蛙は雪原の狼狽を気にするふうもなく、淡々と告げた。

『紘彰、すまぬ。急ぎの用ができたゆえ、しばらく外す。何かあれば電話を』

白鷹の声を放った蛙は「では、番号をお伝えいたします」と続ける。

「え？　あ……、ちょっと待て、待て」

雪原は慌ててスマートフォンを手に取り、ロックを解除する。

聞こえてくる番号を登録し終わると、蛙は「では、これにて」と空に溶け消えた。

「……何で蛙だよ？」

頭を掻きながら雪原はぼやく。どうせなら、寝起きにいきなり目にしても可愛いと思えるものをメッセンジャーにしてくれればいいのに。たとえば、あんこのような。

そう言えば、あんことは一週間近く会ってない。どうしているだろうと愛らしいダンシング管狐に思いを馳せつつ、時間を確認する。

午前六時五十分。昨日の夕食を抜いたまま十時間以上眠りこけていた身体は強い空腹感を訴えているが、松風がこの離れへ出勤してくるのは七時半。

様々な朝の準備に追われて忙しくしているだろう松風に予定外の仕事をさせる電話をするのは気が引けるが、朝食の時間までただじっと待っていることはできそうもない。

単なる空腹ではなく我慢しがたい空腹なので、これはたぶん「何かあった」と主張しても差し支えないはずだ。登録したばかりの番号を早速役立てようとして、ふと迷う。

呪いが解けるまでは雪原を最優先する、雪原が目覚めるまで側を離れないという約束を破らねばならないほどの「急ぎの用」なのだから、よほどの一大事なのだろう。白鷹は今、重要な会議や緊迫した捕り物の最中かもしれない。そんなときに「腹が減った」などと電話をするのはさすがにまずい気がする。それに、また「子供っぽい」と笑われるのも癪だ。

どうしようかと悩みかけて、楼内の食堂や店は二十四時間営業だったことを思い出す。

妖たちが営む料理店には大いに興味はあったのに、これまで利用する機会がなかったのでちょうどいい。今のベストチョイスは松風や白鷹に「腹減った、メシ」と駄目人間のような電話をかけることではなく、楼内グルメツアーだ。

雪原は顔を洗ってTシャツとジーンズに着替えた。今朝は側で白鷹が自分の目覚めを待っていたのだとわかる書き置きならぬ話し置きがあったからか、目覚めの気分は悪くない。

久々に爽やかに感じられる朝の空気を吸いこんで、離れを出る。

このところ味気なかった食事も、今朝ならば初めて食べた朝のような感動を味わえる気がする。そんな期待を抱き、鼻歌でも歌いたい気分で楼を目指して歩いていたさなかのことだ。

ふいに目の前に幸蘭たちが涌いて出て、腕をぐいぐい引っ張られたかと思うと、周りの景色が一変した。驚いて見回したそこは奥の院の前だった。

どうしてこんなところへ連れてこられたのかさっぱりわからなかったし、早く食事にありつきたいのに邪魔をされ、雪原はむっとする。

「おい。何のつもりだよ、お前ら」

掴まれた腕を振りほどこうとしたが、幸蘭たちの力はその華奢な体つきからは想像もできないほど強く、敵わなかった。

幸蘭たちは青青とした葉を茂らせる生け垣に沿って雪原をずるずると数メートルほど引き摺っていき、立ち止まった。そして、くすくすと楽しげに笑いながら生け垣に顔を押し当て、その奥を覗き出す。何人かは「早く、早く」とでも言うように雪原を笑顔で手招きする。

どうやら、幸蘭たちの目的はこれだったようだ。

奥の院には白鷹しか住んでおらず、その白鷹は今は何かの緊急事態に対処中で留守のはず。思考回路がアダルトビデオに汚染された幸蘭たちが覗いてはしゃげるようなことは何もないだろうに、一体何を見せたがっているのかと首を捻りかけ、はっとする。

犬童神社の妹分たち同様、こちらの本家の幸蘭も覗きが趣味のようだが、下働きのものの犯罪現場でも押さえ、意気揚々とそれを報せようとしているのかもしれない。

雪原は生け垣に顔を近づけた。

重なり合う青葉の隙間からまず見えたのは朝日を浴びて輝く池。そしてその上には雅やかに装飾された釣殿のような建造物が浮かんでおり、そこで寛いだ着流し姿の白鷹が美しい白狐の女と向かい合って食事をしていた。

煌びやかな衣を纏っているので女衆ではないらしい白狐の女が箸で皿から持ち上げた何かを、白鷹の口もとへ運ぶ。それを白鷹が食べる。

ふたりは微笑み合いながら、そんな行為を繰り返していた。

仲睦まじさが鼻先まで漂ってきそうな「はい、あなた。あーん」の光景に雪原は思わず眉根を寄せる。その直後、小さな囁き声で「紘彰様」と呼ばれた。

振り向くと、見覚えのある女衆が立っていた。嫁いで来た日に案内をしてくれた女衆のひとりだ。洗濯物らしい色とりどりの布を入れた大きな籠を持つ彼女は自身の唇に人差し指を当ててから、小声で「こちらへ」と雪原を生け垣から離れた物陰へ誘導する。

「いけませんわ、紘彰様。あのようなことをなされては」

覗き行為を咎められ、ばつの悪い思いで事情を説明しようとして、雪原は自分を唆した幸蘭たちがいつの間にか姿を消していたことに気づく。

「……えぇと、ですね……」

今この瞬間は、犬童神社の妹分とは違って少しも役に立たない破廉恥な花の精に腹を立てるよりも、まずは覗き魔の汚名を避けるための弁明に注力しなければならない。

だが、雪原の頭の中は混乱していた。

色々な感情が渦巻いて咄嗟に言葉が出てこず、頰を引き攣らせた雪原に、女衆は「幸様がいらっしゃるときに奥の院へはお近づきになりませんよう」と険しい顔で忠告した。

「幸様は大変ご気性が荒い方ですのよ。もし見つかったら大変です。幸様のことを気にされるのはわかりますけれど、どうかご自重くださいませ」

「あの、その幸様というのは、白鷹と一緒にいた女性……のことですよね？」

「あら。ご存じの上で偵察に来られたのではないのですか？」

違います、と雪原はここぞとばかりに力いっぱい首を振る。

「俺は、幸蘭たちにいきなりここへ連れてこられただけで……」

「まったく、あの子たちときたら。いつも余計な騒動を生んで、本当に困りものですわ」

女衆は眉をひそめ、ため息をつく。

「あの……、それで、幸様というのはどういう方なのですか？」

問うと、女衆の顔に迷う色が浮かぶ。けれど、それも数秒で、ほどなく意を決したように口を開いてくれた。

「御門様がお伝えになっていない奥の院に関することを勝手にお教えするのは本当はいけないことなのですが、先ほどのようなことがまたあれば術師ではない紘彰様のお命に関わるやもしれませんもの。こっそりお教えいたしましょう。幸様は涼風家の臣下筋に当たられるお家の生まれで、御門様との親密なお付き合いが長い方ですの」

まさしく間違えようがないほどの親密な睦み合いを見たのだから、もうわかっていたことだ。それでも、こうしてはっきりと言葉にして示されると胸がざわついた。

「御門様が悪戯ばかりする幸蘭たちを甘やかしていらっしゃるのも、幸様の字を基にして名づけられたせいで愛おしさが勝っておられるせいなのでしょう」

「え。幸せの思い出から咲いた花だから幸蘭、なのではないのですか？」

「そういう意味も合わせての名づけなのだとか」

「……それほど想っているのに、どうして白鷹はあの方と結婚していないのですか？」

琴葉様がいらしたので、と女衆は苦笑いをした。

「形だけのご夫婦とは言え、御門様は元々人間にお優しい方ですし、琴葉様のこともとても大切にされていました。幸様はそれがどうしてもお気に召さなかったのです」

「いや、でも……、秋国の花嫁は形式的な存在に過ぎないのですから、白鷹が本妻に迎えたいと望む方のほうが立場としてはずっと格上ですよね？　秋国のことなんて眼中に入れずに輿入れ、とはならなかったんですか？」

「幸様のお輿入れの話が上がった際のお陰様が琴葉様でなければ、おそらくそうなっていたでしょう。でも、琴葉様は風花楼へ嫁いでこられた方の中では呪禁の力が飛び抜けてお強うございましたから、そのせいでお輿入れの件はこじれてしまわれたようです」

聞けば、白鷹に丁重に扱われる琴葉を害そうとした幸が手酷い返り討ちに遭うという「事件」があったらしい。

「幸様は気位がとても高くていらっしゃるので、そのことがよほど応えられたのでしょう。風花楼へいらっしゃることがぱったりとなくなってしまわれて。我らは皆、そのまま御門様とお別れされることを願っていたのですけれど……。このところ幸様は奥の院によくお泊まりですから、お輿入れの日が近いのではないかと噂になっております」

「……まるで、幸様がお嫌いのように聞こえますが」

「御門様を除外すれば、風花楼の中で幸様を好きなものなどおりませんわ」

尋ねた雪原が戸惑うほどきっぱりと女衆は肯定した。

「気性が荒くて、気位が高い方だからですか？」

「もちろんそれもありますけれど、幸様は金魚の天ぷらが好物という恐ろしい方ですから」

「……金魚？」

「ええ、金魚ですわ、金魚！」

ふいに声を高くした女衆の口が耳元まで大きく裂け、その顔が狐のそれへと変じてゆく。

人型を取る妖が本性を現すのは、よほど感情が昂るか、逆にあまりに気分が弛緩しすぎて理性の箍が外れたときだ。そして、激しい色を宿す女衆の目は明らかに怒りに燃えている。

突然の変化に驚いた雪原が息を呑んで後退った直後、「あら、嫌ですわ。失礼致しました」

と、ゆがみかけていた女衆の顔が元に戻った。

「昔のことを思い出し、つい取り乱してしまって」

「金魚を巡って……、何か揉め事があったんですか？」

幸様が相手では揉め事にすらなりませんでしたわ、と女衆は苦笑する。

「楼内を泳いでいる金魚は誰のものでもありませんけれど、世話をしている我らにはそれぞれにお気に入りの金魚がいて、勝手に名前をつけて可愛がっておりますの。わたくしにもそういう子がいたのですが、ある日突然いなくなってしまって」

「もしかして、幸様に……？」

「ええ……。あんなにも愛らしい生きものを天ぷらにしてむしゃむしゃ食べてしまわれるなんて、あの方の心はきっと邪悪な氷でできておいでに違いありません！」

女衆はその目に憤然とした色を浮かべて、語調を強くする。

「幸様のお輿入れによって、風花楼の誇る美しき金魚たちの空中水槽があの方のための生け簀になってしまうのではないかと、このところ我らは皆、戦々恐々としております。御門様はとても人間がお好きな方ですし、秋国との友好関係を真に深めるためにも、いっそのこと紘彰様をご正室に、と望む声も上がっているくらいですわ」

「俺で力になれることなら協力したいですが、さすがにそれはちょっと無理かと……」

ですわよねえ、と女衆は苦笑交じりのため息をついた。

狐に騙された。そう思って猛然と怒りを覚え、けれど深呼吸をして白鷹の言葉をよくよく思い返してみると、嘘はつかれていないことに気づいた。

――今のところ、妻はお前ひとり。

――奥の院に女たちを囲う気はない。

雪原は秋国との契約更新のたびについてくる粗品的なお飾り妻にすぎないのだから、白鷹には確かにまだ正妻と呼べる存在がいない。そして、気性の荒いらしい恋人を反りが合わない秋国の花嫁がいたせいで長年待たせてしまったあととあっては、側室を置くような愚かな真似(まね)は当面しないはずだ。だから、妖の正室と人間の陰嫁(いんか)がひとりずつでは正妻と愛人ごっこはできても大奥ごっこはできない。

風花楼の外に住んでいるらしい愛しい想い人が訪ねてくれれば、何を置いても会いに行かねばならない「急ぎの用」だ。白鷹は嘘は何もついていない。ただ、伝える必要がないと判断したことを伝えなかっただけなのだろう。

白鷹は女衆の言っていた通り、人間に優しい。秋国から嫁いでくる花嫁が暮らしやすいように様々な配慮をしたり、相談の謝礼として捧げられ続ける大量のいなり寿司を人間が抱く狐のイメージを壊すのも忍びないと受け取るくらいなのだから。

その優しさ自体は疑う余地がないし、誰に対しても濃やかな気配りをする白鷹が、気性が荒く危険な妖狐らしい幸と新しい秋国の花嫁との相性を考慮しなかったはずがない。

あの女衆は幸に姿を見られては大変だと心配していたけれど、たぶんそれは杞憂だ。

幸はおそらく雪原を襲ったりはしない。白鷹が幸のことを何も教えないまま雪原に奥の院への出入りを許し、呪いについての口止めもしなかったのがその証拠のように思う。

琴葉のように呪禁を操る力もなく、女ですらない雪原など幸にとっては取るに足らない存在に違いない。雪原と鉢合わせしたところで、幸はきっと無視するだけ。白鷹はそんな幸の心情を正確に把握し、忠告の必要はないと考えたのだろう。

そうした扱いを、雪原が「蔑ろにされた」と腹を立てるのはお門違いだ。頭ではそう理解している。だがそれでもやはり、話してほしかったと思わずにはいられない。

生涯の友になりたいという言葉が偽りでないのなら、なおのこと教えてほしかった。

雪原は白鷹が嫌いではないし、気がつけば法曹の先達として仰ぎ見る気持ちが芽生えていた。だからこそ、白鷹の判断に心を傷つけられた。

呪いが解けるまでは雪原を最優先にすると告げた白鷹の中の本当の「一番」は幸だった。

それはつまり、呪いを解くことに尽力するのは雪原のためと言うより、幸に対する不実な時間を少しでも短くしたいがためということなのだろう。

白鷹が時折、何だか苦しげな表情を見せるのも、雪原への深い謝意や幸蘭たちの躾に失敗したことへの後悔というよりも、おそらく幸への罪悪感から。

だとすると、昨日の神社での行為の最中に白鷹が呟いた「すまない」というあの謝罪は、雪原ではなく幸に向けたもの――。

耳に引っかかっていた言葉の意味が判明しても、少しもすっきりしなかった。

むしろ胸の中の靄(もや)は濃くなってゆく。

このところ幸は奥の院によく泊まっているそうなので、雪原が御寮の間でひとりで目覚めた朝はきっと幸と朝食をとっていたのだろう。先ほどのように仲睦まじく。

あの様子では幸のほうは呪いのことを意に介していないふうだが、情の濃やかな白鷹にとっては愛するものがいるのに愛してもいない相手を抱かねばならないのは大きな苦痛に違いない。それは雪原にも理解できる。けれども、こんな状況に陥ってしまったそもそもの原因は白鷹が幸蘭の躾を怠ったせいだ。白鷹の監督不行き届きのせいだ。

雪原は決して好き好んで白鷹に抱かれているわけではない。妖と初体験などしたくなった。なのに、自分ではない恋人を想いながら抱かれたあげく、事の最中にその恋人への謝罪を聞かされるなど最低だ。最低すぎる。

自分は呪いにかけられただけの純然たる被害者なのに、どうしてこんな思いをしなければならないのだろう。

考えれば考えるほど自分の境遇を理不尽に感じ、怒りがふつふつと滾(たぎ)った。

ただでさえ怒りはエネルギーを消耗するのに、奥の院から風花楼へ歩いて移動しなくてはならなかったせいでよけいに腹が空いた。雪原は楼内で最初に目についた店に飛びこんで「何でもいいので一番早く出せるものを」と注文する。お飾りの男陰嫁でも一応は白鷹の妻なので張りきってくれたのか、いつもそうなのかはわからないが、ものの数秒で出されたのは山盛りのしらすの上に梅干しが載せられた丼だった。

それを掻きこんで離れに戻ったところへちょうど、赤系の色がカラフルに配置された七宝(しっぽう)模様の松風が出勤してきて、朝食のメニューを高らかに告げる。

「お喜びください、紘彰様！　今朝はいつもの和なお膳ではなくお洒落(しゃれ)なカフェ風で、しかも卵とトマトとアボカドがたっぷり載ったトーストにふわっふわのオムレツ、しゃきしゃきレタスと卵のサラダにとろとろチーズと卵のスープという、これでもか！　な卵尽くしでございますよ！　献立はわたくしが考えました！」

丼一杯では満腹にはならず、元々こちらで出される朝食も食べるつもりだったが、松風がメニューを考えてくれた卵尽くしならなおのことだ。

リビングのローテーブルに並べられた朝食もすべて続けざまに胃に収める。

空腹はすっかり鎮まったし、どの料理も決して不味いなどとは感じなかった。

なのに結局、今朝の食事も何かが決定的に物足りず、感動とはほど遠いものだった。

もやもやするばかりでどうにも楽しめなかった二度目の朝食を終えてソファの上で仰向け

になっていると、納戸からスティッククリーナーを出してきた松風に眉を寄せられた。

「紘彰様、そんなところでごろごろされていると掃除ができませぬ」

「俺のことは気にせずやってくれ。腹が重くて動けないんだ」

本当に重いのは胸のほうだったが、雪原は「美味くて食い過ぎた」と腹をさすっておどけて見せた。


「紘彰、どうした。体調が優れぬのか？」

寝そべったソファからぼんやり眺めていた松風の掃除が終わりかけた頃、白鷹が現れた。奥の院の釣殿で幸と身を寄せ合っていたときは着物を纏っていたが、今はその痕跡を消すかのようなスーツ姿だった。

「……べつにどこも悪くない。快調だ」

「紘彰様はお腹が重くて動けないだけなのです。今朝は卵尽くしのご朝食をお出ししたところ大変お喜びくださり、それはもう目一杯お召し上がりでしたゆえ」

松風がスティッククリーナーの電源を切り、笑う。

「ほう。朝餉の卵を食べ過ぎたのか？」

「昨日の夜を抜く羽目になったから、腹が減ってたんだよ」

やわらかくたわんだ紅い双眸から目を逸らし、雪原は身体を起こす。

「いつも思うのですが、紘彰様は大きななりをされていらっしゃるのに中身はまるで小さな子供のようでございます」

「……俺のどこが子供だよ？」

「そうですね。洗面所でお顔を洗われていたり、このようにソファでごろごろしながらゲームをされているときにわたくしがお食事やお洗濯物をお運びいたしますと、とても大きなお声で『ありがとな』や『おう、サンキュー』などと仰るところなどは特に」

「何でだよ？　言うべきときに礼を言うのは、大人のマナーの基本だぞ」

「大人は謝意を伝える際、あのように力いっぱい叫んだり、節をつけたりはいたしませぬ。ゆえに紘彰様は小さな子供のようでございます」

「本物の子供のくせに年上の大人を揶揄うなんて生意気だぞ、松風」

「何と！　わたくしは確かに風花楼に仕えるものの中では一番の若輩でございますが、紘彰様よりはずっとずっと年上でございますれば！」

え、と雪原はまたたく。

「松風はいくつなんだ？」

「六十歳でございますよ！」

六歳児のような愛らしさを振りまきながら松風は答えた。

「……それで一番若い……のでございますか？」

丁稚（でっち）奉公（ぼうこう）中の少年のようなイメージを抱いて接していたぶん、自分の親よりも年上だったとわかって狼狽えた雪原に、松風が「さようにございます」と頷く。

「歳はわたくしのほうがずいぶんと上でございますが、紘彰様はお陰様なのですからどうか今まで通りで」

「それで、いいのか……？」

「もちろんでございます」

松風は悪戯っぽく頷いて、「ふふふ」と微笑む。

「――あ。じゃあさ、白鷹はいくつだ？」

ふと、そのうち訊いてみるつもりで失念していたことを思い出し、尋ねた。すると、松風が口を開くより先に白鷹が「ここはもうよい。下がれ」と命じる。

唐突な命令には慣れているのか、松風は特に不思議がるでもなく「では、ご用の際はまたお呼びくださいませ」とぺこんとお辞儀をして退室した。

「何で歳を隠すんだよ」

どうしても知りたかったわけではなかったけれど、胸の中で重く蟠（わだかま）るもののせいで「クソ狐め」と吐いてしまう。

「体調は悪くなくとも機嫌が悪いようだな。卵の食べ過ぎで胸焼けでも起こしたのか？」

揶揄う口調を向けられて、雪原は鼻筋に皺を寄せる。化け狐のイチャつき合いが目の毒だったせいだと投げつけようとして、寸前で呑みこんだ。

不可抗力だったとは言え、幸蘭たちの覗きに加担したことを知られるのは嫌だった。それに何より、儀式上の妻にはしても家族になる気はないとこんなにもはっきりと線引きをしてくる白鷹のプライベートに口を挟む権利など自分にはないとわかっているから——。

十分わかっている。理解している。それでも、どうにも胸のむかつきを抑えられずに苛立ってしまい、眉間の皺が深くなってしまう。

「化け狐がいつまでも姑息に歳を隠すせいだ」

「隠したのではなく、誤解を防いだのだ。松風は自分ではもう大人のつもりのようだが元服までにはほど遠く、人間の歳に換算すればまだランドセルを背負っているような子供だ。楼内に流布する無責任な噂の真偽を見極める目を持っているとは言いがたいゆえな」

「その口ぶり、お前は松風の十倍くらいは生きてるってことかよ、化け狐」

「お前はなぜそうも私の歳を気にするのだ？　人間のお前には、私が六百歳でも六千歳でも変わらぬであろうに」

「変わる。六百歳なら戦国時代のあれやこれやを聞きたいし、六千歳なら日本の成り立ちを聞きたい」

雪原の放ったごまかしに「お前は歴史オタクだったのか？」とおかしげな笑みが返される。

「歴史の講義はいずれまたな。それよりも朗報がある」

言って、白鷹は手に持っていたスマートフォンを見せる。

その画面には「モリプラザ」というスーパーマーケットのホームページが表示されていた。

雪原は会社概要をタップする。「モリプラザ」は長野市を中心に約五十店舗を展開する地域密着型のローカルスーパーで、弾ける笑顔の写真つきで載っている代表者の男性の名字は「森下」。五十代に見えるので、おそらく愛花の父親だろう。

「『モリプラザ』……。へえ、これが森下愛花の実家のスーパーか」

「このご時世だ。ネットではさすがに社長宅の住所までは検索できなかったが、向こうへ飛んで地元の妖共に聞きこめばすぐにわかるであろう」

そうだな、と雪原は小さく頷く。

「どうした？　ゴールが目前に見えてきたのにあまり喜んでおらぬな」

「……呪いの発動が二十四時間周期じゃないんなら、本当におちおち出歩けないだろ。どうしたものかと思ってさ」

「そのことだが」

なぜか白鷹の歯切れが急に悪くなる。

「昨夜、幸蘭たちに確かめたのだが、神社での発情は外的要因によるイレギュラーなものだったそうだ」

「外的要因って？」

神社の幸蘭だ、と白鷹は言った。

「風花楼の幸蘭と犬童神社の幸蘭はそれぞれ独立した存在ではあるが、情報は共有している。お前が発情したところを自分たちも見てみたいと思い、発動の周期を無理やりねじ曲げたらしい。神社の幸蘭たちは年若いぶん、有り余る力を暴走させ気味なのだ」

「……心の底からクソ迷惑な覗き趣味だな」

もっと尖った嫌味を数珠つなぎで投げつけてやりたかった。

けれど、もう起きてしまったことをとやかく責め立てたところでなかったことにはならないのだからという諦めが大きいせいか、それ以上はため息しか出てこなかった。

「まったくもってその通りだ。すまぬ、紘彰」

「すんだことはもういい」

自分を納得させるように、雪原は強い口調で応じる。

「それより、今の話は要するに、あの神社に行きさえしなきゃ、今後は真っ昼間にサカることはもうないってことなのか？」

「おそらくは。まだあと数日は様子を見て判断すべきだが、これまでは二十四時間周期で発動しているゆえ今後もそのはずだ」

「そう言えば、俺、昨夜の十時はどうなったんだ？　あのまま朝まで目が覚めなかったし、昼のぶんで夜はチャラになった……んだよな？」

　目覚めたとき、足腰には多少の違和感があったが、特に意識するほど強いものではなかった。それに、ベッドにそんな痕跡もなかった。だから、身体に残る違和感は神社での濫行(らんぎょう)の名残(なごり)だろうと――昨夜は白鷹に添い寝されて見守られていただけだったのだろうと思っていた。けれど、そんな雪原に、白鷹は申し訳なさげな表情を浮かべて首を振った。

「そうなることを私も願ったが、神社でお前を発情させたのは、あくまであの場一度限りのものとして生み出された呪いだったのだ。言ってみれば、元々の呪いをベースにして作られた新たな呪いにかけられたようなもの。それゆえ、こちらの幸蘭がかけた本家本元の呪いは通常通りに発動した」

「それってさ……、つまり、俺は、寝ながらお前にヤられたってことか？」

「そうだ」

「――マジかよ！」

　雪原は思わず叫んで頭を抱えた。

「強制青姦の上に強制睡姦って、何の罰ゲームプレイだよ！」

「すまぬ、紘彰。お前にこのような無体を強いることになり、何と詫びればよいか……。償いになることなら何でもするゆえ、言ってくれ」

「――だったら」

家族になりたい。白鷹にとって大切なことをちゃんと報されるような家族に。

反射的にそんなことを考えた自分に驚いて、雪原は舌に乗りかかった言葉を嚙み殺す。

「どうした？　遠慮などすることはないのだぞ、紘彰」

「だったら、さ……」

あの覗き魔共を罰してくれとでも言い繕おうとして、こちらもやめる。

風花楼でも神社でもいいように遊ばれて腹は立っているものの、幸蘭たちが酷い目に遭えばいいと本気では思えなかった。人ではないものに誑かされている気もするけれど、あどけなさの残る女子高生のような顔立ちをしているせいで、どうにも憎みきれない。

興味本位でかけられた呪いに操られ、一週間にも満たないあいだにまるでセクシー女優のような経験を強制的に積まされたことは、先週まで童貞だった身には確かに応えた。しかも相手は雄の狐だ。一般人よりは高い倫理観を持っていたつもりの自分が狐の妖と色欲にまみれている現実は大いにショックだ。だが、その感情に怒りは伴っていない気がする。幸蘭や白鷹を何が何でも絶対に許せない、とは思わないのだから。

そのくせ、自分の置かれた境遇をこの上なく理不尽で耐えがたいものに感じている。

胸の奥をじりじりと炙って焦がす渇望にも似たそんな波立つ気持ちを癒してくれるものが何なのか、雪原にはわからない。

白鷹のことは嫌いではないけれど、あの女衆が戯れに口にしたように正妻の座におさまりたいなどとは思わない。

なのにどうして咄嗟に「家族になりたい」などと思ったのだろう。歳の離れた白鷹と親子や兄弟のような絆を結びたいのだろうかと考えてみたが、どうもしっくりこない。

自分の心が一体何を欲しているのか理解できず、雪原は眉根を寄せる。

「紘彰？」

白鷹が訝る視線を向けてくる。

あまり長いあいだ黙っているのも不自然で、雪原は「青姦と睡姦のダブルショックのせいで、つい理性の箍がゆるんで誘惑に負けそうになってさ」と肩をすくめた。

「シェフを『サルヴァトーレ』から攫ってきて俺だけのシェフにしてくれ、なんてうっかり言いそうになったけど、愛は呪いや妖術からは生まれないもんな。やっぱり、こういうことは地道に好意ポイントを稼ぐ以外に道はないいんだよな」

不審がられないよう、雪原は軽い口調で言って立ち上がる。

「そのためにも、まずは森下愛花を見つけないとな。あ、長野へも転移できるのか？」

「無論だ」

「なら、目指すは今日中の発見だ」

張りきったふうを装ってスーツに着替えていたときのことだった。

鹿沼から時間があれば「サルヴァトーレ」に立ち寄ってほしいと電話があった。

「朝早くからお呼びだてしてまってすみません」

白鷹を伴って「サルヴァトーレ」を訪れると、コックコート姿の鹿沼がカウンター奥のキッチンから恐縮顔で出てきた。

時刻は午前九時前。鹿沼がひとりで開店準備中の店内には朝の静けさと、何かが煮込まれているらしいいい匂いが漂っていた。

「あれ、白鷹様もご一緒でしたか」

「ええ。私は便利に使われる役として付き添っています」

「なるほど。日本一の白狐様がアシスタントについていてくだされば、確かにとても心強いですものね」

微笑んで、鹿沼は「ところで」と言葉を継ぐ。

「これ、昨日届いた森下さんの葉書なんですが……」

言いながら、鹿沼は手に持っていた葉書を差し出す。

これまで受け取ったぶんは風花楼を訪れた日に誤配達としてポストに投函したが、その翌日と昨日もまた愛花からの葉書が届いたそうだ。そして、昨日の葉書はこれまでのものと様子が違っており、鹿沼はそのことが気になったのだと言う。

「もう裏面の文章には目を通していませんが、これ、涙の跡なんじゃないでしょうか？」

見ると、葉書の表面に綴られた文字は読むのに支障はないものの、数ヵ所が水滴を散らしたように滲んでいた。

「調べてみたら、長野も東京と同様、ここしばらく快晴が続いているようなので、雨に濡れたわけではないようですし……」

「と言うことは、シェフの仰る通り、涙かもしれませんね」

愛花と昇が一緒に訪れるつもりだった葵葉稲荷の夏祭りは二日後。昇と連絡が取れないまま約束の日が目前に迫っていることで感情が昂ったのだろうか。

「はい……。涙の跡だと思って見たせいかもしれませんが、私には何だかとても悲しんでいるような字に見えたものですから、この葉書はポストに差し戻す前に雪原先生にも見ていただいたほうがいい気がして……。森下さんに何かあったんでしょうか？」

心配そうな鹿沼に、雪原はこれまでの捜索から得た情報とそれに基づいた私見を話す。

愛花と昇が結婚の約束をした恋人同士だったことや、彼女がストーカーである可能性はほぼないことを知った鹿沼の表情に幾分安堵したふうな笑みが浮かぶ。

「そうでしたか……。では、雪原先生と白鷹様はこれから長野に行かれるんですか？」

「ええ」

「私のお願いのせいでご足労をおかけしてしまい恐縮です」

「恐縮なのはシェフの料理を食べ放題でいただける俺のほうですよ。長野へ行くと言っても狐の妖術で瞬間移動ですから、来栖坂で岩井さんの消息を調べるのと大差ないですしね」

そんなやり取りをしていたさなかのことだ。

「わあ、先生だ！　やっとご飯食べに来たの？」

眼前の空中にあんこが現れ、雪原に飛びつく。

「ぼくね、ぼくね、ボロネーゼがたっぷりかかったスパゲッティが食べたいな！　それから、ラザニアも！」

休暇に入る前まではほとんど毎日のように「サルヴァトーレ」に通い詰めていたので、一週間近く会わなかったのは初めてのことだ。そのせいか、あんこは小さな顔を雪原の頬に擦りつけ、長い尻尾をぶんぶんと振り回し、まるで子犬のように甘えてくる。

「今週は先生がちっとも来てくれなかったから、ぼく、お腹ぺっこぺこで死んじゃいそうだったんだよ！」

大きな真っ黒の目を潤ませて訴えられ、つい絆されそうになる。

けれど今はあんこの相手をしている暇はないし、管狐の適切な食事回数は月に一、二度のはずだ。雪原は心を鬼にして険しい表情を作り、「嘘つけ」とあんこの鼻先を押す。

「お前は明らかに食い過ぎだ。ぶよぶよのみっともない管狐になる前に少し摂生しろ」

「ぼく、全然ぶよぶよなんてしてないもん！」

あんこは両方の前肢をぴっと挙げて叫ぶ。それから大きな三角耳をしなしなと下げる。

「こんなにお腹が空いてるんだもん。お腹と背中がくっついて死んじゃうかも……」

お腹が空いたよう、死んじゃうよう、とあんこが甘えながら擦りつけてくるその小さな身体の感触はぷにぷにぽよぽよ以外の何ものでもなかった。

けれど、潤んだ瞳で上目遣いに見つめられると、鬼にしたつもりの心が激しく揺れる。

拾い食いも盗み食いもしてはいけないという言いつけをちゃんと守っていたようだし、鹿沼に何か昨日の余り物でもあれば出してもらおうか。

そう思った雪原の眼前で、あんこがふいに空高く浮いた。

「ほう。お前は死にそうなほど空腹なのか」

白鷹に首根っこを摑まれたあんこは、しばらく「これ、だれかしら?」と驚いているかのようにきょとんとしてぷらぷら揺れていた。だが、やがてはっとした表情になったかと思うと全身の毛を逆立て、「きゃー、狐のお化けぇ!」と悲鳴を上げた。

「先生、助けてぇ! ぼく、食べられちゃう!」

短い手足をじたばたと動かして助けを求めるあんこは、どうやら今初めて白鷹を妖だと認識したようだ。あんこは言ってみればまだ生後数ヵ月だし、これほど白鷹と接近したこともなかったので、今までは同じ店内にいてもその気配に気づけなかったのだろう。

「あっちいってぇ! ぼく、美味(おい)しくないよう! お腹ぺこぺこで、骨と皮だけのガリガリだもん！　食べたって美味しくないよう！　お口に骨が刺さっちゃうから！」

あんこはぽたぽた涙をこぼして懸命に訴える。

「よせよ、あんこが怖がってるだろう。まだ子供なんだから乱暴に扱うな」

自分の被毛がいかにつやつやしく、その下にはぷくぷくと脂が乗っているかをいずれしっかり自覚させなければならないと思いつつ、雪原はあんこを白鷹から奪い取って抱く。

「先生ぇ～、狐のお化けがぼくを食べようとしたよう！　怖かったよう！」

あんこは「ふえっ、ふえっ」としゃくり上げながら、雪原にしがみつく。

端から見ているぶんにはあんこのひとりコント劇場だったけれど、当のあんこにとっては相当の恐怖体験だったようだ。小さな身体がぷるぷると小刻みに震えている。

「この狐のお化けはお前を食ったりしないから安心しろ」

「だが、お前には少し働いてもらおう」

まるで、役に立たなければ食ってしまうぞとでも言いたげな口ぶりに、怯えたあんこが「先生ぇ～！」としがみつく力を強くする。

「……あんこに何をさせる気だよ？」

「葉書についた涙の匂いを追わせる」

あんこは匂いを嗅いだだけで料理の材料を当てられるほど鼻がいい。

雪原たちの会話を盗み聞きしてその特技を知っていたのだろう白鷹は、どうやらあんこに警察犬の真似事をさせる気らしい。

「いくら何でも無理がありすぎないか、それ。長野から配達されてきたんだから、葉書に付着してるのは涙の匂いだけじゃないんだぞ。それに、涙だってつきたてじゃないんだしさ」

「大丈夫だ。空腹の管狐は恐ろしく鼻が利く」

言って、白鷹は「貸していただけますか」と鹿沼から葉書を受け取り、それをあんこの鼻先へ持っていく。

「そこについている涙の匂いを辿れるか？」

「……できたら、ぼくを食べない？」

「ああ、食べぬと誓おう」

白鷹が頷くと、あんこはそろそろと葉書に鼻を近づける。そして匂いを嗅いだ途端、耳と尻尾が電波をキャッチしたアンテナのようにぴんと立った。

「わかったよ！　あっちから同じ匂いがする！」

あんこが「あっち」と指さしたのはまさに長野がある方向だった。

「まじか！　お前の鼻、すごいんだな！」

腕の中で「えへへ」と得意げな笑顔になったあんこを褒めてから、雪原ははたと気づいて眉を寄せる。

「――おい。あんこにこんなことができるなら、何で最初から教えないんだよ？」

白鷹以外の妖の手をわざわざ借りようとは思わないけれど、白鷹と同じ身内のような存在のあんこなら話は別だ。

　あんこの能力を知っていれば熱波に耐えながら白昼の来栖坂を何日も歩き回ったり、あの神社でセクシー女優になる呪いをかけられたりすることもなかったかもしれないのに。

「こやつが死にそうなほど空腹だと今知ったからだ。常にしまりなく腹を膨らませている管狐では何の役にも立たぬし、たとえ早い段階でこやつの能力について教えていたところで、捜索に使うためだけにわざと飢えさせることなどお前にはできなかったであろう?」

「それはまあ、そうだな……」

　とてもそんなふうには見えないが、あんこが「死んじゃいそう」と訴えるほど空腹になったのは、雪原が「サルヴァトーレ」に一週間来られなかったから。

　来られなかったのは様々な偶発的な出来事が重なった結果だ。そして確かに、雪原にはその知識があったとしてもあんこを故意に飢えさせるような残酷な真似はできない。

　ならば、あんこの秘めた能力を知るタイミングとしては今がベストだったのだろうと納得した雪原に、鹿沼が「あの」と首を傾げて問いかけてくる。

「先ほどから『あんこ』『あんこ』と仰っていますが、小豆(あずき)の妖怪でもいるんですか?」

　鹿沼にはあんこが見えていないらしい。

　もう風花楼の関係者なのだからとうっかりしていたが、不思議な縁で妖の世界と繋がっても、それで鹿沼が何らかの霊力を得たわけではないようだ。

「や、ここにいるのは小豆の妖怪ではなく管狐と言ってですね……」

雪原は口籠もり気味にあんこの説明をする。

あんこに「サルヴァトーレ」を住処(すみか)として勝手に提供したわけではないし、妖なので衛生的な問題が発生するわけでもないけれど、何となく裏庭の物置にこっそり匿っていた捨て犬を見つけられてしまった子供のような気分でばつが悪かった。

鹿沼にしても、自分の店に妖が棲(す)みついていることを知れば不安に思ったり、不快に感じたりするかもしれない。そんな心配が一瞬脳裏をよぎる。

だが、返ってきたのは幸運にも「じゃあ、私は知らないあいだに妖怪を飼っていたんですね」と面白がるように弾む声だった。


あんこの嗅覚は驚異的だった。何しろ、付近に森下一家が住んでいる可能性が高そうな「モリプラザ」の本店前に転移するやいなや森下愛花を見つけ出したのだから。

「いたよ、涙の人！　あの人だよ、先生！」

雪原たちを先導するあんこの視線の先には、日傘を差し、柴犬が混ざっていると思(おぼ)しき雑種犬を連れて歩くワンピース姿の小柄な女性がいた。

「えらいぞ、あんこ。よくやった」

雪原はあんこの頭を撫で、白鷹にはここで待っているよう告げる。見知らぬ男ふたりにいきなり呼びとめられると、愛花が恐怖心を抱くかもしれないと思ったのだ。

華奢な背を追い、「森下愛花さんでしょうか？」と声を掛ける。

立ち止まってゆっくりと振り向いた彼女は、昇とは似合いの二十代なかばに見えた。透けるような白い肌と清楚に整った目鼻立ちが印象的だ。

「突然、申し訳ありません。私は東京の来栖坂で弁護士をしております雪原と申します。岩井昇さんのことでお話がありまして」

雪原を不審そうに見据える愛花の双眸がふっと細くなる。

「ああ……、時々テレビのニュースでお見かけする方ですよね？」

どんな形であれ世間に存在が認知されていると職業詐称を疑われず、話が早く進んで便利ではある。苦笑気味に差し出した名刺を、愛花は小さく会釈をして受け取った。

「あんな嫌がらせをしつこく続けていたらストーカーだって訴えられるかもとは思ってましたけど、まさかこんな有名な弁護士先生が来ちゃうなんてびっくり」

愛花は笑おうとして失敗したふうに頬をゆがめた。

「……せめて、教えてもらえませんか？　私、どうしてそこまで嫌われたんでしょうか？　昇さん、誰かほかに好きな人でもできたんですか？」

「私は昇さんに雇われたわけではありませんし、直接存じ上げてもいないので無責任なことは言えませんが、それでも私が聞き及んだお人柄や事情から察するに、昇さんは心変わりをしてあなたとの連絡を絶ったわけではないと思います」

「――え？　それは……、どういうことですか？」

「昇さんのことも含め、私がここへ来た理由をお話ししたいので、少しお時間をいただけないでしょうか？」

愛花は驚いた表情を見せつつも、躊躇うことなく「はい」と応じた。そして、足もとでくるんとした右巻きの尻尾を振りながらおとなしく待っている犬を見やる。

「この子を家に置いてきますから、あそこのお店で待っていていただけますか？」

道路の向かいにある、昭和レトロな雰囲気が漂う喫茶店を指さして愛花は言った。


「その新しいオーナーシェフの方には、何も知らなかったとは言え、大変ご迷惑をおかけしましたとお伝えください」

雪原の話を聞き終わると、愛花は申し訳なさげに頭を下げた。

「はい。それでですね、依頼人の鹿沼シェフは、できれば昇さんにも森下さんが連絡を取りたがっていることを報せて差し上げたいと希望されています。必ず見つけ出せるという保証はありませんが、そのようにしてもかまいませんか？」

「いいえ、それは結構です。昇さんのことはもう忘れますから」

　葉書ではあんなにも未練を香らせていたので、そのきっぱりとした即答に雪原は驚く。

「……ええと、差し支えなければ、理由をお伺いしてもかまいませんか？」

「はい。故意ではなかったとはいえ、とんでもないご迷惑をおかけしたのですから、事情はちゃんとご説明するのが筋ですしね」

　愛花は伏し目がちに苦笑いをこぼし、話し出す。

「私には美大志望の妹がいて、去年の夏休みに東京の美術予備校の夏期講座を受けたんです。二週間ホテル暮らしをしなければならなかったので、私がお目付役として同行しました」

　宿泊したのは父親の知人の親戚が経営するという「ホテル来栖坂」。ホテル名に「来栖坂」とついてはいるが、実際の所在地は犬童町だったそうだ。

「私も妹も来栖坂界隈は初めてで、おまけにふたりとも地図がまるで読めない極度の方向音痴だったものですから、駅を出てものの数分で迷子になってしまって……」

　どうしてもホテルに辿り着けず、途方に暮れていたふたりに救いの手を差し伸べてくれたのが、仕入れ帰りに通りかかった昇だったのだそうだ。

「そのときはお互いにそれっきりのつもりでした。でも私、翌日以降もホテルの周辺で再三迷子になって、そのたびに昇さんに助けてもらったんです。あの辺りは昇さんが仕入れの行き帰りに使う道で、私の外出時間も毎日大体同じだったので、冷静になって考えてみるとそれほど不思議な鉢合わせではなかったんですが、あのときは何だか運命の巡り合わせのように感じてしまったんです」

昇との恋はそんなふうにして始まったらしい。

「でも、お目付役としての同行でしたから、妹が同じ部屋で課題に励んでいる夜に抜け出すなんてことは無理で、会えるのは昇さんのお昼休みのあいだだけでした。ホテルの近くの小さな神社で……。あのときの気持ちを言葉で説明するのは難しいのですが、会うたびにお互いを運命の相手だと思う気持ちが強くなりました。それで、気がつけば結婚の約束をしていたんです。それから……、今年の葵葉稲荷のお祭りに行く約束も……」

「睡蓮池の橋を渡るために、ですね？」

そう問うと、愛花は長い睫（まつげ）に縁取られた目を少し意外そうにしばたたかせた。

「弁護士さんもご存じなんですね。じゃあ、葵葉稲荷のあの恋のおまじないはそんなに効くって有名なものなんですか？」

「効果のほどはわかりませんが、ちょっと訳ありのカップルが橋を渡ったあとに幸せな結婚をされた話を聞いたことならあります」

その話を雪原に聞かせた白鷹は、今は通路を挟んだ隣のテーブルでコーヒーを飲んでいる。

そして、手柄を立てて意気揚々のあんこは「サルヴァトーレ」に戻るまで待ちきれないと空腹を訴え、すまし顔の化け狐の陰に隠れてミートソース・パスタを頬張っていた。時々「う〜ん、セロリが香る〜！」「ミートソースが肉肉し〜い！」「シェフのボロネーゼよりは全然美味しくないけどとっても美味し〜い！」などと発表される感想が聞こえてくる。

ほんの一時間前は白鷹に対してあんなに怯えていたのに、好物を奢られてすっかり懐柔されている様子だ。

「昇さんも、お祭りの日にあの橋を渡ったら幸せな結婚ができるんだって言っていました。彼は口数が少ない人だったので、そのぶんロマンチックなプロポーズをされているような気になってしまって……。やっぱり、夏の恋って変な魔力があるのかもしれませんね」

淡々と言葉を紡ぐ愛花の唇が、そのときかすかに震えた。

「去年は夏祭りの前に妹の夏期講習が終わり、長野へ帰らないといけなくて……。だから、約束したんです。妹がぴりぴり神経を尖らせてる受験生でなくなったらすぐにお互いの家族に話そう、今年のお祭りで睡蓮池の橋を手を繋いで渡って夫婦になろうって……」

長野に戻ってからも毎日そんな電話やメッセージを交わして愛を育んでいたが、半月ほどが経った八月の末のある日突然、連絡が一切取れなくなったのだという。

「最後に届いたのはこのメッセージでした」

そう言って、愛花はテーブルの上にスマートフォンを置く。

——君とのことは間違いでした。ごめん。約束はなかったことにしてください。

「いきなりこんなことになって、最初は結婚詐欺にでも遭ったのかと思ったんです」

愛花は自嘲するふうな表情になり、「でも」と続けた。

「私は昇さんとお金の話は何もしていませんし、身体の関係もありませんでしたからそういう目的で弄ばれたわけでもないはずで、本当に訳がわかりませんでした。長野に戻るとき、何かあったときのためにって自宅とお店の連絡先も教えられていたので、そちらの番号に掛けたり、お店に直接乗りこんだりしていれば、何の関係もない方々にこんな恥ずかしいご迷惑をおかけせずにすんだんでしょうけど……。でも、昇さんのお父さんやお母さんに自分のことを何と説明すればいいのかわかりませんでしたし、もしかしたら昇さんには奥さんがいて、私と会ったときはたまたま喧嘩(けんか)中とか別居中で離婚するつもりだったはずがよりを戻したから私は用済みになったのかしらとか色々思い悩んで、結局何も行動ができませんでした。いつの間にかもう考えるのも辛くなって、昇さんにとって私とのことはきっと夏の熱病みたいな恋で、夏が終わって目が覚めただけなんだろう、だから忘れよう、忘れようと自分に言い聞かせるうちに、本当にそんな余裕なんてなくなることが起きてしまって……」

それは「モリプラザ」の倒産危機だったそうだ。最大の取引先だった業者が倒産したことで「モリプラザ」の資金繰りも一気に悪化し、共倒れ寸前だったらしい。

「受験が目前に迫っていた時期に美大どころか大学への進学自体を無理やり諦めさせられた妹が、とにかくもう酷く荒れたんです。家の中がまるで嵐のような毎日が続いて……、しばらくは昇さんのことなんて頭から消えていました」

話を聞くうちに雪原は気づいた。語られる言葉の中で使われているのは過去形だし、ひと月ほど前からは昇への葉書の送付も始まっている。ということは――。

「でも、今は持ち直されたんですよね？」

確信を持って尋ねた雪原に、愛花は「はい」と応じる。

「甲信越一円で色々手広く事業をされている方がコインランドリーの経営も始めるそうで、うちのスーパーの全店舗にしばらく家賃なしで出店することと引き換えに援助を申し出てくださったので。先月、その方から結婚を前提とした交際を申し込まれました」

「え……」

「べつに家のための身売りなんかじゃないですよ。嫌なら断っていいし、それで会社同士の今後のお付き合いがどうこうなったりもしないとはっきり言われていますから」

そう告げた愛花の表情には、確かに悲壮感のようなものはなかった。

けれど、その結婚を本心から望んでいるふうにも見えなかった。

「歳はちょっと離れていますけど、すごくいい人なんです。でも、彼にプロポーズをされたことで、ふいに昇さんのことを思い出して……。それで、彼に返事をする前に、昇さんが一体どんなつもりで私と結婚の約束をしたのか、どうしても確かめたくなってしまったんです。ひと夏の熱病みたいな恋だったからでも、奥さんがいたけどあのときは離婚する気だったたからでも、理由は何でもいいんです。私はただ、自分があんなにも苦しむ羽目になった原因を知りたかっただけなので。でも……、正直なところ、復讐心も多少はあったので、送りつけるのは手紙ではなく葉書にしたんです。葉書なら家族の誰かが文面を読むかもしれないでしょう？　それでちょっとした家庭不和でも起きれば溜飲を下げられるなって思って……」

「……森下さん。昇さんが連絡を絶ったのはたぶん」

言いかけた雪原の言葉を、愛花が「わかっています」とやや強い口調で遮る。

「ぼんやりした箱入り娘の私に苦労はさせられないとでも思ったんでしょう。私たち、一緒にいた時間は短かったですが、それでもちゃんと通じ合えていたつもりだったので、そういう理由ならとてもしっくりきますし納得もできます」

少し伏し目がちに言った愛花は一呼吸置いて、雪原をまっすぐに見た。

「弁護士さんは夫婦ってどんなものだと……、どうあるべきだと思いますか？」

唐突な質問を向けられ、つい苦笑が漏れる。

「人の数だけ異なる答えがあるような質問ですが、そうですね……、夫婦とはお互いへの確固たる愛情と信頼と尊敬によって結ばれた存在であるべきだと思います」

素敵ですけどすごく弁護士さんっぽい答えですね、と愛花は微笑んだ。

「私は、喜びも苦しみも、人生で起こるすべてのことを分かち合えるのが夫婦だと思います。だから、自分の両親のような夫婦が理想なんです。母は会社の専務ですが節税対策のお飾り役員じゃなく、しっかり仕事をして会社を支えています。うちのお店が潰れそうになったとき、妹の今後も含めて父と意見が対立したこともありましたけど、それでも両親は一度もお互いの手を離そうとはしませんでした。援助の件も天の恵みのように降って湧いた幸運ではなく、母が『買い物をしているあいだに洗濯ができれば便利できっと需要がある、コインランドリーの出店を呼びこめないか』と閃いて、父がこれまで培った人脈をフル活用して協力してくれる会社を探し当てたんです。そんなふうに、苦しいときにこそ絆を深められる夫婦が、私の理想の夫婦像なんです」

でも、昇さんとはそうなれません、と愛花はぽつりとこぼす。

「何も話してくれなかったのは昇さんらしい優しさだとはわかっていますが、その優しさに私は傷つけられました。見当違いの優しさは人の心を抉る凶器です。昇さんにとって私はそんな程度の存在だったんだなって思い知らされましたから……。昇さんに振り回されるのはもう十分。吹っ切らせてくださって、ありがとうございます」

雪原には女心の機微はわからない。それでも、昇を見切った理由を懸命に紡ぐ愛花の声からは未練を感じ、確認を重ねずにはいられなかった。

「あの……、しつこいようですが、本当にこれで終わりでいいんですか？」

「はい、いいんです。理想の夫婦像を語ったあとでこんなことを言ったりしたら何て嫌な女だと眉をひそめられるかもしれませんが、弁護士さんにはもう醜態を知られていますし、本音の本音を晒してしまうと、私、贅沢が好きだからお金のない男の人は嫌なんです」

長野を発ったのは、「サルヴァトーレ」でランチ営業が始まる少し前だった。

この時間ではもうスタッフが揃っているはずだ。一旦、店の脇の路地へ転移してから報告に行くつもりだったが、玄関扉に朝にはなかった「本日貸し切り」のプレートが掛かっていた。窓から中の様子を窺うと、鹿沼やスタッフたちがキッチンで忙しそうにしていた。きっと、団体客の急な予約が入ったのだろう。

「わー、いい匂い！　すっごくすっごくいい匂い！」

あんこが悲鳴のような声を上げ、雪原と白鷹の頭上でくるくると回転しながら喜びの舞を踊る。朝、長野へ発つ前、捜索協力への報酬としてこれからは毎日三食あんこに食事を提供することを鹿沼が約束してくれたので、どうやら自分の食事が用意されている匂いだと思ってはしゃいでいるらしい。

雪原は「いいか、あんこ。食べていいのはシェフが出してくれたものだけだぞ。キッチンや客のテーブルの上にあるものを勝手に食べたりするなよ」と釘を刺す。

「うん、わかってる！　盗み食いと拾い食いと人間を驚かす悪戯は駄目、絶対！」

あんこは顔つきをきりりとさせて、雪原が常日頃言い聞かせている「『サルヴァトーレ』

に棲むための三箇条」を暗唱する。

「よし。じゃあ、俺は帰る。また来るからいい子にしてろよ、あんこ」

「うん！　またね、先生！」

あんこは扉に飛びこむ。ふさふさと揺れる細長い尻尾が水面に沈むように吸いこまれて消えたかと思うと、あんこはなぜかまたすぐに覗かせた顔をちょこんと傾げた。

「ねえ、先生。ぼくの名前、あんこっていうの？　先生がつけてくれたの？」

そう問われ、雪原はしまったと思う。これまでは意識してあんこを「あんこ」とは呼ばなかったのに、今日は朝からずっとうっかりしていた。

どう答えるべきか一瞬悩んだものの、まあいいかと結論づける。必要以上の情を抱かないように、特別な関係を築いてしまわないようになどという警戒は、もはやあまりに今更だ。

「ああ、そうだ」

「ぼくはどうしてあんこなの？」

大きな黒い目で何かを期待するように見つめられると「ぱさぱさだった毛並みが乾燥したあんこっぽかったから」とは言えなかった。

「──俺はあんこが好きで、お前がもちもちしたあんこみたいになれば可愛いだろうと期待を込めて『あんこ』にしたんだ」

「ぼく、可愛くなった？」

「ああ、なった。すごくなった」

雪原が答えると、あんこは「くふふっ」と満足そうに笑った。そして、「ぼくの名前はあんこ、あんこ、あんこ」と嬉しげに繰り返しながら扉の向こうへ沈んで消えた。

「嘘をつくとは感心せぬな。お前が好きなものはあんこではなく卵であろうに」

「今のはあんこを傷つけないためのやむを得ない嘘だ。この世には、知るべき真実と知らなくてもいい真実があるんだよ」

「雛鳥が生意気なことを言う」

揶揄うように双眸を細め、白鷹は「鹿沼シェフへの報告はあとにするのか？」と問う。

「ああ。今は忙しそうだから、夜にでも電話する」

言って、雪原は陽光を白く反射する坂道を歩き出す。まだ正午前なのにすでにオーブンの中のように蒸し暑い来栖坂の石畳を行き交う人影は今日もまばらで、耳に届く蟬の声も弱々しい。けれど、どこからか聞こえてくる笛の音には跳ね踊っているふうな勢いがあった。もう明後日に迫った祭りの本番に向けて、気合いが漲っているようだ。

災難に見舞われることがなければ、愛花にとって宝物のように大切な思い出の日となるはずだった葵葉稲荷の夏祭り。明らかに嘘をついていた彼女は、これから夏が来るたびに行けなかった祭りのことを思い出し、人知れず涙するのだろうか。

「捜索が終わって、めでたく鹿沼シェフの料理にありつけると言うのに、浮かぬ顔だな」

「……納得がいかない」

「何がだ？」

「彼女、最後に言ってただろ。吹っ切れた本音の本音は、金のない男は嫌だからだって。でもさ、彼女が贅沢好きに見えたか？　待ち合わせ場所の喫茶店は庶民感しか漂ってなかったし、飼ってる犬が雑種だったから経済状況が急変したせいで生活のレベルを下げたって感じでもなかった。『モリプラザ』のピンチを救った母親の閃きにしても、あれはごく普通の生活感覚から生まれる目線だ。たぶん彼女は社長令嬢でも質素に育って、そういう暮らしで満足できる性分なんだよ。なのにわざわざ最後に、自分は贅沢が好きだから金のない男は嫌だなんてアピールをするのは不自然だ」

雪原は一気に捲し立てる。

「そういう不自然な言動を取るのは、本心を隠して嘘をついてるからだ」

「だとしても、当事者が終わりにしたいと言っているのだ。もう葉書が届くこともないのだから、外野の我らにはこれ以上口出しをする理由などないぞ？　鹿沼シェフとて、あの娘の意思に反してまで岩井昇を捜したいとはさすがに望まぬはずだ」

その通りだと思う。けれど、納得できないのだ。

愛花はあんなにも昇のことを想っているのに。そして、きっと昇も――。

岩井昇が黙って姿を消したのは、愛花と結婚したいという自身の望みよりも彼女の幸せを優先したからに違いない。もしこれが三年、五年と長い年月を経た話であれば、整理のついた心の中で新たな恋が芽生えることもあるだろうが、まだたった一年だ。為人を考えれば、昇もどこかの空の下で今なお一途に愛花を想い続けている気がしてならない。

もし昇に愛花の気持ちを伝えることができれば、ふたりは再び共に歩む道を選ぶのではないだろうか。そんな可能性が脳裏にちらつくせいで、ここで捜索を終えていいのだろうかという迷いが拭えない。

「だけど、可哀想だ……。お互いがお互いのことを想い合ったまま別々の人生を歩まなきゃならないのは、悲劇じゃないか……」

「確かに悲劇だな」

白鷹は静かに頷き、眩しいほどに輝く青い空を仰いで「だが、紘彰」と続けた。

「相手を慕う気持ちだけではどうにもならぬこともある。恋も結婚も、大抵はままならぬものなのだ。人にとっても、妖にとっても、天に住まう神々にとってすら」

——ならば、白鷹にとってもそうなのだろうか。

どこか憂う色を湛えた白鷹の眼前には今、互いに想い合い、けれど相性の悪かった秋国の花嫁のせいでなかなか結婚に至れなかった幸の姿が浮かんでいるのだろうか。

問い質してみたかった。だが、実際に尋ねてみてもはぐらかされるだけなのは目に見えているので、言葉は自然と喉の奥へすべり落ちていった。そして、そのぶん胸が重くなった。

今この瞬間、白鷹の隣にいるのは自分なのに、白鷹の頭の中を占めているのは金魚の天ぷらが好物だというあの美しい狐の女――。

そう思うと、胸がどうしようもなくざわめいた。関わってしまった愛花と昇の悲恋を不憫に思う気持ちだけではない何かが、胸の内で大きく波立っている。

この気持ちは何だろうか。どうして、こんなにも心が痛くて辛いのだろうか。

勢いよく躍動する笛の音を聞くともなしに聞きながら自問した瞬間だった。

跳ね踊る音色に誘われるように、身体の奥底から様々な感情がどっと噴き上がってきた。

――俺と一緒にいるときは俺のことだけを考えろよ、クソ狐。

――俺の純潔を汚した責任を取って、朝メシくらいは俺と食べろよ、クソ狐。

――俺だってお前の妻なんだ。妻なんだから俺に隠しごとをするな、お前のことをもっと全部ちゃんと話せよ、クソ狐。

――人間でも、俺もクソ狐の妻なんだ。先に結婚したのは俺なんだ。出会ったのはそっちが先でも妻になったのは俺が先だ。だから、俺からこいつを取るな、女狐め。

願望と渇望と嫉妬とがない交ぜになった感情の渦の中で溺れそうになって、雪原は今更のように気づく。

恋だ。これは恋なのだ、と。

恋など、自分にとってはおぼろげに霞んでしまっている遠い日の思い出に過ぎず、この先の人生でもきっともう関わりのないものだと思いこんでいた。だから、年齢不詳の妖に対して抱いているのは、あくまで有能な先達への憧れや尊敬だと思っていた。

けれど、違った。違ったのだ。

「サルヴァトーレ」で初めて白鷹を見たときの、宝石みたいにきらきらした妖だと思って抱いた小さな好奇心。通勤しやすい離れを与えられ、気の利く狐だと芽生えた好感。

幸蘭の園に美しく咲き誇る依頼者たちの幸せの数に息を呑んだとき、その圧倒された胸から溢れ出てきた畏敬の念。誰にも言えずに抱えこんでいた悩みを鮮やかに消し去ってくれた頼もしさへの感謝。

そうした気持ちがひとつひとつ折り重なって、いつしか形成されていた恋という感情。

久しく忘れていたその感覚を認めてしまうと、急にひとりでの食事が侘しくなった謎も解けた。何のことはない、自分はただ白鷹と一緒にいたかっただけなのだと。

これまで悶々と悩んだぶん、すとんと腑に落ちた。だが同時に、何て希望のない恋に囚われてしまったのだろうとやり切れなさも込み上げて、自嘲混じりのため息が漏れた。

「どうしても納得できぬ様子だな、紘彰」

「……まあ、うん。そうだな……」

ため息の本当の理由など話せるはずもなく、雪原は力なく頷く。

「情が深いのはお前の美点だが、こういうことには割り切りも大切だ。他人の人生にあまり入れ込みすぎると辛くなるぞ」

万華鏡を思わせる美しい煌めきを宿す瞳には、甘いほどに優しい色が浮かんでいる。

こうやって気遣ってくれはしても、白鷹は人間である雪原を家族とは認めてくれない。呪いを解くために夜毎抱きはしても、決して人生の伴侶として求めてはくれない。

白鷹が愛しているのは——妻にと望むのは、あの美しい妖狐の女だから。

そう思うとどうしようもなく胸が痛み、苦しくて息がとまりそうになる。

愛花の言った通り、見当外れの優しさは人の心を抉る凶器だ。


風花楼に戻り、雪原は御寮の間に直行して無駄に広い風呂で汗を流した。

身体はさっぱりしたが気分は鬱々としたまま清潔なTシャツとジーンズを着て、離れのウォークインクローゼットと繫がる扉をくぐる。

「ほらほら、もっと動きを揃えて美しく！　紘彰様にお気に召していただけないと、お前たちに明日はないのだぞ！」

離れ側の扉の向こうから松風の声が聞こえてくる。

何やら発破を掛けているふうだが、一体誰と話しているのだろう。首を傾げてクローゼットを出た瞬間、眼前が赤い花びらに覆い尽くされる。驚いてまばたき、雪原は部屋の中が何百匹もの空を舞う金魚に占拠されていることに気づく。

「あ、紘彰様！　お湯加減はいかがでしたか？」

「よかったけど……、どうしたんだ、この金魚」

「御門様から、紘彰様は今日は遠出をされて大変お疲れの様子なので何か気晴らしになるようなことを、と仰せつかりましたので、美味なるご昼食と踊り子たちの華麗な舞で楽しんでいただこうと思いまして！」

そう言われ、見やったリビングのローテーブルの上には和洋中の様々な卵料理が所狭しと並べられていた。数人前はあるだろう品数の多さだが、用意されている箸とカトラリーは当然のようにひとりぶんだった。

「……こんなにたくさん、俺が風呂に入ってるあいだに準備してくれたのか？」

「はい！　御門様より、最優先の最重要事項とのご命令でしたので、厨房の係の者らと一致団結して張りきりました！」

「そっか。サンキュー。にしても、風花楼の金魚は飛べる上に踊りもできるのか？」

「踊るのは、わたくしが手懐けて芸を仕込んだものたちだけにございます」

得意げにそう答えた松風に「ささ、紘彰様、こちらへ」と促されてソファに座ると、松風の合図で金魚たちがひらひらと舞いはじめる。

「……ところで、お前に偉そうに命令したその御門様はどこで昼を食べてるんだ？」

「おそらく執務室でお仕事をされながら、ではないかと。お戻りになってすぐ、渡門審議官らに取り囲まれておいでででしたので」

「ふうん」

頷きつつも、本当は違うのではないかと——白鷹は幸と共に奥の院で甘いひとときを過ごしているのではないか、松風はそれを隠しているのではないかと疑ってしまう。

そして、そんな自分を惨めに感じ、つい漏らしそうになったため息を寸前で呑みこみ、雪原は「いただきます」と手を合わせる。

正直なところ、あまり腹は減っていなかったが、松風の頑張りを無駄にはできない。

箸を持つ手を機械的に動かし、時折「美味いよ」と笑んで腹に収めていった料理は不味くはなかったし、金魚たちが真っ赤な尾を揺らして披露する踊りは舞い散る花びらのように美しく、目を楽しませてくれる。なのに、頭の中では自覚したての恋情と情けない嫉妬がぐるぐると回っていて、松風の心づくしへの感動は湧いてこない。

「さあ、お前たち。次は花火の舞をお見せせよ！　軽やかに、涼やかに！」

松風の放つ号令で、金魚たちの配列が一斉に変わる。動きも一層華やかになり、部屋の天井に光の加減によって朱にも金にも見える幻想的な花がぱっと咲いては散る。

自分を楽しませようとしてくれている松風の懸命さに罪悪感を覚えずにはいられなかったけれど、雪原の頭の中は白鷹のことでいっぱいだった。

白鷹は今どこで何をしているのか。誰と一緒にいるのか。そんなことばかりが気になってしまい、眼前の華麗な舞に少しも集中できない。

特別扱いで昼食の準備をさせたのなら同席して一緒に味わうまでがワンセットだろうに、肝心なところで手を抜くくらいなら最初から気遣いなど何もしないでほしい。あんなにも妖艶なとびきりの美形にあれこれ気を回され、優しく微笑まれ、甘い言葉を掛けられれば、年齢も性別も関係なく心を奪われてしまうのだから。

六百年だか六千年だかの人生経験がある白鷹には、そんなことなど容易に想像がつくはずなのに。——やはり、妖と人のあいだには越えられない壁があり、友情は芽生えても恋情は生じ得ないと考えているからこそのちぐはぐさなのだろうか。

風花楼で働く妖狐たちのあいだでは「御門様は人間がとてもお好き」が共通認識のようだが、その「人間好き」とは「愛玩動物的な意味で」ということなのかもしれない。

気高い名門妖狐である白鷹は人間を「家族」にはしないが、その代わりに人間が犬や猫を可愛がるような感覚で親身に世話を焼いているのだろうか。

犬や猫は人間にとってのよき友だ。犬ならば親友にもなり得る。白鷹の「生涯のよき友となりたい」というあの言葉も、そういう意味で発せられたのかもしれない。

——だとしても、と雪原はミートオムレツを頬張りながら眉間に皺を寄せる。

人間は犬猫と違い、会話も意思疎通もできるのだ。そんな人間に対して、その気もないのに気を持たせるような行為を繰り返すなど、白鷹はもはや悪辣だ。

　何て質（たち）の悪い狐だと腹を立てたとき、ふいに脳裏をある可能性がよぎる。

　男の自分ですら白鷹に心を搦（から）め捕られてしまったのだ。秋国から嫁いでいった女性たちならばなおのこと――。

「……なあ、松風。松風は、俺以外の秋国の花嫁は何人知ってるんだ？」

「先代の琴葉様だけでございます」

「叔母（おば）さんと……、琴葉さんと白鷹は仲がよかったのか？」

　それはもう、と松風は大きく頷いた。

「わたくしは琴葉様のお側に上がったことがなく、直接拝見したわけではありませんが、御門様が秋国から迎えられたお陰様の中では一番仲がよろしかったと伺っておりますよ」

　ならば、やはり琴葉も白鷹に惹かれ、雪原と同じように報われない恋心を抱えて苦しんでいたのではないだろうか。嫁いで来てから長いあいだずっと。

　かつて幸の輿入れが立ち消えになったのも、呪禁の力のバランスの問題ではなく、幸が琴葉の恋心を敏感に嗅ぎ取ったことが原因だったのかもしれない。

「叔母さんの遺品ってあるか？」

「はい。ご遺品は御霊廟（みたまや）の地下に納められております」

「それって、叔母さんの前の花嫁たちのぶんもってことか？」

「いえ。お陰様がお亡くなりになって百日経つとご遺品は焚き上げられてしまいますので、残っているのは琴葉様のものだけです」

「ふうん。……ちなみにさ、叔母さんは日記とかつけたりしてなかったか？」

「さて。それは存じ上げませんが……」

「そっか。サンキュー、松風」

とりあえず、この昼食を食べ終わったら霊廟へ行き、遺品の中に日記がないか探してみようと決めた雪原を、松風がなぜかおずおずと「あのう、紘彰様」と呼ぶ。

「金魚たちの舞、お楽しみいただけているでしょうか？」

「ああ、うん。褒美を出したいくらいの華麗なショーだった」

心ここにあらずで眺めていた罪悪感も手伝ってそんな冗談を口にした直後だった。

松風が「褒美はいりませぬゆえ、お願いがございます！」と大声を上げた。

「金魚たちをこのお部屋に置いていただけないでしょうか？　世話は毎日わたくしが責任を持っていたしますし、金魚ですので悪さは何もいたしません！　しかも皆、特別に賢く、トイレまで覚えておりますゆえ、そこら中に糞を撒き散らすこともございませぬ！　紘彰様にご迷惑はおかけしませんので、どうか、どうか、お願いいたします！」

ざっと見ただけでも金魚は数百匹――もしかすると千匹を超えているかもしれない。一匹、二匹であれば考えるまでもなく「いいよ」と応じていたが、その数の多さにさすがに迷う。

「うーん、この金魚かぁ……。それにしても、何でまたここで飼いたいんだ？　金魚って、風花楼の一階で飛び回ってるものなんだろ」

尋ねてから、雪原は女衆から聞かされたホラー話を思い出す。

「実は近々、金魚を天ぷらにして食べるのが大好きだという世にも恐ろしい悪鬼のような方が風花楼にお輿い――お越しになるのです」

思った通りだ。松風がごまかした「お輿入れ」という言葉はあえて無視して、雪原は「そっか、そっか」と返す。

「で、お前は自分が芸を仕込んだ可愛い金魚たちをここに隠したいってわけか」

「はい。本当は皆を避難させたいのですが、そういうわけにもいきませんので、せめてわたくしの言うことを聞いて移動してくれるこの子たちだけでも……と……」

敵の敵が味方なら恋敵の捕食対象は庇護対象だ。雪原は「よし、許す」と頷いた。


雪原には恋をした経験があまりない。小学生の頃の、胸の中がただふわふわとくすぐったかった以外のことは何もなかった初恋を除くと、妖との会話をひとり遊びだと勘違いされて砕け散った中学生のときの悲しい恋しか記憶にないのだ。

それから十四年も経ってできた好きな相手は、美しいけれど人間ではなく妖で、しかも雄。

そして、人間と家族になるなど考えもせず、もうすぐ妖の正妻を娶る残酷な妖狐。

何の望みもなく、苦しいだけのこんな恋をして、どうすればいいのか、雪原にはわからなかった。何かの拍子にこの恋心が消滅するまでただひたすら耐えればいいのか、それとも男らしく正妻の座を争うのが正解なのだろうか。

琴葉の――白鷹に恋をしていたかもしれない先代の花嫁の日記の中に、その答えがあるのかはわからない。雪原は男で、琴葉は女。琴葉は凄腕の呪禁師で、雪原には呪禁が使えない。同じ秋国の花嫁とは言え、立場がまるで違うのだから、求めている答えなどない可能性が高い。それでも、誰にも相談できないこの気持ちをほんのわずかでも共有できたなら少しは楽になれるかもしれないという願望に縋り、雪原は琴葉の日記を求めて霊廟の地下へ入った。

そして、唖然とした。窓はないが狐火が煌々と灯され、さらりと乾いた空気が漂うその広大な空間に、大小無数の箱がぎっしりと収められていたからだ。琴葉はかなりの物持ちだったようで、大量の箱の山はどこまでも続いていて、端がまったく見えない。

一日二日どころか一週間あっても確認しきれないかもしれない量に、雪原は一瞬怯みかける。だが、やるしかない。ここへ乗せてきてくれた松風は遺品保管庫に入る資格がないそうでもう楼へ戻ってしまったし、ほかの誰かに手伝いを頼んで琴葉の日記を探す理由を下手に勘ぐられたくもないのだから。

「――よし、やるか」

両頬を軽く叩いて自身を鼓舞し、雪原はまずすぐ側にあった箱の蓋を開けた。

ひとつめの箱には高価そうな装飾品。次の箱にはきらきらと絢爛豪華（けんらんごうか）な着物と帯。その次の箱には何やらおどろおどろしい呪具のようなもの。開けても開けても出てくるのは、そうした女性らしい物か呪禁師らしい物のどちらかで、目当ての日記は一向に出てこない。

もしかしたら元々ない物を探しているのかもしれないと段々と不安になったが、一度始めたからにはとにかくゴールを目指すのみだ。雪原は黙々と手と足を動かす。そうして、蓋を開けては戻すという同じことを幾度も繰り返し、時間の感覚がなくなった頃、ふいにジーンズのポケットに入れていたスマートフォンの着信音が鳴り響いた。

夕食の時間が近くなったら迎えに来てもらう約束をしていた松風だろうかと思ったが、発信者は鹿沼だった。長野から戻って店に寄った際、鹿沼は雪原たちの訪問に気づいていたらしい。聞くと、やはり昼は急な団体客の予約が入っててんてこ舞いだったようで、ディナー営業前の休憩時間になってようやくひと息つけたのだという。

長野での顚末を伝えると、鹿沼の反応は白鷹の予想通りだった。鹿沼は昇の捜索までは望まず、もうここまででいいと言った。

「わかりました。もっとすっきりとしたハッピーエンドのご報告ができたらよかったんですが、すみません」

『そんな。雪原先生には十分過ぎることをしていただきましたから。それに、森下さんが新

たな一歩を踏み出す決意をされたと仰るのであれば、その気持ちを尊重すべきだと思います
し。とにかく、毎日暑い中、本当にありがとうございました。お礼に腕をふるわせていただ
きますので、いつでもいらしてください』
「ありがとうございます。では、近々お邪魔させていただきます」
『ええ、お待ちしております。そうそう。白鷹様にも、ぜひまた幸様とご一緒にお越しくだ
さいとお伝えを』
「え……。あの、シェフ……。白鷹は彼女を連れて『サルヴァトーレ』に？」
『はい。一昨日……いえ、確か定休日明けの火曜でしたから三日前のディナーに。雪原先生
もお好きなフリッタータ、あれをとても気に入ってくださったようで、何と三皿も召し上が
っていただいたんですよ。幸様も狐さんだと伺いましたが、お似合いのご夫婦ですね』
「白鷹が……夫婦だと言ったんですか？」
「あ、いえ。お食事中の雰囲気から、てっきりご夫婦だと思ったんですが……。もしかして、
私の勘違いだったでしょうか？』
「半分だけ。今はまだ夫婦じゃありませんが、もうすぐそうなるらしいので」
そう返す声がわずかに震えた。三日前の火曜日といえば、捜索中に顔見知りの記者に出く
わし、なぜひと月もの休暇を取る羽目になったかを白鷹に打ち明けた日だ。
そして、悩みを鮮やかに解決してもらったことで勝手に好感を深め、互いの距離を縮めら

れた気がして、夕食の席に白鷹が現れることを期待した日。

けれど、白鷹は自分のもとを訪れてはくれなかった。それもそのはずだ。あのとき、白鷹は幸とともに「サルヴァトーレ」でディナーを楽しんでいたのだから。

あの日の自分の滑稽さに気づいた瞬間、頭の中がかっと熱くなった。鹿沼との電話をどう終えたのかは覚えていない。気がつくと、雪原は白鷹に電話を掛けていた。

『どうした、紘彰。何かあったのか？』

一コール目ですぐに応答した白鷹に、雪原は「お前は記憶が消せるか？」と尋ねる。

『記憶？　誰の記憶を消すのだ？』

唐突な問いに驚く声が返ってくる。

「俺の。毎日一部分だけ。できるか？」

『できないことはないが、一体どうしたのだ？』

愛玩動物程度にしか思われていない自分が、もうすぐ白鷹の正妻になろうとしている妖狐の美女に嫉妬し、苦しんでいるのだと正直に伝えたら、どんな言葉が返ってくるだろう。

ふと、そんな自虐めいたことを考えた自身を雪原は嗤った。

「今晩から呪いが解けるまでのあいだ、夜の記憶を消してくれ。覚えていたくない」

妻に迎える女のことで頭がいっぱいの白鷹に単なる義務として抱かれるなど、まっぴらだ。

けれど、呪いから解放されるまではそんな夜が続いてしまうのだ。決して逃れられない。

ならば、せめて記憶を消して、惨めな夜をなかったことにしたい。行為の最中にまた幸への謝罪を苦しげに呟かれたりしたら、嫉妬でどうにかなってしまうかもしれないから。

『わかった。お前の望みなら、そうしよう』

白鷹は訳を問うことなく了承した。根掘り葉掘り理由を問い質されたくないくせに、訊かれなければなかったで自分に興味のない証拠だと思って傷ついた。どうにも支離滅裂な様相を呈してきた自分の心に雪原は戸惑い、やりきれない苛立ちが湧いた。

『これまでの記憶も一緒に消すか？』

「いや、それはいい。幸蘭たちが見た目に反して性悪の危険な奴らだってことはちゃんと覚えておかないと、またうっかり妙な呪いにかけられそうだからな」

それは建前で、白鷹に抱かれた記憶のすべてを失いたくないというのが本音だった。

呪いが解ければもう白鷹と触れ合うことはなくなる。自分以外の誰かに心を奪われている男に嫌々抱かれるのは最低なことには違いないけれど、それでも恋をした男と身体を繋げられたのだという事実そのものまでは忘れたくなかったのだ。

白鷹の返事を待たず、「じゃあ、そういうことで今晩から頼む」とだけ言って電話を切ると、深いため息が漏れた。

——恋とはこんなにも厄介な感情だっただろうか。こんなにも湿っぽく澱（よど）んで、どす黒く非合理な負の感情に支配されるものだったろうか。

記憶の底を掘り返してみても、乏しい過去の恋では経験したことのない感情だ。

幼かった子供の頃には想像もしなかった性の悦楽を知ることで、恋は生々しく度しがたいものへと変質してしまうのかもしれない。

胸の中でのた打つ白鷹への恋情と幸への嫉妬で息が詰まってしまいそうで、雪原は途方に暮れて天を仰いだ。そして、ふと思った。白鷹は、事件の真相を目撃した妖は人間社会の防犯カメラのようなものなのだから、妖を使って謎解きをすることはいかさまでも何でもないと助言してくれた。その言葉で勝手に救われた気でいたけれど、妖を利用したことを隠して得た名声の代償はやはり支払わねばならないのだ。

結局のところ、破廉恥幸蘭たちに掛けられた呪いも、胸が潰れてしまいそうに苦しいだけのこの恋も、天が下した罰なのだ。


「——うわ。また着物かよ」

ひとりきりの遺品捜索も三日目になると、箱を開けるたびため息とともに独り言が漏れるようになってしまった。

「どんだけ着道楽なんだよ、叔母さんめ。もう着物も帯も草履(ぞうり)もいい。ついでに変な臭いのする呪具もいい。頼むから、日記を出してくれ」

頭に巻いていたタオルを首に掛け直し、「神様、仏様、琴葉様！」となかば自棄気味に唱えて次の箱の蓋を開け、雪原は眉を撥ね上げる。その中には何やら高価そうな化粧箱がぎっしりと詰まっていた。

ちょうど厚めのB５ノートが収まりそうなサイズで、タイトルなどの印字はない。

特注の日記帳かと思い、喜んだ背後から「琴葉には日記をつけるようなまめな習慣などなかったぞ、紘彰」と白鷹の声がして、雪原は振り向く。

出入り口のある階段を下りてくる白鷹は濃い墨色に縞柄が配された浴衣を纏い、涼やかな白の帯を締めていた。双眸の紅い煌めきを万華鏡のように乱反射させ、つややかな長い尾の白銀色を散らしてこちらへ近づいてくる美しい妖を、雪原はまたたいて見つめる。

「どうした？　日記が存在しないと知って、がっかりしたのか？」

「……いや。と言うか、久しぶりに狐を見たなと思ってさ」

「私は毎晩、お前に会っているがな」

雪原の頭の中では昨夜も一昨日も夕食のあたりから記憶がぷっつりと途切れている。だから、白鷹の顔を見るのはほぼ丸二日ぶりだ。

「俺の記憶にはないんだから、俺にとってお前は久しぶりの狐だ」

たった二日会っていないだけで、万華鏡のように不思議な輝きを宿す目をどう見返せばいいのかわからなくなり、雪原は少しぎこちなく視線を逸らす。

五回に一回ほどの割合で出てくる呪具の遺品から立ち上る独特な臭いが服に移ってしまうし、どうせ松風以外の目には触れないのだから、と処分しても惜しくないTシャツとジャージパンツ姿の自分が何だか恥ずかしい。

そして、記憶の消去を頼んだのは自分なのに、夜にどんな痴態を演じたのか気になってたまらず、覚えていないぶん羞恥心がさらに膨らんで、雪原はそっけない態度を装う。

「で、化け狐はここへ何しに来たんだよ？　墓詣でか？」

「いや、お前に用があるのだ」

「なら、また今度にしてくれ。今は忙しい」

雪原は腕時計にちらりと目をやる。

「もうすぐ松風の晩メシの準備が終わるから、それを掻きこんで、夜までに可能な限り確認作業を進めておきたいんだ」

「お前が探しているのは日記のはず。存在しないとわかったのだから、もう暇であろう？」

「べつに日記じゃなくたって、叔母さんのことがわかるものなら何でもいいんだよ」

落胆を隠して鼻を鳴らし、雪原は化粧箱の中身を取り出す。

中に入っていたのは冊子のようなものだったけれど、それは白鷹が言った通り日記ではなく、たくさんの古い写真が収められているアルバムだった。写っているのはどれも同じ若い男で、その顔や背景の室内には何だか見覚えがあった。

「……あれ？　これ、秋国の家だよな？　この人……、もしかして若い頃の伯父(おじ)さんか？」

「そうだ。どれを開いても出てくるのは尊仁(たかひと)の写真ばかりだぞ。その箱に入っているのは尊仁の盗撮写真集ゆえ」

「は？　盗撮？」

ページをぱらぱらと捲(めく)ってみると、確かにどれも被写体である伯父の視線はまったくカメラのほうを向いていない。

「前にお前が危機管理が云々(うんぬん)言ってた秋国へのスパイ活動の一環か、これ」

琴葉の若い頃には自由な里帰りがまだできなかったのかもしれない。意に反して離れなければならなかった実家や家族を琴葉が好きなときに偲(しの)べるよう、白鷹が情報収集ついでに撮った写真を与えたのだろうか。

「まあ、似たようなものだ」

少し含みがあるような声音で言って、白鷹は頷く。

「それより、お前は何故琴葉のことを知りたいのだ？」

「何でって……、そりゃ、気になるだろ。俺の母さんが逃げたせいで、叔母さんは若い身空で無理やり化け狐なんかのお飾り嫁にされて人生を奪われたんだ。事故で亡くなるまでずっと、俺たち一家のことを恨み続けてたんじゃないか、とかさ……」

日記を探していた理由など言えるわけがない。代わりに、遺品の捜索をするうちに今更ながらに気になりだしていたことを口にすると、「なるほど」と白鷹が顎に手を当てる。

「その答えなら私が教えよう。松風には出かけると伝えておるゆえ、墓荒らしごっこはもうやめにして祭りに行くぞ」

「祭り？」

訳がわからず眉を寄せた次の瞬間、五感を突然の変化が襲う。

軽快なお囃子の音色が押し寄せてきて、眼前に犇めき合う人の波が現れる。

浴衣姿の男女や家族連れ。こざっぱりした普段着でそぞろ歩く老夫婦や、部活帰りらしい制服姿ではしゃぎ合う女子高校生たち。楽しげに行き交う人々の多くは額や髪などの思い思いの部分に小さな狐面をつけており、大きな面で顔全体をすっぽり覆っている者もいる。

賑やかな群衆がゆるゆると流れていく道の両脇には露店がずらりと並び、香ばしかったり甘かったりする匂いが混ざり合って漂ってくる。そして、露店の電球やそこここに飾られたたくさんの提灯が、夕闇の溶ける空に向かって赤やオレンジ色の光を放っていた。

提灯の目映い輝きが誘う先には、鬱蒼とした緑を背にした社殿の屋根が見える。

「……ああ。今日って葵葉稲荷の夏祭りの日か」

呟いて、雪原は自分が汗で湿ったTシャツとジャージパンツではなく、藍色の浴衣を纏っていることに気づく。白鷹の妖術のようだが、頭には狐の面まで飾りつけられていた。

「岩井昇も来ているぞ、紘彰」

「え？　どこに？」

驚いた雪原に応じたのは、頭上から降ってきた甲高い声の二重奏だった。

「それが、つい今し方、見失いまして。申し訳ございませぬ」

「あの男、この雑踏の中をちょろちょろと動き回っておりまして」

見上げた先には、二頭の黒い蝶がいた。

「では、捜せ。見つけたらすぐに報せよ」

「ははっ、承知！」

二頭の蝶はそれぞれ逆方向へ飛び立ってゆき、夕闇に溶けて消える。

「……あれ、お前の式神か？」

「そうだ。お前の推測通り、まだ森下愛花に未練があるのなら今日の祭りに来るのではないかと思い、見張らせていたのだ」

「……何で、だ？　もう深入りするなって言ったのはお前じゃないか」

「なれど、あのふたりがこのまま別れてしまうのはどうしても納得がいかぬと妻がずっとむくれたままであれば、機嫌を取るのは夫の務めであろう？」

どうやら夜の御寮の間で何か文句を言い続けていたらしい。それを示唆する白鷹が、戯れに自分を「妻」と呼ぶその甘くやわらかな声が鼓膜にざりりと引っかかって痛かった。

「……なら、俺たちも岩井昇を捜そう。結界、解けよ。張ってるんだろ？」

白鷹が頷くと同時に周囲の喧噪が大きくなり、肌にじっとりとした湿気と熱が纏わりつく。

「それにしても、何だよ、この浴衣」

「気に入らなかったか？」

そう問う白鷹は耳と尻尾を消し、狐の面をつけていた。

「……気に入るとか入らないとかじゃなくて、人捜しの格好じゃないって言ってるんだ。しかも、お前に至ってはこの上なくふざけた狐on狐じゃないか」

「この面は稲荷の狐らに気づかれぬためのカモフラージュだ」

「何でそんなものが必要なんだよ？　ここの稲荷とはべつに仲は悪くないんだろ？」

「悪くはないが良いとも言えぬ微妙な間柄なのだ。見つかると礼を尽くして歓待されるゆえ、困る。今日の目的はあくまで岩井昇の捕獲であって、遊びに来たわけではないからな」

「まるで説得力のない格好だな」

「まあ、そう言うな。人の恋路を手助けしてやるついでに、少しばかり祭りの雰囲気を楽しんでも罰は当たるまい」

「手助けになればいいけどな」

小さく息をついて、雪原は境内の奥へと流れてゆく人波に混じって歩き出す。

方向転換もままならぬほどの混雑ぶりに、これでは運よく昇を見つけても追いかけられないかもしれないと少し不安になる。

「それで、さっきの答えは？　もったいぶらずにさっさと教えろよ」

「琴葉はお前の両親のことなど毛ほども恨んでおらぬ。何しろ、あのふたりに駆け落ちをするよう焚きつけたのは、ほかならぬ琴葉なのだからな」

「——え？」

逃げた非も罪もすべて両親にあると思っていた雪原は驚いて息を呑んだ。

「さらに言えば、呪禁師としての能力を持たぬお前の両親の駆け落ちがつつがなく成功したのも、にもかかわらずその後、秋国家との縁が切れてしまわなかったのも、すべては琴葉の計らいだ」

「——どういうことだよ？　何で……、何のために叔母さんはそんなことを……」

「琴葉が尊仁に恋い焦がれていたゆえだ」

咄嗟に意味が理解できず、思わずこぼれた間の抜けた声とともに首がかくりと傾ぐ。

「……は？　尊仁って……、伯父さんのことだよな？」

ああ、と無造作に頷かれ、雪原は首を傾けたまま考えこむ。

「……伯父さんと叔母さんって、実はどっちかが養子か養女だったり？」

「せぬな。尊仁と琴葉は正真正銘の血の繋がった兄妹だ」

「じゃあ、恋はおかしいだろ！　何で叔母さんが伯父さんに恋をするんだよ？」

「恋とは理屈や論理では説明のつかぬ厄介な病なのだ。うっかり罹患すれば、妹が兄に恋をすることもある」

そんな人の道に外れたうっかりがあってたまるかと眉をひそめかけ、けれど雄の化け狐に恋をしている自分も同じ穴の狢かと自嘲を漏らす。

「そのうっかり病、伯父さんも知ってることなのか？」

「いや。私とお前以外、誰も知らぬ」

何だか頭痛がする。訊いたのは確かに自分だけれども、できればこんな秘密は知りたくなかったとうつむいてこめかみを揉んだとき、流れ来る人波に背を押された。

下駄では上手くバランスが取れず、転がりそうになった身体を白鷹に引き戻される。そして、その大きな手の先が雪原の指に強く絡んだ。

「――おい、何だよ？」

「この犇めき合いの中ではぐれては、再び相見えるには風花楼へ戻るしかない」

「だからって、こんなところで手を繋ぐなよ。変に思われるだろ」

振りほどこうとしたけれど、白鷹の指はますますきつく雪原を捕らえる。

「無用な心配だ、紘彰。我らの姿も声も必要のない者には認識できぬ」

神社の神使たちの目を避けるために、風花楼から転移してきたときに張っていた結界とはべつの術でも使っているのだろう。

白鷹の言う通り、周囲に視線を巡らせても奇異の眼差しを向けてくる者はいない。

力では敵わないので雪原は早々に抵抗を諦め、手を繋いだまま進む。

気がつくと、いつの間にか露店エリアを出ていたようだ。耳に届くお囃子も遠ざかり小さくなっていく。けれど、人々の足取りははっきりとどこかを目指しており、漂う高揚感も明らかに増している。

「この先に何かあるのか？」

「睡蓮池だ」

「——ああ。じゃあ、例のまじないの橋を渡りに行く行列か、これ」

改めて見回してみると、小学生と思しき児童から白髪の年配者まで年齢は実に様々だけれど周りは確かにカップルばかりだ。

「そういうことだ。岩井昇も未練がましく橋のあたりをうろついているやもしれぬな」

「お前、そんなふざけた面つけて、ちゃんと捜せるのか？」

「案ずるな。視界は良好だ」

いつの間にか、人波の向こうに提灯の明かりに照らされた睡蓮池が見えていた。

賑やかな行列に混じってこのまま進めば、白鷹と恋のまじない橋を渡ることになる。自分と白鷹は恋人同士ではないけれど、あの橋を一緒に渡れば何かご利益があるかもしれない。

ふとそんな期待が湧き起こり、心臓が小さく跳ねた。

「……ところでさ、話がさっぱり見えないんだけど、伯父さんに恋をした結果が何で化け狐の嫁ってことになるんだ？」

「姉の無責任な逃亡の犠牲となって秋国家を守るために風花楼に嫁いだ哀れな妹、を装うことで尊仁の一生に取り憑くためだ」

「もうますます意味がわからん。倫理に外れてはいても、一応は恋バナだろ、これ。何で『一生取り憑く』なんて物騒な話になるんだよ？」

琴葉の頭が元々物騒だからだ、と白鷹は笑った。

「尊仁は面白みのない堅物ゆえ、異性の妹との接し方がわからなかったのだろうが、子供の頃からお前の母親とも琴葉とも常に他人行儀な距離を取っていた。同じ家の中で暮らしていてさえそんな状態なのだから、もし琴葉が普通の結婚をして秋国の家を出れば、尊仁の頭の中から琴葉は消える。だが、お前の母親の代わりに風花楼へ嫁げば、尊仁はその律儀な性格ゆえに家のために琴葉に犠牲を強いたという罪悪感を抱き続けることになる。つまりは、その脳裏に琴葉という女の影が一生こびりつく。だから琴葉は、どうせいつかは嫁に出されるのなら、とちょうど恋と責任感とのあいだで揺れていた姉を唆し、利用したのだ」

「……唆して利用って、もうちょっとべつの言い方があるだろう」

「ないな。琴葉とはそういう女だったのだ。がさつでしたたかで、それ以上にいっそ感心するほどあざとかった。まあ、私にとっては気の合う花嫁だったがな」

「あざとい女子系がお前の好みなのか？」

「そういう意味ではないが、琴葉の前に秋国から嫁いで来た花嫁たちは皆、最期まで私を獣と見なして心を開いてくれなかったからな」

「え……。でも、お前は秋国の花嫁たちのために古くさいしきたりを色々変えたんだろ？なのに、感謝もされなかった……のか？」

「彼女らが真に望んでいたのは風花楼からの解放だ。それを与えることができなかった私を彼女らは恨み、獣の妻と呼ばれる身を嘆きながら死んでいった。だが、琴葉は嫁いで来たその日から私にあっけらかんと笑いかけ、普通に話をしてくれた。ほかの花嫁たちが『まるで地獄だ』と怖れて嫌った妖と妖術だらけの風花楼を、琴葉は賑やかな祭り会場のようだと喜んでくれさえした。琴葉の尊仁への執着心は確かに異常ではあったが、その点に目を瞑りさえすれば琴葉は闊達で陽気な花嫁で、それが私にはとても好ましかったのだ」

過去の秋国の花嫁たちも美しく優しい妖狐に恋をしたかもしれないと想像していたぶん、現実との差に驚いた。

時代背景による考え方の違いもあっただろうし、秋国の花嫁としての苦悩もわかるので彼女たちを責めようとは思わないものの、どうしても白鷹に寄ってしまう心が痛んだ。

「風花楼に嫁いだ花嫁って、普通はかなり長生きするんだよな。お前は……、叔母さんにもっと長生きしてほしかったか？」

そうだな、と白鷹は静かに返す。

「紘彰。お前は秋国の花嫁が長寿を得る理由を知っているか?」

いや、と雪原は首を振る。

「ならば、婚礼の日に我らが祭壇の前で奏上した言葉を覚えているか?」

「秋国と涼風両家の寧静と繁栄のために夫婦の契りを交わす……とか何とかのあれか?」

「そうだ。あの誓詞は、我らの両一族が二百年のあいだ繰り返してきた凄惨な争いを賢明なる采配にて治めたもうた天へ捧げる誓いなのだ。ゆえに秋国の花嫁は神聖な覚悟を持って嫁いでこなければならぬ。そして、両一族の安寧の架け橋となることで人としての日常を失う代わりに天より授けられるのが長寿なのだ。しかし、琴葉は実の兄に焦がれるあまり、その心を搦め捕りたいという邪念にまみれて嫁いで来た。天を謀った琴葉が長く生きられぬのは最初からわかっていた。私も、琴葉自身もな」

そんなことを話すうちに、雪原と白鷹を呑みこんで流れる人波が睡蓮池に辿りつく。

「押さないで、ゆっくり進んでくださーい!」

「橋は逃げませんから、ゆっくりお願いしまーす! ゆっくりどうぞ~!」

警備員たちの注意の声が響き、橋のたもとへ向かう行列の歩みがゆるやかになる。

「叔母さんが嫁いで来たのって確か十九のときだよな? 風花楼から大学に通ってたのか?」

「いや。嫁いでくる直前に辞めたそうだ。家のために健気に犠牲になりはしたものの狐の嫁にされたショックが大きくとても大学へなど通えぬ、という芝居をしておった」

「勤めに出たりは？」

「琴葉の仕事は呪禁の修行に励んで尊仁に決して気づかれぬ高性能の式神を創り出し、毎日二十四時間尊仁をスパイし、盗撮アルバムの作成に励むことだった」

てっきり生家を懐かしむために白鷹が気を利かせて与えたのだろうと思っていたあのたくさんのアルバムは、どうやら琴葉の手による物だったらしい。

「……相当病んでたんだな、叔母さん」

「ああ。琴葉は病んだ女だった」

「……大学を辞めたりしないで通ってれば、いつか誰かと出会って、ちゃんと祝福してもらえる恋ができたかもしれないのに」

「さて、それはどうだったであろうな。琴葉は骨の髄まで実の兄を恋うる病に冒されており、もはや手の施しようがなかった。尊仁が結婚したり、子ができたとわかるたびに、尊仁の妻や子を呪殺しようとしていたくらいだからな」

「それは……ちょっと……かなり……引く」

「だが、まあ、いつもこれ見よがしな場所で呪殺の儀式の準備をしていたゆえ、私が阻むとわかっていてのことだったはずだ。琴葉は男であれば兄である尊仁を蹴落として秋国の当主の座に就いていただろう力の持ち主だったゆえ、とめるつど大騒動だったがな」

どこか懐かしむような口調で白鷹は苦笑する。

「琴葉の暴走を最小限に抑えるために、気がつけば琴葉の先回りをして尊仁の情報収集をする羽目にもなっていた」

「危機管理のためのスパイ活動ってそういう意味かよ」

「そういう意味だ」

「それにしても、俺に秘密を暴露されて、あの世で怒ってるんじゃないのか、叔母さん」

「自分の恋心のためにお前の両親を利用した結果、こうなっているのだ。すべては己の蒔いた種と納得しているであろう」

「そんなものかな……」

「三十年近く連れ添った私が言うのだから、そんなものだ。お前がそうしたければ、事の真相を両親に伝えてもよいぞ。琴葉のせいで無駄に抱かされることになった罪悪感から解放してやるとよい」

「うーん。いやぁ……、それはちょっと……。俺と母さんとじゃ、受けるショックの度合いが全然違うからな。俺にとって伯父さんと叔母さんは血が繋がってる実感のない、ほとんど他人みたいな人たちだけど、母さんにとっては同じ家で育った兄妹なんだからさ」

両親には「琴葉にすべてをなすりつけて逃げた」という誤った負い目はもう捨ててほしい。だが、そのために伝えねばならない真相があまりに重すぎる。

どうするのが最善だろうと悩んだ眼前に橋が現れ、雪原は白鷹に手を引かれて歩を進める。

たくさんの色鮮やかな睡蓮が咲く池も、その上に架かる橋も、想像を遙かに超えた大きさだった。警備員の誘導に従って誰もが歩調をゆるめているため、渡りきるのにかなりの時間がかかりそうだ。

朱色の高欄脇を少し進むと、池の中央の小島で狐面をつけた巫女たちが神楽鈴を打ち鳴らして舞っているのが見えた。雅やかな鈴がしゃらん、しゃらんと響くたびに光の帯のような煌めきが溢れ出て、橋へと降りそそぐ。

楽しげに橋を渡りゆく群衆は誰も、きらきらと乱舞する光に気づいてはいない。けれど、舞い落ちる光は人々の笑顔の中に吸いこまれ、その内側を輝かせている。

「あの巫女舞、見えてないんだな……」

「あそこで舞っているのは人間ではなく、神使だからな」

「あの光は?」

「伊那依比売――葵葉稲荷の祭神の神気だ」

「へえ……。お前、前に、この橋にご利益があるのかないのか、言葉を濁してたよな? だけど、祭神の神気を授けられるってことは、この橋は霊験あらたかなんじゃないのか?」

そう尋ねながら、雪原は自分の鼓動が速くなってゆくのを感じた。

「神気を授けられたからと言って、必ず効験が生じるわけではない。肝要なのは叶えたい願いを持つ人間の心持ちと行動で、神気の効験とは正しい努力を正しいかたちでおこなったときにだけ現れるものなのだ。だから、ある者にとっては霊験あらたかな橋、ある者にとっては何の効験もない橋ということになるが、部外者の私にはそのことについてあれこれ言う資格はないゆえ、言葉を濁すしかないのだ」

「……祭りの日くらい、けち臭いことを言わずに霊験あらたかの大盤振る舞いをしてくれてもいいのに」

――だが、そんな都合のいい超常現象が起きる橋ならば、白鷹が自分と手を繋いで渡るはずがない。少し冷静になって考えてみれば当然すぎるほど当然のことなのに、美しく煌めく神気を目にしてついつい期待してしまった。

「……そしたら、岩井昇も幸せになれるのに」

己の愚かしさを隠そうとして、咄嗟に昇の名前を出してしまった後ろめたさから、白鷹と繋いだ手のひらに冷や汗がじわりと滲んだ。

「お前はどうしてもあのふたりを娶せたいようだが、神は人間の願いを無条件で叶えてくれるボランティアではないのだぞ、紘彰」

わかってる、と雪原は小さく頷く。

「……なあ。叔母さんにはさ、幸せに思えることが……何かあったのかな？」

白鷹は「無論だ」と言った。強く、きっぱりとした声音で。

「叔母さんの人生には人の道に外れた報われない恋しかなかったのに？」

「琴葉は人生でこの男だけと決めた恋を貫き、その恋に殉じたのだ。世間一般の常識に基づけば不幸な人生やもしれぬが、何を幸せとするかは人それぞれというもの。琴葉は間違いなく幸せな生を生きた」

「……普通とは違う報われない恋に雁字搦めになった人生でも、その恋を貫き通せば……それは幸せな人生になるってことか……」

呟きながらうつむく。視線を向けた先の水面では睡蓮が美しく咲き誇り、白や赤、青、紫の色とりどりの花びらの上に神気の光が散り落ちていた。

小島で舞う神使たちが放ったその光は、雪原の上にも、白鷹の上にも降りかかる。

神気を浴びた頬がじんわりと温かくなる一方で、白鷹と繋いだ手の指先は冷えていった。

「……睡蓮って昼に咲くものだと思ってたけど、夜もこんなに綺麗に咲くんだな」

「あれは夜咲きの睡蓮だからな。この池には昼咲きと夜咲きの両方が植えられていて、夏は一日中睡蓮が楽しめるのだ。夜に見る幻想的な色合いも美しいが、陽の光を弾いて輝く昼の睡蓮もまた格別だぞ」

まるで、実際に見て楽しんだような口ぶりだ。

白鷹は幸とこの睡蓮池に来たことがあるのかもしれない。こんな単なるついでの見物ではなく、れっきとしたデートとして。

そんな可能性が脳裏をよぎり、雪原は白鷹と繋いでいないほうの手をぎゅっと握り締める。

美しい妖狐に叶うはずもない恋をしてどうすればいいかわからなくなり、同じ気持ちを抱えていたかもしれない琴葉に何かを教えてほしくて日記を探した。

実際は琴葉は白鷹に恋などしていなかったし、日記も存在しなかったけれど、雪原の探していたものは何の因果か自分を惑わし、苦しめる妖狐が与えてくれた。

――だが、琴葉のような人生を自分は幸せに思えるだろうか。

琴葉は己の恋心のために秋国と涼風の一族が守り続けてきた契約を利用するという罪を犯したが、雪原もまた妖を利用して名声を得るという罪を犯した。そして琴葉には長寿を取り上げられるという天罰が、雪原には報われぬ恋に苦しむという天罰が下された。

ならば、白鷹ただひとりに恋い焦がれたまま、やがてこの生を終えるときが来たとしても、自分は琴葉のような恋に殉じたという充足感を得ることはできない気がする。

きっと、白鷹と睦む幸の姿に嫉妬して、苦しみ抜く人生を送る羽目になるはずだ。

人の世の法で裁けない罪を犯した者に天が下す罰は、何と苛烈なのだろう。

「……母さんが罪を犯したわけじゃないって知ってたら、今お前とこうやって馬鹿みたいに手を繋いで睡蓮眺めたりしてなかったのに」

胸を塞ぐような息苦しさから目を逸らそうとして、雪原はわざと悪態をつく。

「知っていようといまいと、お前は今、私と手を繋いでこの橋を渡っているはずだ」

「何でだよ？」

「花嫁候補はお前といたいけな十五の少女のふたりだけだったのであろう？　何の得にもならぬのに同情で依頼を受けたり、死にかけの捨て管狐を拾ったり、他人の恋路を懸命に応援するような、馬鹿がつくほどのお人好しのお前ならば、たとえそうする必要も義理もないとわかっていても、結局は幼い少女の身を案じた選択をしていたのは自明のことだ」

反論できず、雪原は「馬鹿のつくお人好しで悪かったな」と唸る。

「悪くなどない。言ったではないか。私は新しい花嫁がお前でよかったと思っていると」

──その「よかった」は、呪禁を操れもしない男の陰嫁なら妖の正妻が歯牙にも掛けず、面倒な問題を避けられるからだろうが、クソ狐。

喉元まで出かかった情けない恨み言をどうにか飲み下したとき「紘彰」と呼ばれた。

「見よ。岩井昇だけでなく、あの娘のほうも来ていたようだぞ」

白鷹が示したほうへ視線をやる。池の向こう岸──橋を渡る順番を待つ人々がたむろする近くに愛花が小さく見える。何らかの覚悟を持っての色なのか、単なる偶然なのか、雑踏の中で目立つ真っ白のワンピースを纏った愛花は、懸命に左右を見回している。

やはり、彼女は昇への恋情を捨ててはいなかったのだ。そして、一年前に交わした約束の地へ勇ましく昇を捜しにやって来たのだ。そう思った次の瞬間だった。

雑踏から少し離れた池のほとりで順番待ちの行列を眺めていた中背の男に向かって、愛花が何かを叫んだ。やけにくたびれた服装に狐の面で顔を覆い、ある意味悪目立ちしていたその男は、愛花とは反対側へ逃げるように駆け出そうとした。だが、すぐに行く手を群衆に遮られ、足踏みをしてもたつく背に、人波を軽やかに縫って追いついた愛花が抱きつく。

逃がすまいと抱きついたまま、愛花はなりふり構わず男に何事かを捲し立てている。

やがて観念したように狐面の男が振り向いた。男は狐の面を頭の横へずらし、愛花と言葉を交わしはじめる。雪原の位置からは男の顔がよく見えないけれど、愛花の泣きながら怒り、けれども心から喜んでいるふうな表情で彼が岩井昇なのだとわかった。

昇はおずおずとした顔つきで口を動かす。愛花は何度も何度も頷いている。そして、しばらくしてふたりは手をしっかりと握り合い、雑踏の中に消えていった。

「ふたりは橋を渡る列に並びに行ったぞ、紘彰」

白鷹が告げる。

「今宵、会うことが叶わなければ、彼女は件（くだん）の男のほうに結婚を承諾する返事をするつもりだったらしい。ぎりぎりではあったが、お前の望む結末となったな」

「ああ。でも……、これって、部外者の俺やシェフが気を揉まなくても、あのふたりは元々今晩ここで再会する運命だったたってことか？」

「それは違うぞ、紘彰。あの娘はお前から岩井家の事情を聞かされたことで、今宵ここへ来る決意をしたのだ。自分の幸せを願って何も告げずに身を引く勝手な優しさに傷つけられ、なれどそれゆえにこそ優しさの塊でできているような岩井昇をもう一度信じ、一年前に交わした約束の日に賭けてみようと思ったのだそうだ。あの者たちの再会は間違いなく、お人好しの弁護士とお節介なシェフからの贈りものだ」

「じゃあ、シェフはまさしくふたりの救い主（サルヴァトーレ）だったってことか……。それにしても、お前って、あんなに遠くの会話も聞こえるのか？」

「さすがにそこまでの聴力は持っておらぬが、岩井昇の頭上には式神がいたゆえな」

言いながら、白鷹は浴衣の袂（たもと）から白銀色に輝く小さな光の珠（たま）を取り出し、空へ放つ。すると、それは愛花と昇が消えた方向へ飛んでいった。

「何だ、今の」

「私からの餞（はなむけ）だ。橋を渡り、伊那依比売の加護を受けて結ばれるであろうふたりの未来に多くの幸福が実るように」

「じゃあ……、ふたりはこの一年苦しんだぶん、これから幸せになれるんだな」

嬉しいと思う。本当に、とても嬉しい。なのに、その喜びを上手く表せない。

変なふうにゆがんでしまいそうな顔を、雪原はうつむいて隠す。

自分には愛花と昇の恋のように恋を成就させることも、幸せを手にすることも決してできない。なのに、今、叶わぬ想いをただ募らせるしかない相手と手を繋いで恋のまじない橋を渡っている。そんな冗談のような状況がどうしようもなく耐えがたかった。

恋人同士ではない自分たちでは天恵など受けられるはずもない。頭ではちゃんと理解しているつもりでも、神気を浴びて橋を渡りきってしまうことで、もしかしたら——もしかしたらいつかは、と無駄な期待を死ぬまで抱き続ける羽目になるかもしれない。

そんな惨めな目には遭いたくなくて、雪原は「シェフに報告に行かないと」とこぼす。

「今すぐ連れて行ってくれ」

「だが、あともう少しで橋を渡りきれるぞ」

「俺たちには意味のない行為だろ。そんなことよりも、俺は今この瞬間の感動と興奮をシェフに伝えたいんだよ」

呪いが発動する時間までにはまだ少し間があるので、「ついでにお前に邪魔された晩メシもシェフに作ってほしい」と当てこすってみる。

「やれやれ。まったくもって風情のない雛鳥弁護士だ」

白鷹が狐の面を外し、苦笑する。次の瞬間には「サルヴァトーレ」の裏の路地に立っていた。そこから明るく賑やかな通りへ小走りに出て、雪原は片眉を上げた。

店の前に入店待ちの長い行列ができていたのだ。祭りの見物客がどっと流れてきたのだろう。遠目に中の様子を窺うと大賑わいの満席で、料理やワインを持ったスタッフたちがひっきりなしにキッチンとホールを行き来している。そして、ホールの上空には、はち切れんばかりに膨らんだ腹を抱えてひっくり返った格好のあんこがぷかぷかと浮かんでいた。

おそらく鹿沼に毎日たっぷりと食事をもらい、よく可愛がられているのだろう。しまりなくゆるんだ口の端から涎を垂らしているその顔は、この上なく幸福そうだった。

「……さすがに今は無理そうだな」

雪原は呟いて、息をつく。

「お前は普通の客ではないのだし、バックヤードにでも席を用意してくれるのではないか？」

「かもしれないけど、この様子じゃ、閉店まで話す暇ができなさそうだしな」

愛花たちのことをすぐに報告したいというのは橋を離れるための単なる口実だったからこそ、こんなときに来店して迷惑をかけるのは不本意だった。

それに、たぶん今、鹿沼の料理を食べても、風花楼での食事同様、味がしないだろう。

認めたくはないけれど、鹿沼の作る料理に対する想いよりも、白鷹への恋情のほうが遥かに大きいから――。雄の化け狐に恋をしたせいで唯一と言ってもいい癒しを失ってしまったことを、わざわざ確認などしたくはなかった。

「ならば、もう少し私につき合ってはくれぬか？」

「つき合うって、何に？」

「金魚すくいだ」

焼きトウモロコシやかき氷、ヨーヨー釣りなどの露店が並んでいつもと雰囲気を変えている坂下の大通りを指さし、白鷹は言った。

「……露店で掬わなくても、金魚ならもうすでにうじゃうじゃいるじゃないか」

「祭りの土産にするゆえ、露店で掬わねば意味がない」

神気を浴びたせいなのか、煌めきの強くなった美しい双眸を細め、白鷹は微笑む。

金魚の土産ならば、訊くまでもなく、贈る相手はただひとり。

瞬間的に心がどす黒い感情に支配された。視界の端に映った交通整理の警察官に「狐が金魚を天ぷらにしようとしています！ 動物虐待で逮捕してください！」と叫びたくなる。だがすぐに魚類は動物愛護法の対象ではないと思い出す。そもそもそれ以前に狐も金魚も動物なのだから、狐が金魚を食べたところでそれは単なる捕食行動であって虐待ではないと限りなく馬鹿らしい結論に至り、雪原は髪を掻き回す。

「紘彰？ どうかしたか？」

「どうもしない。どうもしないが――俺は金魚すくいが好きじゃない」

咄嗟のごまかしを放ち、雪原は「先に帰る」とほとんど叫ぶように告げて白鷹に背を向ける。そして、岩井昇の行方を捜した数日間、白鷹とふたりで歩いた石畳の坂道をひとりで一気に駆け上った。

息を切らして風花楼の腕木門をくぐり、離れに飛びこむと、黒と赤を基調にした金魚模様の松風が真っ赤な金魚たちに囲まれて洗濯物を畳んでいた。

「あ、紘彰様。お早いお帰りで。御門様からお祭り見物に行かれると伺っておりましたが」

雪原は荒い息のあいだから「ああ、行ってきた」と返す。風花楼の領域に戻ったことで白鷹の術が解けたのか、いつの間にか浴衣がTシャツとジャージパンツに戻っていた。

「まるで酸欠の金魚のようなお顔でございますが、いかがなさいました？」

腹が減ったから走って帰ってきたとでも言おうとして、雪原は思い直す。

もしそんなことを言えば、この六歳児のような六十歳児は張りきって大量の料理を用意してくれるだろう。けれど、今はとても何かを食べたい気分ではない。

「――酒が……すごく酒が飲みたくなって、走って帰ってきた」

「おや、まあ。一体なにゆえお酒を？」

「祭りと言えば酒じゃないか。松風は祭りを見て酒を飲みたくならないのか？」

なりませぬ、と松風は首を振る。

「わたくしは、お祭りの日にはりんご飴を食べたくなりまする。それから、わた飴やあんず飴なども！」

「飴ばっかりだな」

やはり六歳児のような愛らしさに思わず笑んで、雪原はソファに仰向けになる。そして、天井の様子が今朝とは違うことに気づく。格天井がガラス張りになっている。透明な揺らめきがガラス越しに降ってくるので、水が湛えられているのだろう。

「何だ、あれ」

「お部屋の中にずっと金魚たちがいては紘彰様のお邪魔になると御門様よりお叱りを受けま

したゆえ、急ぎ作りました天井金魚鉢水バージョンでございます」

「何で水バージョンなんだ？　水なんか入れたら管理の手間が増えるんじゃないのか？」

「夏のあいだは、水がきらきらと揺れているほうが涼しげで美しゅうございますので！」

　確かにそうだな、と雪原は苦笑気味に同意する。

「ちなみに『ハウス！』と命じれば、皆たちまちのうちにあの天井鉢の中に入りまする」

　そう言って、松風が「ハウス！」と高く発すると、金魚たちは一斉にガラスをすり抜け、天井の鉢の中へ自ら収まった。

「この通りにございます」

　得意げに胸を張る松風に、雪原は「すごいな」と拍手を贈る。松風は嬉しそうに金魚模様の身体をくねらせながら、「して、紘彰様。お酒は何をお持ちしましょう」と尋ねてくる。

「この前、風呂に持ってきてくれた吟醸酒。あれを頼む。多めに」

「かしこまりました！　すぐにお持ちいたします！」

　張りきった声を響かせ、松風が離れを出て行く。音が消えてしんとした部屋の中で、雪原はまるで江戸時代の豪商の屋敷のような金魚が泳ぐガラス天井を見上げて思う。

　確かにあまりに数が多すぎて少しばかり邪魔に感じてはいたものの、特に害はなかったのでどこかに閉じこめてほしいなどとは思っていなかった。こんなどうでもいい気を回すくらいなら、たとえ人間の陰嫁でも仮にも先に嫁いで来た妻の前で妖狐の正妻のことを考えたり、口走ったりするのは最低のマナー違反だと気づいてほしい。

白鷹は今頃、幸のために天ぷら用と見定めた哀れな金魚たちを掬っているのだろうか。それとも、もう風花楼へ戻って来て、奥の院で幸と睦んでいるのだろうか。

天井裏をゆらゆら泳ぎ回る金魚たちの赤が――あの化け狐の瞳と同じ鮮やかな色が、何だか目に沁みる。両目を手のひらで覆って深く息をついたところへ、松風が「お待たせいたしました」と酒を運んでくる。

「おつまみなど、ほかにご所望がございましたらまたお呼びください」

雪原が寝転がるソファの前のローテーブルに、大きな徳利と杯が載る盆が置かれる。

「ああ。サンキュー、松風」

金魚模様の尻尾を金魚のように愛らしく揺らしながら退がる松風を手を振って見送り、雪原はもぞもぞと身を起こして酒を飲んだ。何だか、数日前の風呂の中で「これが幻の酒か」と感動した味とは違う気がした。こんなどうしようもない気分のときには酒の味までわからなくなるらしいと自嘲して、雪原は杯を一気に呷る。どうせ御寮の間での出来事は何も覚えていられないにしても、今晩は白鷹の顔を見る前に酔いつぶれてしまいたかった。

いつにないペースで杯を重ね、徳利が空になる頃にはだいぶん酒が回っていた。

それでもまだ酔い足りない気がした。松風に徳利をもう一本頼もうとしたが、スマートフォンが見当たらない。ぼんやりと濁る頭でどこに置いただろうとしばらく考え、白鷹に無理やり連れ出された霊廟の地下に置きっぱなしだと思い至る。

「……クソ狐め」

ソファの背にだらしなくもたれかかって空を仰ぎ、せめてもの悪態をつく。

天井でゆらゆらとたゆたう無数の金魚たちの赤がまた目に沁みて、雪原は両手で顔を覆う。

「クソ狐、クソ狐、クソ狐……」

クソ狐でも好きだ。雄でも好きだ。好きだ、好きだと訴える胸がきしきしと痛む。

宝石よりも遙かに美しい、万華鏡の煌めきを宿すあの紅い瞳で自分だけを見つめてほしい。

けれど、白鷹の目に映っているのは自分ではない。

思わずこぼれそうになった涙を堪えた雪原の耳に、ことりと小さな音が届く。

見ると、空になった徳利が消え、代わりに酒で満たされた銀の片口が置かれていた。

六歳児のようでも六十年生きている経験から様子がおかしいことを察した松風が、気を利かせて持ってきてくれたのだろう。雪原は手を伸ばし、杯に片口の酒をついで飲んだ。

妙に甘い酒だった。銘柄を変えたのだろうかと首を傾げた瞬間、全身がかっと熱を帯びる。

くらりと眩暈に襲われると同時に、幸蘭たちがどこからともなくわらわらと涌いて出た。

しまったと後悔したときにはもう遅く、震える手の中から杯が転げ落ちる。

制御できない上半身が傾いて、雪原自身も床の上へずるりとすべり落ちた。

「──お、前、ら……っ」

ちょうど一週間前に飲まされたものとはまた別の呪酒らしい。身体を駆け巡る熱が下肢を滾らせることはなかったが、思うように言葉が発せず、身体の自由も利かない。

そんな雪原を幸蘭たちは取り囲み、指先でつつきながらくすくすと何かを囁き合う。

無邪気な色をした悪辣な目にじろじろと観察され、面白がられ、どうしようもなく腹が立ったし、今度は一体どんなとんでもない呪いをかけられたのかと不安に駆られる。

詰ってやりたいのに上手く舌が動かない悔しさで滲んだ視界の中央がふいに大きく揺らぎ、両腕を幸蘭たちに引かれるようにして白鷹が現れた。

「――紘彰っ」

床に倒れこむ雪原を見て、顔色を変えた白鷹が駆け寄ってくる。

「大丈夫か、紘彰」

雪原を抱き起こした白鷹の周りに幸蘭たちが群がり、はしゃいだ笑顔で口々に何事かを告げはじめる。きっと、無防備に二度も呪酒を飲んでしまった間抜けぶりを面白がって報告しているのだろう嬉々とした様子に歯噛みした直後、白鷹が「何ということを！」と紅い目の煌めきをきつくして、自身を取り囲む幸蘭たちを薙ぎ払った。

一斉に部屋の隅へ吹き飛ばされた花の精たちは、舞い散る花びらのようにふわふわと床の上に落ちてゆきながら一塊に身を寄せ合う。そして、懲りたふうもなく、とても不服げな表情をして、雪原には聞こえない透明な声を発して空気をざわざわと揺らし続ける。

「黙れ！　余計なことはするなとあれほど申したであろうが！」

新しくかけられた呪いがどんなものなのかはわからないけれど、きっとまた愛用のタブレットで鑑賞したいかがわしい動画に触発されての行動に違いない。

だから、白鷹はこんなにも激昂しているのだろう。新たな呪いを解くために、もうすぐ正妻として迎え入れる幸を裏切る行為をさらに重ねなければならなくなったから。

けれど、望みもしない「余計なこと」を強いられて、辛いのはこちらも同じなのに。

――いや、違う。同じではない。

白鷹は呪いが解けさえすれば「余計なこと」から解放されるが、自分の心はこれからもずっと白鷹に囚われたままだ。この夢のように美しい目をした妖狐への叶わぬ恋に一生苦しみ続けねばならない。それが、妖を利用して不正に名声を得たことへの天罰なのだから。

「――っ」

「紘彰、苦しいのか？　しっかりいたせ」

向けられる眼差しの優しさが辛くて、悲しくて、なのにたまらなく愛おしくてどうにかなってしまいそうだった。もうそれ以上堪えきれず、眦に溜まっていた涙を溢れさせたとき、ふいに身体の内側でうねっていた熱が一斉に引いていくのを感じた。

どうやら、今回の呪酒は失敗作だったらしい。

舌も手足も、唐突に呪縛が解けてすっと軽くなってゆく。

「――何が、しっかりしろだ、クソ狐！　全部、お前の躾がなってないせいだろうが！」

叫んで、雪原は頬を伝い落ちる涙をTシャツの袖で雑に拭う。

「紘彰、落ち着け。いきなり大声を出しては身体に障るやもしれぬ」

赤ん坊でもあやすかのように自分の背をさする腕から逃れたくて身を捩ったが、そんな抗いは白鷹にやすやすと封じこまれた。

「離せよっ」

「ならぬ。呪酒の影響を見定めるまでは離すことはできぬ」

「もう平気だ」

「お前にはそれを正確に判断する力はない」

「決めつけるな！　自分の身体のことは自分が一番わかるんだよっ」

声を張り上げて勢いをつけ、雪原は白鷹の胸に拳を叩きつける。

驚いたように息を詰めた白鷹の力がわずかに弱まった一瞬の隙に、雪原はその腕の中から床の上に転がり逃れた。後ろ手に距離を取りつつ「俺はもう平気だ」と繰り返す。

「平気だから、さっさと奥の院へ帰れよ！」

「そんなことなどできるはずがないであろう。紘彰、今宵のお前はやはりおかしいぞ」

「おかしくなんかない。お前に触られたくないだけだ」

「なにゆえ、そう思うのだ？」

「嫌だからだ」

「だから、なにゆえだ？」

「嫌なものは嫌だからだ。それ以上でも以下でもない」

「まったく、厄介な呪酒を飲まされたものだ」

白鷹は小さく息をつき、今度はしっかりと雪原の手首を摑んだ。

「離せよ、クソ狐！　あっちへ行け！」

「子供のような駄々はよせ、紘彰。いくら暴れても離さぬぞ」

「離せ！　あっちへ行け！　さっさと帰れよ！」

「紘彰。呪酒で悪酔いをしているのはわかったから、そろそろその悪態はよせ」

そう窘める声音は優しい。けれど、雪原を射貫く紅い双眸にははっきりとそれとわかる苛立ちの光が宿っていた。同じ妖からも憎まれる「金魚の天ぷら好き」という悪癖を持つ幸にはきっと見せたりはしないだろうきつい目の色が、胸に深く突き刺さる。

「いい加減にせぬと本当に帰ってしまうぞ？」

「だから、帰れって言ってるだろ、クソ狐！」

胸が痛くて苦しいだけのこの恋が自業自得の天罰なのはわかっている。

わかっているからこそ、白鷹の前で泣きたくない。無様な涙をこぼしてしまわないよう、雪原は胸に満ちるやるせなさを撥ねのけるように声を高くする。

「戯れ言はよせ。何の呪いをかけられたのかもわからぬこんな状態でひとりになって困るのはお前であろうに」

「困らない。もう平気だから、今晩の呪酒はただの失敗作だろ」

「ならば、今かかっている呪いが発動する時間になったらどうするつもりだ？」

「どうもしない。朝が来るのを待つだけだ」

「馬鹿を申せ。廃人になる気か？」

「これ以上化け狐に陵辱されるくらいならそのほうがいい」

「……それはどういう意味だ、紘彰」

雪原に向く眼光の紅が見る間に濃く、深くなってゆく。

「私には抱かれたくないということか？」

そうだ、と怒声を投げつけた直後だった。

白鷹の輪郭が揺らぎ、半妖半人だった姿が白狐と化した。優に三メートルは超えているだろう巨軀と燃えるように紅い目、そして雪原の頭などひと呑みしてしまうだろう大きな口。

初めて目の当たりにした白鷹の本性に驚き、息を呑んだ雪原に、白鷹が咆哮する。

「お前はそんなに、私よりもあの男がよいと申すのか！」

鼓膜を劈いたその言葉の意味がよくわからなかったけれど、反射的に口が動いた。

「そう言ってるだろ！　お前にヤられるくらいなら、死んだほうがましだ！」

叶わぬ恋に一生苦しむくらいならいっそ死にたいなどという捨て鉢な考えが本心なのか、単なる酒の勢いで飛び出た啖呵なのかは自分でも判然としない。

ただ、琴葉のようにはなりたくないと思った。同じ道ならぬ恋に溺れた者同士、琴葉を責める気はないものの、いつか幸が生むだろう新たな命に殺意を抱くような真似はしたくない。

だから、そんなふうに心が蝕まれる前に、今この場で消え去りたいという思いが脳裏をちらついて、雪原は「そのほうがずっとましなんだよ！」と叫ぶ。

「この私を拒むのか、紘彰！」

人間に拒絶されて高貴な妖狐としての自尊心が傷つき、憤怒しているらしい白鷹が雪原を見下ろし、唸る。だが、恐怖は少しも感じなかった。今まで目にしてきた姿とはまるで違う、恐ろしい妖でしかない本性を眼前に晒されてもなお恋しさが募るばかりだった。

そんな自分の惨めさに、また涙が出そうになる。

「俺はもうお前に抱かれたくない。これ以上……俺を苦しめるなよ、クソ狐……」

こんなにもお前が好きだから、と吐露してしまいそうになり、雪原は唇を嚙んで項垂れる。

「ほう。楽になりたいと申すか」

低い声音で問われ、無言で頷くと、堪えた本音が熱い一滴となって畳の上に落ちた。沈黙がわずかに続いたあと、聞こえてきたのは慈悲ではなく怒りをはらんだ低い声だった。

「……ならば、その願い、叶えてやろう」

どうやって自分を楽にしてくれるのか見当もつかなかったが、方法など何でもよかった。飲み過ぎた酒のせいか、段々と重くなる頭で考えるのは億劫だった。

幸への詫びを聞かされながら抱かれるなど、もう二度とごめんだ。心を擂りつぶされるような苦痛から解放されるのなら、何だっていい。

「ああ……。早く、してくれ……」

うつむいたままそう告げると同時に、突然、全身を激しい水流に叩かれた。

「——え？」

ずぶ濡れになった雪原の前を、天井鉢から落ちてきた金魚たちがゆらゆらと泳いでゆく。

そして、呆然とする雪原と同じようにぐっしょりと濡れて灰色狐となった白鷹を幸蘭たちが取り囲み、激しい身振り手振りつきで何事かを捲し立てる。

一体何を告げられたのか、白鷹の目の色が変わった。

「報告の順番が違うであろうが、このたわけども！　何故、そういつもいつも大事なことのほうを後回しにするのだ！」

声を荒らげた白鷹に、幸蘭たちも負けじと応戦する。花の精らが発する声は雪原にはやはりさっぱり聞こえないけれども、空気が尋常ではなくざわついているのを感じた。

「言い訳は聞かぬ！　種に戻されたくなくば、朝までにすべて元通りにしておけ！」

おそらく妖術で天井金魚鉢の底板を取り去ってしまったのだろう姦しい幸蘭たちを一喝す

ると、白鷹は大きく身震いをして白い被毛から滴る水を飛ばした。

「紘彰、来い」

いきなりTシャツの襟首(えりくび)を鋭い牙で挟みこまれたかと思うと、浸水被害を免れた廊下の向こうの座敷へ連れこまれる。

「紘彰、訊きたいことがある」

「……何、だよ?」

背後で部屋の襖(ふすま)がひとりでに閉まり、金魚たちがその襖をすり抜けて侵入してくる。

気がつくと、雪原の濡れた服は浴衣に変わっていて、正面の白鷹の被毛も乾いていた。

「お前は、鹿沼シェフと夫婦になりたいのではないのか?」

そう問う声音も雪原を捉える眼差しも、どこか戸惑っているふうだった。

質問の意図が咄嗟には理解できず、雪原も戸惑う。

「……夫婦? 俺が? シェフと? いや……、特には……」

「だが、お前は店でシェフに求婚し、私にもはっきりとシェフとの結婚を望んだではないか」

「求婚って……、あれはシェフの料理に惚(ほ)れこんでる常連客がいつもやってるただの悪ふざけだし……、シェフと結婚したいってのは夫婦になるのが目的じゃなくて、単にシェフの作った玉子焼きを食べたいってだけで……」

解(げ)せぬ、と白狐の顔がゆがむ。

「シェフの玉子焼きを食べたければ注文すればいいだけの話ではないか。なぜ結婚したいなどという馬鹿げた願望に繋がるのだ？」

虎よりも大きな白狐の紅い眼差しは肌に刺さるほど真剣で、雪原は一瞬、怯む。

「……馬鹿げてない。俺がシェフに作ってもらいたい玉子焼きは店で出してるフリッタータじゃなくて日本料理のだし巻きとか厚焼きで、それを一日の始まりの朝食で食いたいんだ。だけど『サルヴァトーレ』でモーニングが始まる可能性はほぼゼロな上に、イタリアンのシェフにだし巻きなんてオーダーできないだろ。だから……、夢を叶えるには結婚するしかないよなっていう……極めて論理的な帰結だ」

答えながら、雪原はようやく気づく。

先ほど白鷹が口にした「あの男」とは鹿沼のことだったのだと。

「まったく、何が論理的な帰結だ。雛鳥弁護士の頭の中には食い物のことしかないのか」

二十八にもなって何と意地汚い、と心底呆れきったような息を落とされても腹は立たなかった。――立たなかったけれども、代わりにある疑問が湧いた。

「……どうして、そんなにシェフのことを訊くんだよ？」

明らかに、白鷹は雪原が自分よりも鹿沼に好意を抱いていると勘違いして憤っていた。

同族の妖狐である幸を愛していて、もうすぐ結婚するにもかかわらず、なぜ滅多なことでは現すはずのない本性を晒してまで怒りを剝き出しにしたのだろうか。

毎日面倒を見ているペットが他人に餌づけされるのは許せないという独占欲だろうか。それとも、何かもっとべつの理由があるのだろうかと思った雪原に、白鷹は「呪いが発動しなくなった原因を知りたかったのだ」と答えた。

「三日前の夜から、お前は発情していない」

「……え？　それは……つまり、昨日も一昨日もヤってない……ってことか？」

「そうする理由がなかったからな。昨夜も一昨日も、泥酔状態で私に絡むだけ絡んだあとは朝まで高いびきだった」

三日前と言えば、白鷹への恋心を自覚し、叶わない想いにこれ以上傷つきたくなくて、夜の記憶を消してほしいと頼んだ日だ。望んだ通り、記憶は完璧に切り取られていて、白鷹の言葉の真偽を確かめようとしても何も思い出せない。御寮の間で心を引き裂かれるのが怖くて、「夜」が来る前に酒をしこたま飲んだらしいこともまるで覚えていない。

「でも……、お前と百回すますまでは毎晩ヤらないと脳が灼き切れて廃人になる……んだろ？　どうして、そうなってないんだ？」

「幸蘭たちの未熟さゆえに発動が不定期になっただけだろうと私は思った。あるいは、過ぎた酒のせいやもしれぬと。だが、あの者たちは頑なに私の考えを否定し、お前が呪いを解いたのだと言い張った」

「俺が？　何でだよ？　操れる呪禁なんてないのにどうやって？」

「お前には黙っていたが、呪いを解く方法は実はふたつあった。ひとつは百度の交わり。そして、もうひとつはお前に恋をしている私と同じ想いをお前が抱くことだ」

そう告げられ、雪原は大きく目を見開く。

「──恋？　お前が？　俺に？　何……で？」

頭の中で疑問符が飛び交って思考が縺れ、ただ驚くことしかできなくなり、呆けた顔で尋ねると、白鷹は「きっかけはお前の管狐だった」と笑った。

「紘彰。お前は管狐が何のためにどうやって生まれてくるか知っているか？」

話の繋がりが見えず、雪原はますます混乱を深めてまたたく。

「……呪禁師が使い勝手のいいアシスタントにするために創る人造の妖が管狐だろ？　耐久性が高いから、ひとつの用をすませるたびに消えて、いちいち創り直さなきゃならない式神のバージョンアップ的な感じで」

「そういう理解でも間違いではないが、不正確だな。管狐とは、性質の邪悪な複数の妖獣を極限まで飢えさせたのち、ひとつの器に封じこめてその中で喰らい合いをさせ、最後まで生き残った一匹の魂を核として創り出す、呪殺のための生きた道具ゆえ」

今の今まで、管狐をメルヘンな姿をした単なる雑用係だと思っていた雪原は、想像もしていなかった物騒な言葉の連なりに眉を寄せた。

白鷹によれば、管狐は竹筒の中で死なない程度にわざと飢えさせられたまま飼われるのが常らしい。そして、飢えた管狐が口にできるのは呪殺対象者――呪禁師から「餌」だと教えられた人間のみ。だから、一度においを覚えれば、どんな遠方だろうと必ず「餌」の居場所を嗅ぎ当て、ひとかけらの骨すら残さず捕食する。

「管狐とは本来、そうした獰猛で残忍な卑しい妖なのだ」

「――って、じゃあ、葉書の匂いを嗅がせたあんこが豹変（ひょうへん）して彼女に襲いかかる可能性もあったかもしれないってことか？」

「いや。お前の言いつけを忠犬よろしく律義に守り、芸まで披露するあのものはもはや管狐の嗅覚を持つだけの新種の妖だ。管狐は人造ものの妖ゆえに飼い主の性質に敏感に影響される。つまり、お前がそう創り変えたということだ」

「だけど……、俺はただ時々メシを分けてやってただけだぞ？　接触は必要最低限に留めてたし、踊るのだって、松風の金魚みたいに仕込んだわけじゃない。あいつは美味いものを食って嬉しくなったときに勝手に踊るんだ。最初からそうだったぞ……？」

「普通の管狐は嬉しがったり喜んだりはせぬ。そういう正の感情が元々ないのだ。だが、お前があのものを自分が守るべき愛しきあんこもどきとして拾い、無意識に新たな飼い主となったその瞬間から、あのものは呪殺の道具から食い意地の張ったあんこもどきへと生まれ変わったのだ」

秋国の血とお前の愛情深さが起こした奇跡であろうな、と白鷹は微笑んだ。

「以前、お前に興味を持ったきっかけを話しただろう？　テレビの中では無愛想な弁護士が『サルヴァトーレ』ではでれでれと目尻の下がった顔で管狐を餌づけしているさまは驚愕でしかなかった。最初はお前の別人ぶり以上に、本来は凶悪で度しがたいはずの管狐がお前と同じ腑抜けた顔であれが食べたい、これが食べたいと甘えたり踊ったりしていたことのほうに心底驚いた。驚きすぎ、それから何やら愉快になり、管狐と霊感弁護士とのコンビ芸から目が離せなくなった。そして、ほかでは見られぬお前たちの寸劇を見物しに『サルヴァトーレ』へ通いはじめ、あの管狐が日に日に愛くるしく肥え太ってゆく変化を目にするうちに、獰猛な妖をそんなふうに骨抜きにしてしまうお前の心の清い輝きに惹かれ、恋をした」

やわらかな声音でゆっくりと紡がれたその告白が嬉しくなかったわけではない。

けれど、頭の中では喜びよりも混乱のほうが大きく渦巻いていた。

「……理解できない。お前にとっては、同時進行で複数に恋をするのが普通なのか？」

声を震わせて問うと、大きな白狐は首を傾げた。そして、何かを思案するように黙ったまま尻尾をぱたんぱたんと振った。

「……もしや、幸のことを言っておるのか？」

「もしかしなくても、そうに決まってるだろ！」

「私が愛しているのはお前だけだ。幸にはそのような感情など抱いておらぬ」

「しらばっくれてんじゃねえぞ、このクソ狐！」

何のためにそんな嘘をつくのかと瞬間的に頭に血が上り、両手の拳を目の前の白鷹の胸部に叩きつけようとした。だが、雪原の手は長くやわらかい被毛の中にするんとうずもれて勢いを失い、図らずも白鷹に抱きつく格好になってしまう。

そのみっともない姿を気にする余裕もなく、雪原は糾弾を続ける。

「毎朝、奥の院であの白狐といちゃつきながらモーニングしてるのも、もうすぐ彼女が正妻になるのもちゃんと知ってるぞ！　嘘つくな！」

「紘彰」

「うるさい、クソ狐！　俺は一夫多妻制も愛人制度も浮気も認めない！　絶対、認めないからな！　俺を本当に好きなら、ほかとは切れて出直してこい！　話はそれからだ！」

「紘彰」

「黙れよ。俺のほうが先に結婚したんだから、食事くらい一緒にしろよ、クソ狐！　俺と行った祭りでほかの女への土産なんか買うな、クソ狐！　クソッたれな呪いで人を勝手に淫乱にした責任取れよ、クソ狐！」

「むろんちゃんと取る。約束するゆえ、少し落ち着け、紘彰」

白狐の胸にしがみついたまま無防備に晒していたうなじを舐められ、雪原は思わず漏れそうになった息を噛み殺す。

「幸は腕のよい料理人で、私は幸から美味なるフリッタータの作り方を教わっている」

「……フリッタータ？」

「ああ。てっきりお前は鹿沼シェフに惚れこんでいるものだとばかり思っていたゆえ、お前が色恋において性別を問題にせぬ質ならば、私が鹿沼シェフよりも美味いフリッタータを作れるようになれば、お前の心は私に向くはずだと考えたのだ」

「何で……そうなるんだよ？」

「鹿沼シェフを超えるフリッタータを作れるようになることで、すべての面で私のほうがシェフに勝るからだ」

あまりに自信たっぷりに返され、雪原はなかば呆れながらおかしくなって小さく笑う。

そして、「フリッタータ」「フリッタータ」と繰り返されたことで、白鷹が幸を連れて「サルヴァトーレ」を訪れた理由がわかった。料理人である幸に鹿沼の作ったフリッタータを食べさせ、レシピを解明しようとしたのだろうと。

風花楼を束ねる日本一の大常駐番が自分の気を惹くためにそんな涙ぐましい努力をしていたのだと思うと悪い気はしないけれども――。

「それにしたって、どうして彼女なんだ？　わざわざ彼女を呼ばなくても、腕のいい料理人なら風花楼にもごろごろしてるだろ？」

「人間の料理人に育てられ、人間相手の料理屋を営み、人間の好みを知り尽くしているものはほかにはおらぬ」

幸は何やら複雑な生い立ちのために父親に疎まれ、幼少期に人間界へ里子に出されたらしい。そして、彼女を託されたのが小料理屋を営む人間の夫婦だったのだそうだ。

その育ての親が遺した店を、今は幸がひとりで切り盛りしているという。だから、店の仕込みを始める前の早朝に料理を教わっていたのだそうだ。

「何だか苦労人っぽく聞こえるけど……、彼女はお前の家の臣下筋の由緒正しいお嬢様じゃないのか？　俺が見たときも料理人っぽさは皆無の格好だったし、女衆から聞いた評判にしたって気位が高くて扱いにくいお姫様って感じだったぞ？」

「幸が人間界(こちら)で料理人をしているのは生計のためではない。育ての親への恩義と、自分を愛さなかった実の父への反発心からだ。父親への恨み辛みが高じて幸は妖そのものを嫌っておるし、生家で家人に軽んじられた心の傷のせいもあって女衆らへの当たりがきつくなるのだ」

白鷹もそうした態度を改めるよう再三注意はしているものの、幸が事実上父親に捨てられて人間界へ来た経緯を知っているだけに強く叱れないらしい。

「幸の同族嫌悪は困ったものだが、その反動で人間は好いておるぞ。ほとんど食い気でできておるような女ゆえ、きっとお前とは気が合うだろう」

「でも……、叔母さんとは仲が悪かったんだろ？」

琴葉は例外だ、と苦笑した白鷹の吐息が耳朶(じだ)をくすぐる。

「風花楼の敷地には呪脈の溜まりがいくつかあるが、尊仁の妻の腹に初子が宿ったとき、そのひとつで琴葉が呪殺用の式神を生成していた。たまたまそれを知った幸が生成途中の式神を破壊し、互いに『魔女』『女狐』と罵り合うようになったのだ」

「……女衆から聞いた話と全然違う」

「噂話とはそんなものだ。口から口へと伝わるあいだに尾鰭背鰭に胸鰭がつき、最終的には原型がわからぬほどの別物と化す」

「じゃあ、彼女が輿入れしてくるって話も……？」

「いわゆるガセネタというやつだな。幸が生家を出される際、幸の祖母から後見を頼まれた縁で確かに目を掛けてはおるが、それだけだ」

「だけど、お前と彼女は後見人と被後見人の関係には見えなかったぞ。『はい、あなた、あーん』って感じでいちゃつきながら朝メシを食ってたじゃないか」

「長野へ行った日の朝のことか？」

「……見てたの、知ってたのか？」

「あのあと、幸蘭たちが嬉々としてお前が不機嫌になったと報告に来たからな」

「意味不明だ。俺が不機嫌になったからって何であいつらが喜ぶんだよ？」

「お前を覗きに連れ出したのも、呪酒を飲ませたのも、私に恋をさせるために幸蘭らが仕組んだ作戦だったからだ」

「ますます意味不明だ」

眼前の白い被毛に額を擦りつけて唸ると、白鷹が「まあ、聞け」と笑った。

「幸蘭らのしたことはお前にとってはただの災厄だったであろうが、あやつらはあやつらなりに知恵を働かせて私を幸せにしようと張り切っておったのだ。お前に恋をしてから、私は毎夜その想いを幸蘭たちに聞かせていたゆえ。そして、新しい秋国の花嫁がお前だったと知った驚きと喜びと、それよりも遙かに大きかった不安もな」

「不安？」

「お前は『サルヴァトーレ』では私のことをあからさまに警戒していたし、慶典の間ではまさに怒髪天を衝くといった形相だったであろう？　せっかく夫婦になれたお前に嫌われるどころか憎まれているのではないかと怖かった。その一方で思いがけずお前を娶れたことに浮かれる頭は混乱するばかりでどうすればいいか打開策がまるで浮かばず、なかなか共寝の間へ足を向けることができずに頭を抱えていた私を救おうとして幸蘭たちが考えた案があの呪酒だったのだ。夜毎悦楽を徹底的に教えこんで溺れさせ、離れられなくしてしまえば、お前の身も心も私のものになるのではないか、と」

そして、ついでに呪いで雪原を床上手にすれば白鷹も喜んで一石二鳥になると考えたらしい。だが、なかなか幸蘭たちが妄想したような劇的な変化が見られなかったため、奥の院の朝の光景を覗かせて嫉妬させ、恋の炎を燃え上がらせる作戦を立てたのだという。

「……覗き作戦はともかくとしても、あいつらの思考回路は完全に犯罪者だな」

考えてみれば、奥の院を覗いて目撃した光景に腹を立てたことが、まさしく恋を自覚する引き金となったように思う。けれど、まんまと幸蘭たちの仕掛けた罠（わな）に落ちてしまったことを認めるのは癪で、雪原はわざと声を尖らせる。

「幸蘭たちの頭の中にあるのは私を喜ばせることのみで、そのために取る手段の是非など考えぬのだ。許してくれとは言わぬ。だがすべて事後報告で、決して私が望んでやらせたのではないことだけはどうか信じてほしい」

「そこまでは疑ってない、けど……、あの朝見たことはまだ納得できない」

「我らは睦み合っていたのではない。あのとき、私は自分の作ったフリッタータのあまりの不味さに絶望して箸を置いたが、食べ物を残すことを許さぬ幸に無理やり口の中へ押しこまれていたのだ」

「いちゃいちゃ見つめ合いながら微笑み合ってるように見えたぞ」

「あれはすべて平らげねば顔を爪で引き裂いてやると睨みつけられ、引き攣っていたのだ」

「……わざわざあんなロマンチックムード満載の水辺ですることか、それ」

「部屋の中には焦げた卵の臭いが充満していたゆえな」

「……なら、さっき屋台で掬った金魚は天ぷら用じゃない……のか？」

「天ぷら？」

白鷹は一瞬怪訝そうに目を細め、「ああ、あの噂か」と何かを思い出した表情になる。

「あの金魚失踪事件の犯人は渡門希望の人間が連れていた猫だったが、女衆らへの嫌がらせのつもりなのか、幸が自分で天ぷらにして食ったと吹聴して回っていたゆえ、皆に金魚の天ぷらが好物だと思われてしまっているのだ」

あの露悪趣味にも困ったものだ、と白鷹は息をつく。

「金魚は松風への土産だ。お前の世話をよくしておる褒美にと思ってな」

「じゃあ……、幸蘭の名前は？　彼女の名前から取った……んじゃないのか？」

「取りようがない。幸蘭を創ったのは幸が生まれる遙か前のことゆえ」

「……本当に、彼女とは後見人と被後見人の以上の関係じゃないのか？」

ああ、ない、と白鷹はきっぱりと声を響かせる。

「私が愛しているのはお前だけだ。お前ひとりが私の妻だ」

今まで恋をしたことはあっても、想いを通じ合えたことはない。生まれて初めて聞かされた愛の告白に胸を熱く締めつけられ、雪原は白鷹にしがみついたままゆっくりと顔を上げた。

宝石よりも美しく煌めく紅い大きな目が雪原を見つめていた。

「どうして、最初にそう言ってくれなかったんだ？」

「恋をするなど数百年ぶりだったのだ。警戒心丸出しのお前にどうやってこの気持ちを伝えようか戸惑っていたところへお前が嫁いで来て、驚いているうちにお前は呪酒を飲んでしまった。あんな呪いにかけてしまったあとに愛を囁いても白々しいだけであろう？」

「まあ……、それは確かにそうだけど……、大体何であんな破廉恥連中に俺のことを話すんだよ？　どうせ相談するなら、もっとまともな相手にしろよ」

「常駐番とは孤独なのだ、紘彰。国元へ帰れば別だが、ここには信頼できる部下はいても、腹を割って話せる友はおらぬ」

そう告げた白鷹の顔の前を、金魚たちが赤い尻尾を揺らして泳いでゆく。

「だから、お前と生涯の友になりたいと言ったのは本心だ。お前が我が友となり、伴侶となってくれればどれほど幸せだろうと思った」

「どっちも欲しいなんて欲深い狐だな」

「お前に関してはそうだな。恋しい、愛おしいと思うと、どこまでも欲が深くなる」

顔の前でゆらゆらと列を成して浮遊する金魚たちを鼻先でそっと押しやって、白鷹は雪原の頬を舐めた。

「ほかに尋問したいことはあるか？」

「……今晩、俺と橋を渡ったのはただの成り行きか？」

「半分はな。あの橋で撒かれている神気は人ではない私には何の効験ももたらさぬゆえ、葵葉稲荷に岩井昇が現れねばお前を無理に誘い出すことはしなかった。だが、岩井昇が現れ、お前と祭りへ繰り出す大義名分を得たからには今後の験担ぎにと思い、わざと橋のほうへ誘導した。まあ、結局は渡りきれなかったがな」

非難よりも揶揄いの色が濃い眼差しをやわらかに向けられ、雪原は少しばつが悪くなって視線を逸らす。

「来年、渡り直せばいいじゃないか」

そうだな、と白鷹は頷く。

「来年は私の妻として正式に訪問し、結婚祝いにお前に振りかける神気を大盤振る舞いしてもらうとするか」

「一年も経って結婚祝いを要求するのはありなのか？」

「めでたいことゆえ大いにありだ」

微笑んだ白鷹に雪原も「図々(ずうずう)しい狐だな」と笑う。

「あのさ……、神社でヤッてるとき、俺に謝ったのは何でだ？」

「呪いにかかったお前を抱いて悦(よろこ)び、欲情していることへの罪悪感ゆえだ」

「ふうん、そっか。なら、いい」

もうあの言葉が幸への謝罪などではないことはわかっていたけれど、はっきりとした答えを知ることができ、雪原は満足してそばにいた金魚を指先で撫でる。それを喜ぶようにぴちぴちと尻尾を振り、顔を擦りつけてきた金魚が愛らしく、雪原は手のひらに乗せた。

「あ……。そう言えば、さっき俺をどんな方法で楽にするつもりだったんだ？」

「お前の中から私の記憶をすべて消すつもりだった。私に抱かれたことを忘れれば、お前は苦しみから解放されると思ったのだ。それに、忘れることで私への悪感情も消えるゆえ、お前との出会いを一からやり直したかった」

「あんな獲物を食い殺そうとしてる極悪狐みたいな顔して、考えてたのはリセットかよ」

予想外の答えを聞かされ、雪原は少し驚く。

「リセットボタンを押してたら時間を無駄にするところだったな、化け狐」

雪原は手の上の金魚を放し、自分を丸呑みしてしまいそうな大きな白狐の口の端を摑んで引っ張った。ゴムのようにみょんみょんと伸びるさまがおもしろく、雪原は笑う。

「破廉恥連中に水をぶっかけられて助かったな」

くすぐったそうに顔を振って雪原の悪戯から逃れた白鷹が「あやつらもたまには役に立つのだ」と言った。

「して、紘彰。尋問はもう終わりか？」

とりあえずな、と頷く。ほかにも確かめたかったことがあったような気もするが、胸は幸福な気持ちで満ちていて今はもうこれで十分だと思いながら雪原は金魚と戯れる。

「ならば、私の番だ」

「え？」

「この二日、お前が発情していない理由を、幸蘭たちはお前が私に恋をして呪いが解けたのだと言ったが私は信じなかった。だから、あやつらはむきになってお前に二度目の呪酒を飲ませ、呪いが発動しなかったことで自分たちが正しかったのだと鼻高々だった」

そう言った白鷹の姿が白狐から見慣れた半妖姿に戻る。

「私もさすがに今はそう思っているが、お前の口から聞きたい」

黒の着物を纏う白鷹は「聞かせてくれ」と囁き、その指先で雪原の頤を捉える。

「紘彰。私はお前の気持ちを知りたい」

頤からするりと這い上がってきた指に下唇を押しつぶすようになぞられ、肌が粟立つ。

「……今、言った、じゃないか。来年、橋を渡り直そうって」

恋心を伝えた経験などないせいで、気持ちを言葉にすることにどうしようもない恥ずかしさを覚えてしまう。情けないと思いつつも顔を逸らし、雪原は周囲を浮遊する金魚たちにうろうろと視線を向ける。

「渡り直す理由を教えてくれ」

「……秋国と涼風両家の寧静と繁栄のため……とか？」

婚礼の日に祭壇の前で奏上した誓詞をもごもごとこぼすと、白鷹が片眉を撥ね上げた。

「往生際が悪いぞ、紘彰」

自分でもそう思いはするが、好きだと告白したことすらない経験値で愛を告げるのはハードルが高すぎた。雪原は白鷹を押しやって、ふいと顔を背ける。

「察しろよ、クソ狐」

「思春期の子供でもあるまいに、何を恥ずかしがっているのだ」

焦(じ)れた目をした白鷹の腕に抱き寄せられ、耳朶に温かな唇が押しつけられる。

「さあ、私を好きだと申してみよ、紘彰。幸を娶ると勘違いして嫉妬したでもよいぞ」

抱きしめられたまま耳元で何度も名を呼ばれ、愛していると繰り返され、頭の中で嬉しさと恥ずかしさが同時に爆ぜた。

「――は、離せよ、馬鹿っ」

「私を好きだと申すまで離さぬ。愛を語ったのが私だけでは不公平だからな」

「何が不公平だ！　そもそも、お前がさっさと言うべきことを言わなかったから、何もかもが縺れてややこしくなったんじゃないか！　全部、お前のせいだろ！」

「言ったであろう？　恋をするなど数百年ぶりだったのだ。多少手際が悪かったのは仕方のないことだ」

「開き直ってるんじゃねえぞ、クソ狐！　俺だって十四年ぶりだ！　中二以来だぞ、中二以来！　そんな状態であんなクソッタレな呪いにかけられたせいで、頭の中がぐちゃぐちゃなんだ！　一度にあれこれ要求されても、応じるスペックなんてない雛鳥なんだよ！　察してるんならそれで満足しとけよ、このクソ狐！」

「……なるほど。お前は清らかな身体で私のもとに嫁いで来たのだな、紘彰」

「――は？　な、何で、そうなるんだよ」

「妖を使ってうっかり名探偵になってしまったと気に病んで体調不良になるような生真面目すぎる性格のお前は健全な青少年であっただろうし、好き合ってもいない相手と行為に及ぶことをよしとは考えないはずだからだ」

たぶんいつかは打ち明けただろうが、今この場ではそんな気のなかったことを、自分で派手に暴露してしまった。そう気づき、雪原は一言も反論できずに深く赤面した。

「お前の純潔を奪った責任を早急に取らねばならぬな」

白鷹が艶やかに笑んだと同時に大きな浮遊感に包みこまれたかと思うと、雪原は夜空に舞い上がっていた。くじらのように巨大化した金魚の背に乗って。

雪原と白鷹を乗せて夜空を泳ぐ金魚くじらを先頭に、サイズは様々に大きくなった金魚たちがあとを追って来る。金魚たちはみな、発光していた。派手な輝きを赤く放って夜空を悠々と泳ぎ渡る金魚たちの群れは、まるで賑やかなパレードのようだった。

「何だよ、これ……」

「即席の嫁入り行列だ」

「え……？」

「我が涼風家は湖上の城に住んでおる。そのため、涼風に嫁いでくるものは黄金の竜魚(りゅうぎょ)の背に乗って湖を渡るのがしきたりなのだ。色は赤いが名は金魚ゆえ、こやつらを連れて風花楼の空を一巡りし、お前が陰嫁ではなく私の正式な妻となったと皆に知らしめようぞ」

白鷹が指さした眼下に視線をやると、楼の窓やベランダから大勢の妖たちが身を乗り出し、こちらを見上げていた。その中には松風や、親戚だろう一反木綿たちもいた。見知った顔の女衆たちもいた。誰もが一様に驚きながらも嬉しげな表情を浮かべており、やがてどこからともなく弾けるような歓声が上がり出した。

遠く離れているので、言葉ははっきりと聞こえない。けれど無数の窓から漏れる光のさざめきに乗って届く音の連なりは、雪原を温かく包みこむものだった。

今まで空気のように扱われてきたぶん、その歓迎ぶりが何だか妙に気恥ずかしかった。

「金魚を天ぷらにされずにすむのがよっぽど嬉しいみたいだし、彼女のあの噂、早いとこ消火しといてやれよ」

照れ隠しにそんなことを口にしてみると、白鷹が「そうしよう」と笑った。

「だが、幸のことよりも先にせねばならぬことがあるぞ、紘彰」

「何を？」

「お前のやりたがっていた披露宴だ。我らの婚姻は秋国と涼風の歴史を変えるものゆえ、お前の両親や尊仁ら秋国側の人間たちも大勢呼んで、盛大におこなわねばな」

やりたいなんて言ってないと返そうとした言葉を、雪原は呑む。

両親には琴葉の秘密はどうにも話しにくい。だが、白鷹やカラフル六十歳児の松風を紹介し、風花楼で自分が幸せに暮らしている姿を見せられたなら——。

多少戸惑いはするだろうけれど、長年の罪悪感に別れを告げてくれるはずだ。

「ああ、そうだな」

「では、竜魚をこちらへ運んでくるのはさすがに無理ゆえ、代わりに会場入り用のゴンドラと竜船を急ぎ新調するとしよう」

「そんなもの、ふたつも造ってどうするんだよ」

「皆の記憶に生涯残る派手な宴にするのだ。ああ、宴の日には葵葉稲荷に負けぬ祭りを催すのもよいな」

白鷹はどこか浮かれ調子に告げると、雪原を抱き寄せた。

「しかし、紘彰。それよりもまず、だ。お前は私に言わねばならぬことがあろう？」

途切れることなく花火のように湧き上がる歓声に背を押され、雪原は腹を括ろうとした。

「……俺はさ、ずっと……風花楼への嫁入りは天罰だと思ってた。妖を利用して名声を得た罰として、狐の嫁になる屈辱を味わえって。でも……さ……、天が用意した本当の罰は、俺を愛してくれないくせにやたらめったら優しい残酷な狐に心を奪われて、死ぬまで横恋慕し続けなきゃならないことなんだと思って苦しかった」

「死ぬまで横恋慕か。それは確かに苦しそうだな」

美しい妖の紅い目がやわらかくたわんだ。

「ああ……。目の前が真っ暗な絶望ものだ。だから……、全部俺の勘違いだったたってわかったときは、死ぬほど嬉しかった」

何だかくすぐったくて甘酸っぱいような感情が決意したはずの言葉を喉元でしゅわしゅわと溶かしてしまい、結局「好きだ」とは言えなかった。

その照れ隠しに、雪原は「俺からは以上だ、クソ狐」と早口に締めくくる。

「まるで中学生のような愛の告白だな、紘彰」

「仕方ないだろ。その方面は十四の頃から成長してないからな」

そう告げた足もとで光がうねった気がした。

見ると、楼の妖たちが手に手にランタンを掲げはじめていた。ゆらゆらと揺れる祝福の灯火（ともしび）はあっという間に一面に広がって、目映い黄金の海原となった。

「……まあ、だけど、ここに嫁に来られて幸せだくらいは言える」

視界が金色に染まっていく中、言葉にしがたい大きな喜びが胸に満ちるのを感じながら、雪原は白鷹の胸に身を預ける。

「そうか。ならば私は雛鳥の成長を気長に待つとしよう」


赤い燐光（りんこう）を振り撒き、夜空を華々しく巡ったパレードの終着の場所は奥の院の上空だった。

紘彰、と差し出された手を取ると、白鷹が雪原を抱き寄せ、金魚の背から飛び降りた。

壮麗な屋根に向かってゆっくりと下降する背後でぽんぽんと泡が弾けるような音が聞こえた。首を巡らすと、元のサイズに戻り、楼のほうへ引き返していく金魚たちの赤く揺れる尾びれが見えた。

やがて、不思議な感覚に全身を包みこまれる。まるで水膜のようにやわらかなものに化した屋根を、白鷹と抱き合ったまますると通り抜けたのだ。降り立ったのは天蓋つきの寝台と何点かの美しい調度品が置かれた、すっきりと洗練された雰囲気の漂う部屋だった。

「ここは？」

「私の寝室だ。今宵はここでお前を抱きたい。お前が秋国の花嫁ではなく真に私の妻となったことを実感したいゆえ」

頭から水を被(かぶ)ったせいですっかり酔いの覚めていた頭にその答えが静かに響く。

「ん……」

照れ臭さと喜びとで肌が火照っていくのを感じながら浅く頷くと、頤を掬い上げられ、唇を重ねられた。やわらかな声音で「紘彰」と自分の名を呼ぶ美しい妖狐に唇を幾度も強く、弱く啄(ついば)まれる。息の仕方がわからず苦しくなってしまい、わなないた唇のあいだに熱く濡れた舌をぬるりと差し込まれた。

「――っ、ふ……、う……んっ」

口蓋をなぞられる愛撫(あいぶ)に戸惑う舌を強引に搦め捕られ、きつく吸われる。

「紘彰……、愛してる……」

吐息めいた囁きが落ちてきて、口内を蹂躙(じゅうりん)するかのような荒々しい動きから解放されたのも束(つか)の間(ま)、再び唇を奪われる。

今度は口腔(こうこう)のもっと奥深くを侵されながら浴衣の前を開かれ、乳首を摘(つま)まれた。

「――んぅっ。んぁ……、んっ、うぅ……っ」

胸の小さな尖りを指の腹のあいだで擂りつぶすように捏ね転がされる。

四肢の先に甘い痺(しび)れが走り、またたく間に乳首は硬く凝(こ)っていった。そして、頂がつきんと突き出た瞬間を狙ったかのようにくりくりとねじり上げられ、視界が一瞬白む。

胸に施される巧みな愛撫と口内を味わい尽くすかのような激しい口づけに翻弄され、息が詰まりそうだった。目眩がするほど気持ちがいいのにとても苦しくて、どうすればいいかわからず、雪原は腰を捩りながら眦に涙を溜めた。

「ふっ……、ん……っ、う、ぅ……っ」

「……ああ、そうか。お前はこれも私が初めてであったか」

唇を離した白鷹が溢れそうになった涙を吸い取り、紅い瞳を嬉しげに煌めかせた。

すぐにまた深く口づけられたせいで、最初は何を言われたのかわからなかった。けれど、角度を変えながら舌を何度も食(は)まれるうちにふと気づいた。

――これが生まれて初めて想いを通じ合わせられた相手との初めてのキスだと。

その途端、今まで経験したことのない酩酊感に襲われ、下腹部で熱が大きくうねった。

あとからあとから湧き出てくる歓喜が眼前でぱちぱちと弾け、初めての口づけによって与えられる愉悦を増幅する。気づけば息苦しさは甘く溶け消えていた。応じ方がわからないまま、それでも夢中で白鷹の動きを真似、快感を貪欲に追った。

「ふっ……、ぅ……、んっ……」

唇と舌でおこなう濃密な交歓に雪原は恍惚となる。段々と立っているのも難しくなり、腰が崩れかけたけれど寸前で膝裏を掬われ、寝台の上に押し倒された。

腰を跨いで白鷹の手が雪原の浴衣の裾を大きく割り広げ、下着の膨らみを暴く。

「あっ」

初めてのキスができた喜びだけで昂ってしまっているそこを露わにされ、肌の火照りが濃くなる。咄嗟に淫らな欲の芽を隠そうとしたが、その手はやすやすと抑えこまれた。

「恥じらうお前はなかなかに新鮮だな、紘彰」

色めく笑みを滴らせた妖狐が、雪原の下着を勢いよく引き下げる。

赤く熟れた陰茎が布地の端に引っかかり、ぷるりと撓ってこぼれ出た。その拍子に先端の秘裂から透明な蜜が細く飛ぶ。

羞恥をさらに煽られる光景に赤面して息を呑んだ直後、白鷹の手が秘所へ伸びてきて、窄まりを突かれた。

「う、ぁっ……」

百度にはほど遠かったものの、すでに幾度も交わりを重ねた洞は馴染んだ指をやわらかく呑みこんだ。それはまるで悦んで迎え入れたかのような蠢きで、痛みがあったわけではない。けれど、呪いの発情から解き放たれ、自ら潤うことのなくなった粘膜を引き伸ばされる感覚は強烈で、雪原は思わず仰け反(のぞ)った。

「こちらは上と違って濡れておらぬな」

中の感触を確かめるように白鷹は指を小刻みに抜き挿しした。くにりくにりと浅く抉られる後孔から違和感と快感が半分ずつの刺激が響いて広がってゆき、雪原の吐息を淫らに弾ませた。

「ふっ、ぁ……っ。あっ――、たり、前だっ。それが、普通、だ……ろっ」

「呪いのかかっていないお前を抱ける日が来るとは夢のようだ」

感慨深げに言った白鷹の指の動きがふいに変わり、じんじんと疼いていた内部にぬるいぬめりを感じた。白鷹は何か術を使ったらしい。柔壁が潤滑油でも撒かれたように濡れていくのがわかった。指の出し入れに合わせ、ぐちぐちと湿った音も響き出している。

「あ……。あっ、あ……っ」

隘路を突き擦る指は二本、三本と増えてゆく。みるみる蕩けてぬかるんでゆくそこを強引に拡げられ、かき混ぜられて、雪原は腰をくねらせながら悶えた。硬く反り返った陰茎の秘裂がひくひくとわなないて垂れこぼす欲の雫(しずく)が、腹部をじっとりと濡らす。

「あっ、ん……っ。あ、あ……っ」

「たまらぬ声だ」

かすかに上擦(うわず)る声を漏らし、白鷹は雪原の中から指を抜く。

突然の喪失感に雪原は困惑する。思わず遠ざかる指をはしたなく腰を揺すり上げて追った雪原を見下ろし、白鷹が乱雑な手つきで自身の着物の前を開く。

「本来ならじっくり舐めほぐしたいところだが、いかんせん今宵は余裕がない」

太い血管を脈打たせながらみっしりと膨張し、天を衝く長大な怒張が見せつけられる。凶悪な形に張り出した亀頭冠は溢れ出る粘液を纏って光り、淫靡(いんび)に濡れた肉茎の根元では重たげな陰嚢が赤黒く張りつめ、伝い落ちてきた欲情をぼたぼたと滴らせていた。

「もう持ちこたえられそうにないゆえ、よいか?」

告げられた切迫感が偽りではないとひと目でわかるさまに、雪原は軽い目眩を覚える。自分に愛を注ぐために滾っているそれが、どうしようもなく愛おしくてたまらなかった。

「――俺も、欲し……」

肉欲のためではなく、愛のためにひとつに繋がることを求めると、すぐさまそこにぬめる熱塊が宛がわれた。

「――っ」

息を詰めた瞬間、窄まりの中央を突き刺された。熱くて硬い先端がめり込んでくる勢いで襞が捲れ上がり、潤んだ媚肉がずるずると擦りつぶされる音が響く。

「あ、あ、あ――っ」

肉筒の最奥をずんっと重く突き穿たれた衝撃で脳髄が震え、雪原は足先をきつく丸める。

愛おしい男の漲りを身の内に深々と収められた幸福感が幾重にも重なって溢れてきて、雪原はあっけなく達した。

「白、鷹……っ。白鷹……っ、あ、ぁ、あ……」

雪原は精を噴きこぼしながら、伴侶となった男の名を繰り返し呼んだ。

「お前に名を呼ばれるとたまらぬ心持ちになる」

唸るようにかすれた声を放った白鷹が雪原の中で急激に形を変じる。

「あぁぁっ」

力強く伸びてきた太い亀頭に奥の奥まで掘り抉られ、ごつごつと固まって膨らんだ根元で襞を裂かれるような強烈な愉悦に、雪原は高く喘ぐ。

蜜の残滓(ざんし)がにゅるりとこぼれ散って、うねる粘膜が雄の凶器を締めつける。

「……っ。紘彰、少し、緩めてくれ。そう纏わりつかれては動けぬ」

少し苦しげに笑んだ白鷹が腰を引こうとした。だが、雪原は動きかけた逞しい腰に足を絡みつかせ、「まだだ」と首を振った。

「も……少し、このまま……お前を感じて、いたい……」

呪いに操られるセックスとは違う悦びを知りたい。自分自身の五感だけで白鷹を受け入れたことを味わいたくて、雪原は四肢に力を込めた。

白鷹にしがみつき、肉の環を引き絞るように蠢かす。発情していない状態で上手くできるか心配だったけれど、雪原の身体は愛おしい妖狐との交歓のために自然と動き出す。

腰が回り、ぬかるんだ粘膜が隘路に突き刺さった剛直にきゅうきゅうと纏わりつく。

柔壁を灼く熱さ、後孔を埋め尽くす長大さ、張りついて溶け合おうとする媚肉を撥ね返す脈動の力強さをはっきりと感じ、その甘美な悦楽に雪原は空を蹴った。

「は……、あっ、ん……っ」

「――っ、紘彰……っ。そう、煽るな」

白鷹が眉根を寄せ、低い声で雪原のはしたない腰の動きを窘める。

「まだ何もしておらぬのに、お前に引き摺られてこのまま達しそうだ」

出せよ、と雪原は潤んだ涙声で返し、腰を揺すった。

「俺、も……、おかしく、なり、そ……っ。正気のうちに、お前の全部を感じ、たいっ」

告げた直後、白鷹が息を詰めた気配がした。そして、襞を捲り上げる勢いで怒張が膨張し、強張ったのを感じた。

「紘、彰……っ」

愛おしげな眼差しを雪原に向け、美しい妖狐が射精を始めた。

放たれた精の量は夥しく、その流れは激しかった。ぬかるむ肉洞に、まるで礫で叩かれているかのような淫靡で強烈な衝撃が響く。

「あっ、あっ……！　あああぁ――」

蕩けた柔壁に跳ね返って逆巻く精の奔流に意識が攫われる錯覚を覚え、思わず空を掻いた手をきつく握られる。

「紘彰、紘彰……っ」

凄まじい速さで腰を律動させながら、白鷹は熱い精を撒き続ける。

掻き回され、捏ね突かれ、叩き擦られて爛れてゆく粘膜が狂ったように波うつ。どろどろに溶けた肉襞をさらに容赦なく押しつぶされ、荒々しく濡らされて、雪原は腰を躍り上がらせてむせび啼いた。

「あっ、あっ、あ……っ。白鷹、白鷹……っ」

神経を灼き焦がすかのような快楽が、身体の隅々にまで沁みこんでくる。

どうしようもなく気持ちがよかった。

愛していると全身で力強く告げられて、雪原も恍惚となりながら二度目の吐精をした。

それを喜び、紅い目を獰猛に煌めかせた妖狐の腰遣いが一段と苛烈になる。意思を持った大蛇を思わせる灼熱の猛りがとめどなく吐き出す欲情の渦にもう溺れてしまいそうで、足先

がぴくぴくと痙攣した。

「あ、あ、あ、ぁ……っ」

自分はきっとこの先、人間同士で成就する普通の恋を知ることはないだろう。雄の妖狐の愛しか知らずに生涯を終えるのだろう。けれど、それで幸せだと雪原は思った。

この上ない幸福感に包まれながら、雪原は紅い目をした美しい白狐の手を強く握り返した。

＊＊＊

昼時の混雑が一段落ついた「サルヴァトーレ」を出ると、入店したときにはあんなにも燦々（さんさん）としていた日射しがずいぶんと和らいでいた。

八月も残すところあとわずか。もう夏も終わりが近い。

「先生、白鷹様、またね！」

このところ会うたびにむちむち感を増すあんこは「ばいばい！」と尻尾を振り、店内へ姿を消した。以前のように次の来店日を気にする素振りなどもはや微塵（みじん）も見せることなく。

「またね、ばいばい、か……」

あんこの発した言葉をぼそぼそと繰り返し、雪原は肩を落とす。

白鷹の一声で突如、風花楼史上初の大規模披露宴の開催が決まり、その準備に追われて嬉しくも照れくさい日々を慌ただしく過ごしていた雪原は、今朝目覚めてふと思い立った。

あんこを風花楼に引き取ろうと。

よく考えてみれば、あんこと距離を取らねばならない理由などとうになくなっている。ならば、あんこの養育は拾った自分の義務で、いつまでも鹿沼に甘えて「サルヴァトーレ」に居候させておくのは無責任というものだ。それに何より、これまでずっと本心を押し殺して我慢してきたぶん、手元に置いて思う存分可愛がりたかった。

だから早速、鹿沼へのこれまでの礼の品を携え、あんこを迎えに行った。なのに「えー。やだ。ぼくのおうちはここだもん」とぷいと首を振られてしまった。

さらに鹿沼も「どうぞお気になさらず。と言いますか、あんこちゃんに出て行かれると困るんです。あんこちゃんにご飯を出すようになってから大小様々な幸運の連続で、今や私にとっては福の神ですから」とあんこの引き渡しを眩しい笑顔で拒否した。

風花楼で「お陰様」ではなく「お方様」と呼ばれるようになったことや、琴葉のゆがんだ恋心を秘密にしたままどうにか両親の憂いを解消できたことに浮かれているあいだに、あんこは自身の飼い主を取り換えていたらしい。

幸せそうに黒光りするあんこと鹿沼の双方から相思相愛ぶりを見せつけられては、雪原としては礼の品だけ置いてすごすごと退散するしかなかった。

「俺っていつの間にか、たまに来るよそのおじさんに格下げされてたんだな……」

わけあって離れ離れになっていた子供を晴れて引き取りに行く夫婦な気分で白鷹とスリーピーススーツに袖を通したはずが、「今後ともよろしく」と挨拶回りに来たただのビジネスマンになってしまった。――今、雪原の胸の中ではそんな奇妙な敗北感が舞っていた。

「そこまで卑下することはなかろう。お前は麗しいスノー・ビューティーで、そこらのおじさんなどではないぞ」

この状況を面白がっているらしい白鷹の軽口は無視し、雪原はため息をつく。

「俺の家、ペットは禁止だったから、あんこみたいな可愛いやつを飼って毎日思いきり撫で回すのが子供の頃からの夢だったのに」

「小さきものを愛玩したいのならば、風花楼にも松風や金魚たちがおるではないか」

「松風も金魚も可愛いけど、もふもふしてない」

「では、私を愛玩してもよいぞ」

「何のプレイだよ。お前は愛玩用にはでかすぎるし、そもそもべつに可愛くはない」

――思わず頬ずりをしたくなる可愛さと、永遠に眺めていたい美しさとは別物だ。

胸の内でそう呟き、雪原は空を見上げた。何だか正妻から愛人へランクダウンした負け犬のような気分だからか、空の青さが網膜に突き刺さって痛い。

眩しくて細めた目の端で、風花楼の特徴的な輪郭がちらつく。

岩井一家の行方を捜し回っていたときには、この辺りで楼の姿を視認できたことはなかった。なのに数日前、披露宴の準備のための所用で訪れた秋国家から風花楼が見えることに気づいて以降、どこへ外出しても視界に入るようになった。

この不思議な変化の理由を白鷹に尋ねてみようとしたとき、坂を下ってきた自転車が雪原の真横でとまった。

「あら！　ちょっと見ないあいだにすっかり健康優良児な顔ね。誰かと思ったわ」

つば広の帽子にサングラスとフェイスカバーで顔がまったく見えないその不審者ルック一歩手前の相手の正体に気づくのに数秒かかった。

「……春田先生。俺のほうこそ誰かと思いましたよ。どうされたんですか、その自転車」

自転車に乗る春田を見たのは初めてで、それもすぐに気づけなかった要因だ。

「自転車通勤にしたの。もうすぐ事務所を背負って立つ身としては、年齢的にもそろそろ本格的な健康管理を始めなきゃと思って」

今は遅めの昼食からの帰りだと告げ、春田は雪原の隣に立つ白鷹を見た。

白鷹には風花楼への引っ越しを事務所でどう説明しているかは話してある。「下宿先の親戚です」と紹介すると、白鷹が「紘彰がいつもお世話になっております」と会釈した。

かつての自分もそうだったように、大抵の者は性別や年齢など関係なしに白鷹の美貌に魅入られる。だが、春田は仕事と金銭以外への興味の回路が完全にショートしてしまっている。

自転車から降りてサングラスとフェイスカバーを外し、淡々と挨拶を交わした様子から察するに、白鷹に対して「ああ、例の親戚か」以外の感想は持たなかったようだ。

「それじゃ、雪原先生。また休暇明けにね」

サングラスを掛け直そうとした春田が「あ、そうだ」とその手をとめる。

「雪原先生。あそこに浮かんでる、ちょっと中華っぽい五重塔みたいなやつ、見える？」

春田は風花楼を指さして言った。

「最近いきなり現れて、見えたり消えたりするの。しかも、今のところ認識してるのはあたしと良子さんと所長だけなの。みんなして毎日首を傾げてるんだけど、プロジェクションマッピングのテストでもしてるのかしら」

言葉もなくまたたいたとき、春田のスマートウォッチが鳴った。

春田は手首へ視線を落とし「おっと、クライアントが早く着いちゃったみたい。急がないと」と自転車に跨がる。そして「じゃ」と手を振り、颯爽と坂道を下っていった。

頭が仕事モードに切り替わると同時に風花楼への疑問は一旦霧散したようだ。突然出現したことを怪訝に感じはしても、何も実害がないので解決の優先度が低いのだろう。

「……今のはどう解釈すればいいんだ？」

「事務所の面々にも、お前を通して風花楼との縁が生じたということだ。風花楼への訪いを必要とする前から見えはじめているのだから、元々我らと交われる素質を有していたのであろうな」

「ああ……。言われてみれば、所長も春田先生も中江さんもそういうところあるかも」

妖が実在すると知れば当然驚きはするだろう。だが、三者三様にドライな現実主義者なので実際に在るものを否定するのは無意味だと考え、すんなり受け入れるかもしれない。

――いや、風花楼が見えているのだから、「かも」ではなく、きっとそうなるはずだ。

それに、と雪原は思う。あの三人は他人の色恋沙汰には徹底して無関心だ。「実はこのたび、狐の妖と結婚いたしまして。あ、その狐は雄なんですけれど」と報告しても、きっと「へえ、おめでとう」の一言ですむに違いない。つまり、三人を風花楼の関係者にしてしまえば、もう隠し事も名探偵の振りをする必要もなくなるのだ。

雪原は高揚感に駆られ、小さくガッツポーズをした。

「なあ。披露宴に所長たちも招待していいか？　風花楼が見えてるんなら、お前と結婚したことはちゃんと知っててほしいからさ」

お前の望みのままに、と白鷹は笑んで頷く。

「そう言えば、俺も最近、どこにいても風花楼が見えるようになってさ。これって、俺がお前の正妻になったことと何か関係があるのか？」

「立場の変化というより、心の変化ゆえだ。風花楼は見るものによってその在りようを変じる。お前が風花楼をどこにいても帰るべき家だと思うようになったがゆえに、どこからでも見えるようになったのだ」

「そっか……。俺の家だから、か……」

白鷹の言葉を頭の中で反芻しながら、雪原は「そっか」と繰り返す。

「では、我らの家へ帰るとしよう。お前の心が風花楼を終の住処と定めたように、『サルヴァトーレ』を己の塒と定めたあの管狐もどきはここでいくら未練がましく待っていたところで出てこぬであろうからな」

「ああ、だな。さっさと帰って、宴会の準備の続きをやるか」

「宴会ではなく披露宴だ」

「どっちだって同じことだろ」

「まったく、情緒に欠ける雑な花嫁だ」

思いがけずあんこに全力で拒まれてしまった悲哀は「サルヴァトーレ」の店先に置き、雪原は白鷹と笑い合って歩き出す。

嫁入り前には不気味な異界への入り口に思えたその石畳の坂道は、今は優しく光り輝く家路となってゆるやかに延びていた。

あとがき

春ですね。春と言えば花粉と引っ越しの季節。

もう未成年ではなかったけれど、心だけはまだまだうら若い女の子気分だった大昔のとある春、私はとても浮かれていました。そんなつもりはなかったのに、四月上旬という一年のうちで部屋探しには最も不向きな時期に急遽引っ越すことになったにもかかわらず、思いがけず素敵物件に出会えたからです。

広くて、何をするにも超絶便利な立地条件。なのに予算内に収まった控え目お家賃。

当時の私は大島○る氏や告知義務の存在を知らなかった以前に、良さそうに見える物が安いのにはそれなりの理由があるのだということに気づく常識がありませんでした。なので、私って最高についてるぅ、と能天気にるんるんと足取り軽く新居へ引っ越し、少し経った頃のことでした。集金に来た某新聞のおじ様が「余計なお世話かもしれないから、どうしようか迷ったんだけどね」と玄関横の室名札を指さし、教えてくれたのです。

「この部屋、マーキングされてるけど大丈夫？」

そのとき初めて気づきましたが、室名札の端っこに油性マジックでアルファベットや数字などの書込がされていたのです。集金のおじ様によると泥棒が記した部屋の住人の情報の可能性が高く、「○時に帰宅する○代の独身女性。週末は不在多し」的な意味ではとのことでした。私にはほとんど当てはまらなかったので以前の住人の情報だったのでしょうが、マーキング部屋だと知ったとたん、「こんな素敵物件に出会えた私、超ラッキー」な浮かれ気分は吹き飛びました。私は泡を食って不動産屋に電話をしました。結果として、その部屋では大島て○氏のサイトに載るような大事件は起きていませんでしたが、集金のおじ様の予想通り以前の住人の女性が空き巣被害に遭っていました。

マーキング部屋だからと言って必ずしも再び泥棒に入られるとは限りませんし、幸か不幸か、私は泥棒が盗みたいと思うような物は何も持っていませんでした。しかし、他人に見られたら困る腐ったお宝はしこたま所持していたのです。

気持ちの上ではまだうら若き乙女だった当時の私には、どうせ盗られる物なんてないしと開き直って住み続ける図太さはありませんでした。泥棒、腐海部屋に侵入↓何も盗らずに出ていく↓私、一応被害に遭ったので通報する↓警察に腐海部屋を現場検証されるという想像だけで六回くらい慙死しそうになりながら、私はそのマーキング部屋から逃げ出しました。引っ越してから一ヶ月も経ってないのに、とかはもうどうでもよかったです。何しろ、おまわりさんに腐った本棚の指紋採取とかされたら死んでしまうので。

そんなお財布にも心にも痛い勉強代を支払うことと引き換えに世の中の常識をひとつ手に入れてから体感的に半世紀くらいが経った頃、道端でばったり知人Aに遭遇しました。かなり久しぶりの再会でしたので井戸端会議に花が咲く中、彼女から奇妙なマーキングの話を聞かされました。何でも彼女の親戚の子が大学進学のために親元を離れて越してきて、その手伝いをした際、入居するマンションの集合ポストにマジックで「生きてます」と書かれているのに気づいたのだそう。最初はお馬鹿な学生のいたずらかな程度にしか考えていなかったのが、親戚の子と買い物がてらマンション周辺を探索してみて啞然。電柱やらポストやら店舗の壁やら至る所に「生きてます」と落書きがされていて、「この町、気味が悪い」と怯えた親戚の子はほどなく別の町のマンションへ移ったのだとか。大金をドブに捨てさせた落書き犯に対するAの憤りに耳を傾けながら、私は自分のかつてのドブ体験を懐かしく思い出していました。そしてふと好奇心が湧き、後日、十八歳の本物のうら若き乙女を震撼させた「生きてます」を見物しに出かけました。本当にびっくりするくらいあちこちにたくさんあり、誰が何のために書いたのかがわからない謎と相俟って確かに不気味ではありました。が、一方で、不本意ながら鳴りを潜めて幾星霜、本気の生存確認をされることもあったその時の私には何だか妙に心に沁みる文字でした。「生きてます、かあ。そっか、そっか、よかったねえ。私も生きてるよ」と落書きの前でしみじみとしていた姿を通りすがりの人に不審がられた二年前の春の日の記憶が新たな春の訪れとともに蘇ったので書いてみました。

笠井あゆみ先生、担当さんはじめ編集部の皆様、池田さん、この本を手に取ってくださった皆様、ありがとうございました！　またすぐにお目にかかれますように。

鳥谷しず

✦初出　嫁入り先は坂の上の白狐……………書き下ろし

鳥谷しず先生、笠井あゆみ先生へのお便り、本作品に関するご意見、ご感想などは
〒151-0051 東京都渋谷区千駄ヶ谷 4-9-7
幻冬舎コミックス　ルチル文庫「嫁入り先は坂の上の白狐」係まで。

幻冬舎ルチル文庫

嫁入り先は坂の上の白狐

2023年4月20日　　第1刷発行

✦著者　鳥谷しず　とりたに しず

✦発行人　石原正康

✦発行元　株式会社 幻冬舎コミックス
〒151-0051 東京都渋谷区千駄ヶ谷 4-9-7
電話 03(5411)6431[編集]

✦発売元　株式会社 幻冬舎
〒151-0051 東京都渋谷区千駄ヶ谷 4-9-7
電話 03(5411)6222[営業]
振替 00120-8-767643

✦印刷・製本所　中央精版印刷株式会社

✦検印廃止

ISBN978-4-344-84333-2　C0193　Printed in Japan

本作品はフィクションです。実在の人物・団体・事件などには関係ありません。